KB014949

그녀에게 보내는
# 마지막 선물

**그녀에게 보내는 마지막 선물**

저자_ 김영균

1판 1쇄 인쇄_ 2009. 12. 11.
1판6쇄 발행_ 2009. 12. 20.

발행처_ 김영사
발행인_ 박은주

등록번호_ 제406-2003-036호
등록일자_ 1979. 5. 17.

경기도 파주시 교하읍 문발리 출판단지 515-1 우편번호 413-756
마케팅부 031)955-3100, 편집부 031)955-3250, 팩시밀리 031)955-3111



값은 뒤표지에 있습니다.
ISBN 978-89-349-3652-7 03810

독자의견 전화_ 031) 955-3200
홈페이지_ http://www.gimmyoung.com
이메일_ bestbook@gimmyoung.com

좋은 독자가 좋은 책을 만듭니다.
김영사는 독자 여러분의 의견에 항상 귀 기울이고 있습니다.

김영균
지음

장진영·김영균의 사랑 이야기

# 그녀에게 보내는
# 마지막 선물

김영사

## Prologue

어둑한 늦은 오후, 소파에 앉아 창밖 야경을 바라봅니다. 오늘 소파 틈새에서 진영이의 머리핀을 발견했습니다. 옷장 서랍엔 아직 그녀의 옷가지가 들어 있고, 욕실 선반 플라스틱 통엔 그녀의 칫솔과 빗이 꽂혀 있습니다. 욕실에 들어서면 그녀가 제 칫솔에 치약을 짜놓았을지 모른다는 생각에 버릇처럼 주변을 살피게 됩니다.

사랑이란 무엇일까요. 함께했던 기억, 습관은 고스란히 남았는데 그녀는 이제 제 곁에 없습니다. 많은 사람들이 진정한 사랑을 원하고 그 사랑을 위해 오랜 시간 기다립니다. 그리고 누구나 길고 짧은 사랑의 열병을 앓습니다. 하지만 살아가면서 운명의 사랑을 만나는 사람은 과연 얼마나 될까요.

저는 40년이라는 긴 기다림 끝에 운명적인 사람을 만났습니다. 힘들게 얻은 인연인 만큼 그 사랑이 영원하리라 믿었습니다. 그러나 암이라는 병이 사랑하는 사람과 제 꿈을 모두 앗아갔습니다. 그녀를 보내며 저는 아무것도 할 수 없다는 괴로움에 하루도 깊은 잠을 잘 수 없었습니다.

처음 진영을 만난 날, 평생의 기다림이 끝났다는 안도감이 찾아왔습니다. 그녀를 만난 일은 제게 축복이고 기쁨이었습니다. 만남에서 이별까지 1년 8개월의 시간 동안, 저는 이번 생에 찾아온 이 사랑을 지키기 위해 할 수 있는 모든 노력을 다했습니다. 처음 8개월은 그녀 마음에 들기 위해 최선을 다했고, 남은 1년은 시한부 인생이 된 그녀를 살려보려 온갖 정성을 쏟았습니다. 그렇게 하면 그녀가 제 곁에 좀 더 오래 머물 줄 알았습니다. 그러나 그녀는 떠났습니다.

어떤 사람의 삶이든 의미 없는 삶은 없다고 합니다. 새삼 그녀가 제게 다가온 의미를 생각해봅니다. 그리고 서둘러 떠난 이유를 정리하려 애써봅니다. 하지만 그녀의 죽음을 어떻게 받아들여야 할지 지금도 많이 혼란스럽습니다.

《그녀에게 보내는 마지막 선물》은 그녀와의 만남에서부터 암 투병, 결혼 그리고 작별에 이르기까지 그녀와 지냈던 시간들을 사실 그대로 옮겨놓은 기록입니다. 그녀와의 추억을 책으로 만든 이유가 몇 가지 있습니다.

진영은 제 아내이기 이전에 촉망받는 배우였습니다. 그녀는 영화 〈국화꽃 향기〉에서 암으로 사망하는 비운의 여주인공 역을 맡아 열연했고, 결국 그 영화처럼 그녀 자신도 암으로 세상을 떠나야 하는 기막힌 삶을 살았습니다. 저는 배우 장진영이 영화인으로 영원히 아름답게 기억되도록 도와야한다는 생각을 가졌습니다.

둘째, 그녀가 남긴 삶의 의미와 메시지를 이어가고 싶었습니다. 그녀는 시한부 삶을 살면서도 한 남자를 사랑하고 열심히 그의 사랑에 보답해 주었습니다. 또한 희망을 버리지 않는 모습으로 인생의 소중함을 알려줬습니다. 암과 싸우면서도 용기와 사랑을 잃지 않던 모습에서 삶의 가치를 생각해보게 됩니다.

그녀는 생전에 좋은 일을 많이 했습니다. 어려운 환경에 있는 어린아이들을 위해 봉사했고, 후배들을 위해 장학금 전달을 유언으로 남겼습니다. 이런 그녀의 모습이 이 각박한 세상에 조금이라도 위로가 되고 우리에게 다시 한 번 진정한 사랑의 의미를 되돌아보게 하는 기회가 되었으면 하는 바람입니다.

셋째, 진영이와 같은 고통을 겪는 분들에게 감히 이 책을 통해 암 투병에 있어 무분별한 치료에 휘둘리지 말라고 당부하고 싶었습니다. 그녀는 건강을 되찾겠다는 의욕에 주위에서 권하는 치료를 모두 시작했고, 결국 검증되지 않은 위험한 치료로 암 진행이 빨라졌습니다. 이런 모습을 지켜보는 저 역시 고통스러웠고 미심쩍은 치료를 막지 못했던 것이 후회스러웠습니다. 생의 마지막 시간을 보내는 그녀의 모습을 보면서, 한편으로는 죽음을 담담히 받아들이는 것 또한 남은 인생을 잘 정리하는 방법이라는 것을 알게 되었습니다.

마지막으로 저는 이 책에 제 방식의 사랑이 갖는 가치와 의미에 무게를 실었습니다. 사랑에는 책임이 뒤따릅니다. 저는 그녀의 믿음에 보답하는 사랑을 하고, 책임지는 사람이 되고자 노력했습니다. 기쁠 때나 슬플 때나, 건강할 때나 아플 때나, 매 순간 그녀에게 필요한 나는 어떤 모습인지 스스로에게 물었습니다. 그녀에게 자주 해주던 말이 있습니다. 먼 훗날 내가 늙어서 지나온 삶을 뒤돌아볼 때, 돈과 명예를 추구하기보다 사랑하는 사람을 위해 최선을 다한 인생이 더 멋지고 가치 있지 않겠냐고.

물론 더 이상 그녀는 이 세상에 없습니다. 어쩌면 시간이 흘러 지난 일들에 무뎌질 때가 올지도 모릅니다. 그러나 그녀가 남기고 간 흔적을 가슴 속에 간직하며 살아갈 생각입니다. 그것이 그녀와 결혼서약을 한 남편의 의무이기도 하니까요.

저는 이제 신의 존재를 부정합니다. 그렇게 기도하고 애원했건만 끝내 진영이를 데리고 가야만 했는지……. 지금까지 진영과 제가 신의 눈 밖에 날 일을 하면서 살지 않았기에, 이토록 큰 벌을 받아야 하는 현실을 받아들일 수 없습니다. 하지만 신이 정말 존재한다면, 그래서 신을 만날 수 있다면 묻고 싶습니다. 그녀를 제게 다시 되돌려줄 수 없느냐고. 만약 그것이 안 된다면 제가 그녀 있는 곳으로 가서 다시 만날 수는 없느냐고.

2009년 12월, 김영균

## 3 장 · **희 망**



## 4 장 · **작 별**

1장

# 만

가지고 싶다고 다 가질 수 없는 것처럼
만나고 싶다고 다 만나지는 건 아니다.
하지만 간절하게 원하고 노력하면
가끔은 신이 우리를 돌아보리라.

# 남

운명을 믿지 않던 나에게 그녀는
처음으로 운명을 생각하게 한 사람이다.
그녀를 처음 만난 순간
'영영 이 사람에게서 놓여나지 못하겠구나' 하는 예감이 들었다.

## 첫 만남

나이 마흔 넘은 싱글의 남자가 새해를 맞을 때마다 하는 일은 단순했다. 가까운 지인을 통해 소개팅 날짜를 잡는 일과 운동을 열심히 하겠다는 다짐 정도일까. 곁에서 오랜 시간 나를 지켜봐온 친구는 내 삶이 너무 건조한 것이 아니냐며 늘 걱정이었다. 그해라고 그냥 넘어갈 리는 없었다.

적당히 기분이 가벼웠던 아침, 창밖을 바라보며 커피를 한 잔 마시려는데 탁자에 두었던 핸드폰이 부우우 몸을 떨었다. 통화 버튼을 누르자 올해로 마흔하고도 하나를 더 먹은 기분이 어떠냐는 친구의 목소리가 들려왔다. 옆에 있던 친구의 아내까지 합세해 상투를 틀어야 어른이 된다며 짓궂은 새해 인사를 건넸다. 이어 건강하게 잘 크고 있는 아이들 소식이 전해졌다. 나는 긴 통화가 끝난 뒤 책상에 놓인 새 달력에다 동그라미 하나를 그려 넣었다. 다음날 논현동의 정원이 있는 아담한 카페 '헵시바'에서 소개팅을 하기로 했다. 나이스.

친구에게 만날 사람이 영화배우 장진영이라는 말을 듣고 나는 두근거리는 가슴을 애써 진정시켜야 했다. 남자라면 누구나 〈연애 그 참을 수 없는 가벼움〉에 등장하는 불쌍한 '연아'를 행복하게 해주고 싶다는 로망을 가져보았을 것이다. 나 또한 수많은 그녀의 영화 속 캐릭터에 푹 빠져 그런 생각을 하곤 했다. 살면서 이상형을 바로 눈앞에서 만날 수 있는 행운의 남자가 몇이나 될까. 나는 첫 만남을 앞두고 무언가 알 수 없는 예감에 긴 밤을 뜬 눈으로 지샜다.

2008년 1월 23일 수요일, 약속 장소로 향하는데 핸드폰 벨소리가 줄기차게 울려댔다. 벌써 여섯 번째.

"여보세요, 강남 진입했는데 길이 너무 막혀."

나는 주선하는 친구에게 길이 막힌다는 말을 반복했다. 평소 시간 약속을 어기지 않는 편인데 차량 정체가 심해 마음이 조급했다. 아무래도 앞쪽에서 가벼운 접촉사고가 발생한 모양이었다. 쉽게 뚫리지 않는 도로에 갇혀 슬슬 신경이 곤두서기 시작했다.

나는 나대로, 약속 장소에 있는 사람들은 그 사람들대로 예상치 못한 변수에 몹시 난처한 상황이었다. 내가 할 수 있는 일은 차 안에서 핸드폰에 대고 계속 미안하다고 말하는 것뿐이었다.

"미안 미안, 금방 갈 테니 조금만 더 붙잡고 있어."

주선한 친구의 말에 따르면 장진영은 자존심이 강해 소개 받고 마음에 안 들면 딱 한 시간만 채우고 사라진다고 했다. 그런 그녀를 계속 붙잡고 있을 사람들에게 미안한 마음이 들었다. 45분 동안 열 번이 넘게 전화벨이 울렸다.

"조금만 더 기다려. 무슨 일이 있어도 그냥 보내면 안 돼."

평소의 나였다면 결코 하지 않았을 말이었다. 그런데 이날만큼은 꼭 그녀를 만나야겠다는 투지가 불타올랐다. 도착한 카페 정문에서 발렛 파킹 후 한달음에 정원을 지나 계단을 올라갔다. 몸에서 열이 확확 올라와 2층 방 앞에서 잠깐 호흡을 가다듬었다. 그리고 가볍게 머리카락을 매만진 뒤 문을 열고 안으로 들어갔다.

심플하면서도 쾌적한 룸. 무엇엔가 이끌리기라도 하듯 내 시선은 한쪽 방향으로 향했다. 그곳에는 20분 이상 누군가를 기다려본 적이 없다는 배우 장진영이 수수한 차림으로 앉아 있었다. 화장기 없는 얼굴에 커다란 두 눈은 투명하리만치 맑았다. 심장이 요동쳤다. 말문이 막혀 나는 늦어서 미안하다는 말조차 못 하고 그녀의 얼굴만 바라보았다.

"미안하다고 안 하세요?"

그녀의 첫 마디였다.

"아, 늦어서 죄송합니다. 죽… 죽을죄를 졌습니다."

"아니 뭐, 죽을 일까지는 아니고요."

그녀의 입가에 살짝 미소가 스쳤다. 그녀와 친하다는 카페 주인이 자리를 비켜주며 말했다.

"진영이가 집에 간다는 걸 간신히 붙잡고 있었으니 알아서 하세요."

카페 주인이 방을 나가자 장진영이 담담한 웃음을 머금은 채 가벼운 타박을 했다.

"소개팅에 이렇게 늦은 사람 처음이에요. 전 이렇게 오래 기다려본 적 한 번도 없는데."

"네, 예의가 아니죠. 저도 늦으려고 늦은 게 아니라……."

나는 기분 좋은 너스레로 분위기를 띄우고 싶었지만 입술이 떨려 말이 잘 나오지 않았다. 이상한 일이었다. 그동안 여자 앞에서 이렇게 떨어본 적이 있었던가? 없었다. 지금까지 경험해보지 못한 낯설고 조심스러운 떨림이었다.

그녀는 영화에서 보던 모습 그대로였다. 얼굴뿐 아니라 말투, 악센트, 활짝 웃는 웃음까지 모든 것이 똑같았다. 방금 스크린에서 걸어 나와 내 앞에 앉아 있는 듯한 착각이 들 정도였다.

나이가 들었으니 대충 맞는 사람을 만나
결혼해야겠다는 생각은 없었다.
언젠가 반드시 좋은 인연을 만날 거라는 믿음도 있었다.
평소 건강관리를 열심히 한 이유도
남은 삶을 보다 풍요롭게 살고 싶었기 때문이다.
술이나 담배 같은 건 일상에서 멀리하고
꾸준히 자신을 단련하며 원하는 상대가 오길 기다렸다.
신이 있어 운명의 상대를 보내준다면
그에 합당한 나의 노력이 있어야 한다고 생각했다.

장진영은 주로 내가 하는 말을 열심히 들으며 적절한 선에서 호응을 해 주었다. 어떤 일을 하고 있느냐, 어떤 음식을 좋아하고 어떤 음악을 즐겨 듣느냐 등의 얘기가 분명 오갔을 텐데, 전혀 기억나는 게 없다. 심장 박동 소리가 들릴까봐 손가락으로 테이블을 가볍게 두드려야 할 정도로 나는 긴장해 있었으니까. 그녀는 지금까지 만났던 여자들과 확연히 달랐다. 태도와 말이 모호하면서도 분명하고, 어느 순간 여유로우면서도 정확했다. 그녀 앞에서는 태연한 척했지만 나는 사실 어쩔 줄을 모르고 있었다. 세 명이 식사를 하는데 밥이 어디로 들어가는지 모를 만큼 정신이 없었다. 평소의 침착함은 어디로 갔는지, 그녀를 처음 본 순간부터 심장이 쿵쾅거리고 얼굴이 붉어져 스스로를 가다듬기가 어려웠다.

식사를 마치고 시계를 보니 밤 9시였다. 이제 곧 그녀가 집에 가야겠다고 일어설지도 몰랐다. 간다고 해도 오래 기다리게 했으니 붙잡을 입장도 아니었다. 그런데 그녀는 전혀 기대하지 않은 말을 했다.

"식사도 했으니 간단하게 와인 한잔 하실래요?"

의외의 말이었다. 일어서서 가는 줄 알았다고 하니까 그녀가 작게 웃었다.

"그래요? 갈 걸 그랬나?"

그녀는 와인을 참 맛있게 마셨다. 나는 그녀의 사소한 동작 하나도 놓치지 않았다. 두 번째와 세 번째 손가락으로 잔을 쥐고 부드럽게 원을 그리는 모습까지 눈에 들어왔다. 그녀는 와인을 마시는 중간 중간 나에게도 잔을 들기를 권했다.

이런저런 대화를 나누다가 영화 얘기로 화제가 바뀌었다. 마침 〈연애 그 참을 수 없는 가벼움〉으로 대한민국 영화대상에서 여우주연상을 받았던 그녀의 수상 소감에 대해 궁금하던 참이었다. 상당히 인상적인 수상 소감이라 기억에서 잊혀지지 않았던 것이다. '내가 연기하는 것을 관객들이 안 봤으면 좋겠다는 생각을 했다. 다음에는 별로 힘들이지 않는 배우가 되겠다' 던 그녀의 말을 과연 어떻게 해석해야 할까.

진영은 이 영화 작업을 하는 동안 힘들기도 하고 좋기도 했단다. 워낙 강한 캐릭터라 이질감이 생겼던 반면, 주인공의 저돌적인 사랑에 자신이 모르던 세계를 알게 되어 기뻤다고 했다. 그 역할에 몰입해 있는 동안은 장진영과 극중 인물 '연아' 를 동일시할 필요가 있었고, 부득이 모든 스태프에게 자신을 연아로 불러 달라고 부탁하기도 했다고 한다. 매 장면마다 질펀한 말과 욕설이 영화 안팎으로 오고가서 스트레스가 심했다는 말도 덧붙였다.

그녀는 연기에 대한 자부심이 남달랐다. 욕심도 많고 에너지도 강했다. 나는 그런 그녀에게 더욱 호감이 생겼다.

"마흔이 넘었는데 왜 그 나이까지 결혼을 못 하셨어요?"

그녀가 가벼운 톤으로 나에게 물었다. 나는 대답 대신 그대로 되물었다.

"저나 진영 씨나 비슷할 것 같은데 먼저 들어보고 말할게요."

그녀는 길게 생각하지 않고 대답했다.

"일에 전념하느라 결혼을 생각할 이유도, 마땅한 사람도 없었어요."

"이유가 비슷하네요. 그렇지만 지금은 사랑하는 사람과 결혼하고 싶습

그녀는 영화에서 보던 모습 그대로였다.
얼굴뿐 아니라 말투, 악센트, 활짝 웃는 웃음까지
모든 것이 똑같았다. 나는 지금까지 경험해보지 못한
낯설고 조심스러운 떨림을 느꼈다.

니다. 도와주세요."

순간적으로 튀어나온 내 말에 그녀는 당황한 표정을 지었다. 그러고는 곧 큰 소리로 웃었다.

밤 11시가 될 때까지 나는 센스 있고 괜찮은 남자로 그녀에게 기억되기 위해 애썼다. 어떻게 해서든 첫인상을 강렬하고 좋게 남기고 싶었다. 처음으로 붙잡고 싶은 여자였다.

그녀가 피곤함을 느끼기 전에 자리를 떠야 할 것 같았다.

"아쉽지만 오늘은 그만 일어나죠. 나중에 연락드릴 테니 전화번호 좀 알려주세요."

내가 핸드폰을 내밀자 그녀는 무척 난처해했다. 그러고는 주선자를 통해 받으라며 정중하게 사양했다. 하지만 여기서 전화번호를 받지 못하면 영영 못 볼 수도 있다는 생각에 다시 한 번 밀어붙였다.

"아닙니다. 제가 지금 받아가고 싶어서 그래요. 알려주세요."

그녀는 마지못해 번호를 알려주었다. 나중에 들으니 소개를 받고 바로 전화번호를 받아간 사람은 내가 처음이라고 했다.

그날 우리는 분명 서로에게 끌렸다. 첫 만남부터 약속 시간을 지키지 못한 남자와 늦은 시간까지 함께 했으니 그녀도 내게 호감을 느꼈던 게 분명했다. 나는 집으로 돌아와서 밤늦도록 잠을 이루지 못했다. 그녀에게 어떤 방식으로 데이트 신청을 해야 할지 마음이 복잡했다. 나는 갑자기 찾아온 이 낯선 감정에 당혹스러우면서도 흥분이 되었다.

차가 신호에 걸릴 때
메일을 확인할 때
백화점에서 셔츠를 고를 때
순간순간 진영의 얼굴이 떠올라
나도 모르게 긴장되곤 했다.

## 끌림

오랜만에 마신 와인 때문인지 잠에서 깨어나는데 몸이 무거웠다. 간밤의 장면들이 머릿속을 계속 맴돌았다. 욕실 거울에 비친 내 얼굴은 푸석하고 피곤해 보였다. 출근을 하여 책상에 앉았지만 업무에 집중하기가 어려웠다. 공연히 많은 양의 커피를 내려 사무실 사람들에게 권하고, 팔짱을 낀 채 한참을 창가에 붙어 서서 복잡한 도시의 풍경을 내려다보았다. 아침에 눈을 뜨자 지난밤 그녀도 나와 느낌이 통했을 거란 확신이 깡그리 사라지고 없었다. 자신감이 완전히 사라지기 전에 서둘러야겠다는 생각이 들었다. 오후에 그녀에게 문자 메시지를 보냈다.

'진영 씨, 어제 잘 들어갔어요?'

아무리 기다려도 답장이 없었다. 마음이 조급해져 주선자에게 전화번호를 재차 확인했다. 번호는 제대로 입력돼 있었다.

문자 메시지 도착음이 들린 것은 한 시간이 지난 후였다. 나는 서둘러 메시지를 확인했다.

'네.'

단순하고 간결한 대답이었다.

그 후에도 나는 자주 그녀에게 문자 메시지를 보냈다. 바로 답장이 오지 않으면 신경이 곤두서 일이 손에 잡히지 않았다.

그때까지 내 생활은 매우 규칙적인 편이었다. 저녁 6시에 퇴근해 바로 집으로 들어갔고, 적어도 일주일에 두 번은 헬스 클럽에서 운동을 했다. 술을 즐기지 않으니 친구들과 만나는 일은 드물었다. 비교적 일에서 자유로운 친구들 서너 명과 가끔 여행을 다니는 게 전부였다. 보통은 중국으로 4박5일가량 배낭 여행을 하는 식이었다. 이렇게 단조로운 생활을 유지하던 내가 바빠지기 시작한 건 진영을 만나고부터였다.

'지금 뭐하십니까. 오늘 저녁엔 뭐할 거죠?'

40분 정도가 지나서 답이 왔다.

'운동했어요. 저녁 약속 없어요.'

그녀는 직설적으로 묻는 말에는 빨리 답했지만, '오늘 날씨가 좋네요, 기분은 괜찮아요?' 하는 식으로 상황을 떠보면 답이 없거나 늦었다. 뭐라고 답을 해야 할지 고민하는 것 같았다. 그녀를 만나면서 나는 연애의 법칙인 '밀고 당기기'를 포기했다. 그녀에게 특별한 저녁 약속이 없는 날이면 같이 식사를 하자고 제안했다.

첫날은 곁에 주선자가 있어 자연스럽게 대화가 이어졌지만 다음부터는 일대일이라 저녁식사를 내가 리드해야 했다. 그녀는 첫날과 다르지 않게 긴 생머리에 수수한 옷차림으로 나왔다. 늘씬한 키에 어떤 옷을 걸쳐도 스타일이 좋았다. 두 번째 만남의 장소는 일식집이었다. 진영이 술을 한잔 하고 싶다고 하여 식사에 사케를 곁들였다. 간혹 내가 재미없는 말을 해도 그녀는 미소를 짓거나 적당한 질문을 건넸다. 내가 무안해하지 않도록 배려하는 것이었다. 그녀는 자연스럽게 이야기를 끌어갈 줄 아는 여자였다.

나와 진영은 오랫동안 싱글로 생활해왔고 혼자 식사를 해결하는 일에도 익숙했다. 하지만 이제 그럴 필요가 없겠다는 생각이 들었다. 매일 함께 식사하고 싶은 여자가 바로 내 앞에 있었으니까.

나는 하루가 멀다 하고 그녀와 저녁 약속을 잡고, 별도의 룸이 있는 식당을 샅샅이 찾아다녔다. 사생활 노출을 극도로 꺼리는 배우를 사귄다는 건 세심한 노력과 정성이 요구되는 일이었다. 장소가 해결되면 메뉴가 문제였는데, 간단하게 순두부와 쌀국수를 즐기던 나는 어떤 식당이든 상관없었지만 진영에게만은 정성을 다하고 싶었다. 나는 그녀를 위해 인터넷 검색은 물론 잡지에 실리는 맛집을 수소문해 찾아다녔다. 이제 친구들과 연락이 두절되고 '여자 때문에 잠수 탄 녀석'이 되는 건 시간문제였다.

진영이는 화려한 겉모습과 달리 타인과 일정한 거리를 두고 자신 안에 들어가 사는 타입이었다. 연예인 친구를 따로 만나는 걸 지난 2년간 본 적이 없다. 자기 모습이 드러날 만한 장소에는 일절 가지 않았고, 자신이 쌓아놓은 성에 들어앉아 혼자 고민하고 혼자 결정을 내렸다. 마음이 좋지 않을 때는 술을 마셨다. 나는 그녀의 성에 들어가기 위해 무진 애를 썼다. 하지만 그녀는 남자에게 의존하는 타입이 아니었고, 혼자 보내는 시간을 즐길 줄 알았다. 압구정동의 스폰지하우스 같은 소규모 극장에 가서 독립영화를 즐겨 보았고, 아지트로 삼은 단골 카페 헵시바에 들러 차를 마시며 책을 읽었다. 나는 그녀의 삶의 방식을 존중해주고 싶었다.

둘 사이가 많이 가까워진 다음 그녀에게 궁금했던 것을 물었다.

"처음에 왜 그렇게 문자 메시지 답장을 늦게 보냈죠?"

"너무 빨리 답장하면 가볍게 보일까 봐……."

그녀는 쑥스러운지 멋쩍게 웃었다. 나는 그녀의 꾸밀 줄 모르는 순수함이 좋았다. 연애 초기, 그녀에게 끌리는 이유를 나는 밤마다 스스로에게 물었다. 그리고 이대로 돌진해도 되는지 누군가에게 묻고 싶었다.

깜짝 이벤트와 선물에 열광하는
어린 친구들을 보며 아무 감동이 없었다.
하지만 그녀를 만나고 난 뒤
나도 모르게 비슷한 행동을 하고 있었다.
꽃집에 들어가 한 다발의 장미를 골랐고
베이커리에 들러 화이트 케이크를 샀다.
나는 점점 변하고 있었다.

## 방문

만난 지 열흘째 되던 날이었다. 그날은 비가 와서 식사를 마치고 논현동 아지트에서 늦도록 술을 마셨다. 밤 11시가 넘어 집까지 태워다 주었는데 그녀가 나를 붙잡았다.

"영균 씨, 와인 한잔 더 하고 가요."

나는 내심 반가웠다.

'이 여자도 내가 싫지는 않구나.'

지하 주차장에서 그녀의 집까지 올라가는 계단을 밟으며 마음이 들떴다. 현관문을 열자 3층 복층 구조의 독특한 내부가 눈에 들어왔다. 혼자 사는 여자 집을 방문하기는 처음이었다. 미리 알았으면 꽃이라도 한 다발 준비할걸. 아쉬움이 밀려왔다.

집 내부는 공간 구획이 정확하고 깔끔했다.

“1층에 거실과 부엌이 있고 2층부터는 침실과 개인 공간이에요.”

진영은 2층을 구경하고 싶다는 나에게 아직은 보여줄 수 없다고 했다. 나는 대략의 내부 구조만 듣고도 독립적이고 방해받기 싫어하는 그녀의 성격을 짐작할 수 있었다. 처음 집에 이사올 때 진영이 원하는 스타일로 전체 인테리어를 바꿨다고 했다. 나중에 층마다 전신거울이 있는 걸 보고 그녀가 얼마나 자주 자신의 자세와 상태를 체크하고 노력하는지 알 수 있었다.

천장이 높은 1층은 거실과 부엌 사이 지평선을 볼 수 있는 커다란 창이 있었다. 그 유리창을 통해 밤하늘의 별들이 하나 둘 반짝이는 게 보였다. 3층은 영화감상실이 있고 지금까지 영화제에서 수상한 트로피가 진열되어 있다고 했다. 그곳이 바로 배우의 공간일 것이었다.

거실에 앉으니 수북이 쌓인 책들과 선물로 받은 사진액자, 읽다 만 시나

리오 책자가 곳곳에 눈에 띄었다. 탑처럼 쌓아올린 음악 CD는 놀랄 만큼 많았다.

"저기 있는 음반을 다 들어?"

진영은 늘 음악을 들으며 지낸다고 했다. 그녀의 집은 내 공간과 마찬가지로 심플하고 깔끔했지만 분위기는 확실히 달랐다. 나의 집은 삭막하고 차가운 느낌이 든다면 그녀의 공간에는 온기가 돌았다.

진영은 이 집에 대한 애정이 각별했다. '배우의 느낌이 묻어나는 공간'이라는 나의 평가에 활짝 웃던 그녀가 떠오른다.

그녀가 신중하게 와인을 고르는 동안, 나는 벽에 걸린 사진 속 그녀의 모습을 들여다보았다. 거실에는 경쾌한 재즈 음악이 흐르고 있었다. 나른하고 평화로운 시간이었다.

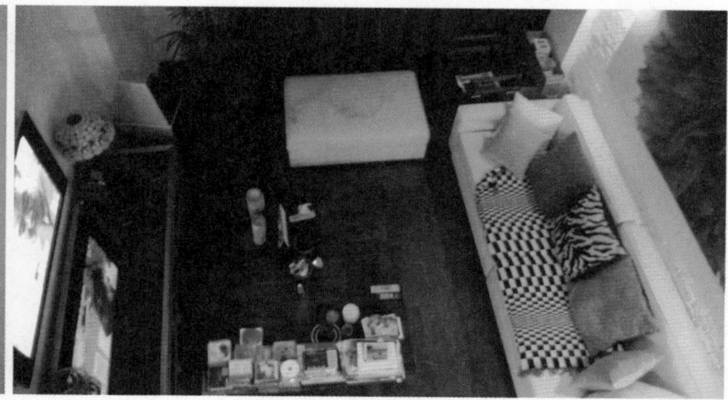

자신을 드러내기 싫어하는 진영의 공간에 내가 들어와 있다는 게 믿기지 않았다. 적어도 그녀가 나를 믿을 만한 사람이라 판단했다는 사실에 마음이 조금 느긋해지기도 했다. 그저 말없이 야경을 바라보며 와인을 마시던 진영에게서 나는 화려한 모습에 가려진 한 여자의 연약한 영혼을 읽을 수 있었다. 그 밤, 집으로 돌아가는 길에 나는 그녀가 내 여자가 되었으면 하는 희망을 가졌다.

가지고 싶다고 다 가질 수 없는 것처럼
만나고 싶다고 다 만나지는 건 아니다.
하지만 간절하게 원하고 노력하면
가끔은 신이 우리를 돌아보리라.

## 인연

마흔이 넘도록 결혼을 하지 않았다고 하면 의아해하는 사람들이 있다. 성격이 안 좋거나 능력이 없어서, 혹은 가슴 아픈 사연이 있어 그럴 거라는 추측도 한다. 하지만 이런 말들을 피하기 위해 결혼을 서두를 생각은 없었다. 간혹 누군가의 소개로 좋은 학벌과 외모를 지닌 상대를 만나기도 했지만 내 사람이라는 느낌을 받을 수 없었다.

싱글로 사는 일은 내게 매우 자연스러운 일이었다. 몇 해 전 회사 후배와 같이 살 기회가 있었는데 나에겐 좋은 경험이었다. 그 후배는 서울에 올라와 혼자 회사에 다니고 있었는데, 월급의 대부분을 월세로 낸다는 말을 듣고 방 한 칸을 내줄 테니 들어와 살라고 했다. 그 대신 집안일을 조금 분담하기로 했다.

"밥은 내가 할 테니 너는 청소와 빨래를 맡아라."

내 선의는 결국 얼마 못 가 결별로 끝났다. 우리는 서로 좋은 파트너가 되지 못했다. 나는 정돈된 일상을 원했고 어린 후배는 제 나이에 맞게 털털하고 불규칙적인 일상을 누렸다. 안정적이고 균형 있게 흐르던 내 생활 리듬은 일시에 무너졌다. 성향이 다른 사람과 사는 일에는 적지 않은 대가가 따른다는 것을 알게 된 계기였다.

그렇다면 한 남자와 한 여자가 만나 결혼을 하는 것은 어떨까. 서로를 잘 알지 못하거나 자주 부딪쳐 감정이 곪았을 때 잘 해결하지 못하면 감옥이나 다름 없을 거란 생각이 들었다. 때때로 저녁을 혼자 먹어야 하는 외로움을 빼면 독신의 삶에 나는 대체적으로 만족하고 있었다. 의무로 가정을 꾸린다는 것은 평소 내 가치관과도 전혀 맞지 않았다.

나는 한동안 사업에 전념하느라 제대로 연애를 할 시간이 없었다. 한창 진행 중이던 프로젝트가 하락세의 국제 경기를 타면서 큰 위기를 맞았고, 이를 짧은 시간에 만회하기 위해 발이 부르트도록 국내외를 오갔다. 새롭게 인맥을 정비하느라 수없이 많은 사람들을 만나고 밤이면 서류더미에 묻혀 살았다.

하루하루 시간이 어떻게 흐르는지 모르는 사이에 마흔을 넘기고 있었다. 사업이 안전 궤도에 오르니 지금까지와는 다르게 가슴 한쪽이 허전했다. 혼자 보내는 명절이나 크리스마스이브가 권태로웠다. 친구들과 어울려 취하도록 술을 마셔도 쉽게 잠들지 못했다. 잠이 오지 않는 밤, 멀쩡한 침대 시트를 새로 갈아 끼우거나 밀쳐놨던 고흐 명화 퍼즐을 맞췄다. 익숙한 미국 드라마와 영화채널을 차례로 돌리며 내 삶에 혹시 문제가 있지는 않은지 회의에 빠지기도 했다. 이런저런 잡념이 뒤엉키면 옷을 갈아입고 한강 고수부지로 나가 지칠 때까지 달렸다. 이렇게 한참 땀을 쏟고 나면 우울하던 기분이 조금은 나아졌다.

어릴 때부터 나는 내가 좋아하는 사람을 만나 결혼하겠다는 생각을 해 왔다. 한 번 살다갈 인생, 사랑하는 여자와 가정을 꾸리고 아이를 낳아 잘 키우고 싶었다. 흔히들 말하는 적당한 조건이나 적당한 상대란 나에게 없었다. '적당한' 이라는 말의 뉘앙스 그 자체를 혐오했다. 겉으로 보기에 나는 전형적인 40대 비즈니스맨이지만, 의외로 감성적인 부분이 많아 결혼에 대한 환상을 가지고 있었다.

나는 언제나 만약을 대비했다. 외모, 건강, 경제력까지 잘 갖추고 있어야 내가 원하는 상대를 만날 수 있다고 믿는 지극히 현실적인 남자였다. 그리고 누구보다 자존심도 강했다. 그런 내 앞에 진영이 나타나고 만남이 거듭될수록 '혹시 이 여자가 아닐까' 하는 생각이 확신으로 자리 잡았다.

첫 만남에서 유명 여배우로 다가온 그녀는 갈수록 편안하고 따뜻한 사람이라는 인상을 주었다. 그녀도 나처럼 자존심 강하고 쉽게 누군가를 받아들이지 못하는 타입이었지만, 한 번 마음을 준 사람에게는 정성을 쏟을 줄 알았다. 그와 더불어 빛나는 자존감과 배우로서 근성을 가진 매력적인 여자이기도 했다.

만남이 계속되면서 그녀도 나를 차츰 편안한 사람으로 느끼는 것 같았다. 내가 어떤 제안을 하면 그녀는 조용히 귀를 기울이고 나서 자신의 의견을 말했다. 나 또한 그녀의 말을 주의 깊게 들었다.

시간이 갈수록 나는 '이 사람이 내 사람'이라는 확신이 강해졌다. 그녀가 내 안에 점점 크게 자리를 잡고 있었다. 이런 내 마음을 알게 된 사업 파트너가 당장 확인을 하라며 등을 떠밀었다.

"그런 확신이 드는데 왜 미적거립니까? 연애는 타이밍이 중요해요."

그는 '용기 있는 자가 미인을 얻는다'는 격려도 잊지 않았다.

사실 이런 생각이 나만의 것인지, 상대도 같은 생각을 하고 있는지 확인해보고 싶긴 했다. 나는 열 번째 만남이 있던 날, 아름다운 야경이 내려다 보이는 레스토랑에 자리를 예약했다. 그녀와 중요한 이야기를 나눠야 했기 때문이다.

"진영 씨, 우리 만남에 좀 더 의미를 두고 싶어. 나도 당신도 적은 나이가 아니니 서로 즐기자고 만나는 건 아니잖아. 둘 다 결혼을 생각하는 사람들이기도 하고. 서로 자기 사람이 아닌 것 같으면 시간낭비는 하지 않는 게 좋을 것 같아. 하지만 지금 나는 우리가 운명처럼 느껴지고 이대로 만남이 계속된다면 신중하게 결혼까지 갈 수 있다고 생각하는데, 당신 생각은 어때?"

속에 있는 말을 쏟아내고 나니 진땀이 흘렀다. 과연 그녀가 어떤 답을 내놓을지 조마조마했다. 차분히 듣고 있던 그녀가 조용히 입을 열었다.

"듣고 보니 설득력이 있네요. 저도 만남에 의미가 있으면 좋겠어요. 서로 상처받고 싶지 않잖아요."

상당히 긍정적인 대답이었다. 좀 더 생각해 봐야겠다고 할 줄 알았는데 결과가 나쁘지 않았다. 그녀는 늘 나의 예상과는 다른 모습으로 나를 놀라게 했다.

이렇게 서른 넘은 여자와 마흔 넘은 남자의 진지한 연애가 시작되었다. 우리는 시간을 두고 서로가 결혼 상대자로 적합한지 조심스럽게 판단하기로 했다. 하루하루 그녀와 함께 있는 시간이 좋은 만큼 헤어지는 시간은 아쉬웠다. 내 입장에서는 당장 약혼이라도 하고 싶었지만 그녀의 의사를 먼저 배려할 수밖에 없었다. 나의 바람보다는 그녀를 편안하게 해주는 것이 더 중요했기 때문이다.

대화가 통하는 사람
웃는 모습이 아름다운 사람
예의 있는 사람
운명이라는 느낌이 오는 사람

## 그녀에게

'문 앞에 피자 가져다 놨어. 식기 전에 먹어.'

어느 날 아파트 현관문 앞에 진영이 좋아할 간식을 놓아두고 문자 메시지를 보냈다. 그녀는 놀라서 전화를 했다.

"왜 안 들르고 그냥 갔어요?"

그녀의 목소리만 듣고도 고마워하고 있다는 사실을 알 수 있었다. 마음 같아서는 날마다 얼굴을 보고 싶었지만, 혼자만의 시간을 소중하게 생각하는 그녀가 혹시 불편해할지 몰라 참았다. 또 너무 자주 만나면 긴장이 풀려 금방 질릴 수도 있었다.

나는 그녀에게 보이지 않는 감동을 선물하고 싶었다. '당신이 나를 보지 않는 순간에도 나는 당신을 생각하고 있다'는 작은 증거를 보여주려 애썼다. 마음의 빗장을 걸어 잠그고 살아온 진영에게 일상에서 누릴 수 있는 즐거움과 기쁨을 주고 싶었다. 또 사랑받는 여자가 왜 행복한지를 일깨워 주고 싶은 남자로서의 욕심도 있었다. 늦은 나이에 찾아온 사랑 앞에서 나 역시 당혹스러웠지만, 그녀에게 가능한 적극적으로 다가가려고 노력했다. 그만큼 나에게는 어떤 확신이 있었다.

의미 있는 만남을 갖기로 한 이후 조금씩 달라지는 그녀의 태도에 나는 점점 희망을 가지게 되었다. 맛있는 음식을 나눠먹으면 없던 정도 생긴다던 어머니의 말씀이 떠올랐다. 다행히 그녀는 별로 가리는 것 없이 어떤 음식이든 맛있게 잘 먹었다. 나는 그녀를 위해 가끔 먹을 것을 준비해 집 앞에 두고 돌아갔다. 샐러드, 죽, 케이크, 과일……. 때로는 장미, 수선화, 백합, 히아신스 같은 꽃이나 새로 나온 음반을 선물하기도 했다. 진영은 이런 나의 행동에 조금씩 감동하는 눈치였다.

'한시도 나를 잊지 마라. 나에게 당신은 소중하다.'

나는 문 앞에 두고 가는 선물을 통해 주기적으로 이런 생각을 전했다.

어려서부터 난 성격이 차분하다는 소리를 듣고 자랐다. 또 상대방과 대화하는 것을 즐기는 편이었다. 어린 사촌동생들에게 영어를 가르치기도 했다. 쉽게 지치지 않고 상대를 가르치거나 설득하는 일에 어느 정도 재능이 있었다. 그녀의 마음을 얻기 위해 나는 지구력을 가지고 노력했다. 이 나이까지 살아오며 습득한 연애 기술은 오로지 그녀를 위한 준비였다는 바보 같은 생각마저 드는 나날이었다.

만난 지 한 달이 되었을 때 나는 오랫동안 생각했던 선물을 준비했다. 한 여자와 진지하게 한 달을 만났다는 건 나에게 깊은 의미를 갖는 일이었다. 처음 그녀에게 정식 교제를 신청했던 레스토랑에 예약을 하고 그녀를 데리러 갔다. 심플한 블랙 원피스를 입은 진영은 기분이 좋아보였다.

"오늘 뭐하고 지냈어?"

진영은 영어회화 선생님과 수업했던 이야기를 간략하게 전했다. 그녀는 언제나 자기계발에 몰두했다. 스케줄이 많아 힘들 때도 꾸준히 책을 읽고 운동을 했다.

언제 어떤 캐릭터가 주어지든 최선을 다해 그 인물의 삶을 살아내고 싶어하는 게 그녀였다. 그런 욕심을 알기에 나는 그녀의 지독한 노력까지 아껴주고 싶었다. 저녁으로 스테이크를 먹고 샴페인이 반병쯤 비어갈 때, 그녀에게 눈을 감아보라고 했다. 나는 천천히 자리에서 일어나 그녀에게 목걸이를 걸어주었다.

"오늘로 당신과 만난 지 한 달이 되었어. 작은 기념이지만 의미 있는 시작이며 좋은 결말을 바라는 마음에서 준비했어."

그녀의 얼굴엔 부끄러운 웃음이 가득했다. 살짝 숙였던 고개를 들고 나를 바라보는 그녀의 눈엔 애정이 담겨 있었다.

이날은 웨이터들이 조심스럽게 다가와 그녀에게 사인 요청을 했다. 그녀는 흔쾌히 웃으며 일일이 호응해줬다. 뺨이 적당히 붉어진 채 정성스럽게 사인을 해주는 진영의 모습이 아름다워 보였다. 순간 카메라를 가져왔다면 좋았을걸 하는 생각이 들었다. 털털한 그녀와 연애를 시작하면서 나는 점점 더 섬세한 남자가 되어가고 있었다.

평소 날카롭고 이성적이라는 얘기를 들어온 나는 언제부턴가 그녀의 이상형에 부합되는 사람이 되기 위해 노력했다. 그리고 나날이 발전하고 있었다. 한마디라도 부드럽게 말하고, 상대의 표정은 물론 주변을 살피고 챙기게 되었다. 그녀가 너그러운 남자를 좋아한다는 이유 때문이었다. 사랑하는 여자가 원하는 일이므로 조금도 번거롭지 않았다. 오히려 주변 사람들에게 예전보다 한결 따뜻해졌다는 평가를 들어 기분이 좋았다.

그 이후 진영의 집에 갔던 날, 나는 다음에 올 땐 함께 볼 드라마 DVD를 가져오겠다고 말했다. 약속은 일방적이었지만 내겐 그녀의 집에 계속 발을 들여놓기 위한 구실이 필요했다.

일주일이 못 돼 나는 드라마 DVD 열두 개를 들고 그녀의 집을 방문했다. 준비한 백합을 건네고 현관에 들어서는데 진영의 표정이 순간적으로 굳었다. 한두 편 가져오겠지 생각했다가 당황한 것 같았다. 나는 애써 태연한 척하며 그녀에게 말했다.

"시간 날 때 하나씩 보라고 다 들고 왔어. 보다 말면 재미없잖아."

TV를 켜고 나란히 소파에 앉아 드라마를 보는데 그녀가 나와 어깨가 닿지 않으려고 애쓰는 게 느껴졌다. 나중에 물어보니 함께 TV를 보는 과정이 불편했다고 했다. 그녀는 배우라서 그런지 무척 예민한 편이었다. 내가 옆에 있어서 드라마에 몰입할 수가 없었던 모양이다. 그날 1, 2회만 보자는 진영에게 조금만 더 보자고 말해 3, 4회까지 봤다. 결국은 그녀가 나에게 많은 부분을 양보해준 셈이다. 분명 가까이 다가가기 힘든 사람이지만, 진영은 나에게만큼은 그렇게 너그러운 여자였다.

평소 진영은 술을 삶의 낙이라고 표현했다. 비가 오거나 눈이 오는 날은 곧잘 논현동의 카페 헵시바나 집에서 술을 마셨다. 카페 주인은 진영과 오랜 기간 편하게 지내온 사이였다. '모엣 샹 동 로제'는 우리가 자주 마시던 샴페인인데, 기념할 일이 있거나 축하할 일이 생기면 꼭 그것을 챙겨주곤 했다. 진영은 이 샴페인의 연한 장밋빛을 좋아했다. 잔에 가득한 거품방울이 터지는 미세한 떨림도 좋다고 했다. 나는 술을 즐기진 않았지만 유난히 와인을 좋아하는 그녀와 함께 마시다 보니 달콤하고 상쾌한 샴페인이 내 취향이 되어버렸다. 어디 그뿐인가. 와인과 샴페인 관련 책자를 사서 열심히 공부했다. 나는 그녀를 알기 위해서라면 내가 할 수 있는 일은 기꺼이 다 해보고 싶었다.

"사람은 사랑한다는 이유만으로 쉽게 변하진 않아요."

그녀는 사랑이란 감정을 믿지 못하는 듯했다. 이날은 평소 가슴에 담아두고 있던 사랑을 화제로 이야기가 흘러갔다.

"사랑은 흉내만 낼 뿐이지 진짜는 없으니까."

"왜 그런 생각을 해. 사랑은 얼마든지 진실할 수 있고 사람을 변하게 할 수도 있어."

"아니, 그때그때 필요에 따라 순간순간 변할 뿐이야. 근본적으로 사람은 사랑의 힘 때문에 변하기는 힘들다는 거예요. 본성이 어떻게 쉽게 변하겠어요."

나는 평소 절제력이 강했고 누군가 내 삶에 개입되는 것을 싫어했다. 자기중심적인 생활을 해온 것이다. 만약 내가 효자였다면 이 늦은 나이까지 결혼도 하지 않은 채 일만 했을 리 없었다. 이런 내 모습과 진영 자신의 모습을 생각하며 그녀는 회의적인 말을 했다.

"영균 씨도 나도 자유롭게 자기 생각만 하며 살았잖아요. 그런 사람들이 어떻게 가정을 잘 꾸리겠어."

진영의 말은 과거의 나와 현재의 나를 돌아보게 했다. 그녀는 나에게 사랑이라는 이유로 결혼해 한 여자만을 바라보며 살 수 있겠느냐고 물었다. 그러면서 자신도 못 믿고 나도 못 믿는다고 말했다.

"나는 얼마든지 변할 수 있어. 충분히 변하고 있는 중이고. 내가 어떻게 변하는지 지켜봐. 그러면 네 걱정이 사라질 거야. 내가 사랑의 힘으로 변한다면 당신도 가능해."

시간이 더 흘러 프러포즈를 한 후에도 우리는 곧잘 사랑과 결혼에 관해 의견을 나누었다. 우리는 지금 사랑하는 사이이고 앞으로 결혼해서 잘 살 수 있다고, 나는 늘 그녀를 설득해야 했다.

진영은 결혼과 미래에 대해 두려움이 많았다.

"지금까지는 너를 못 만나서 내 중심으로 살았지만 이젠 바뀔 수 있어."

나는 우리 둘의 미래를 위해 충분히 변할 준비가 되어 있었다. 진영이 나를 믿고 따라준다면 무엇이든 더 잘 해낼 각오도 했다. 내가 이렇게 달라지고 있어서인지, 진영도 나를 만나며 하루가 다르게 마음을 열었다.

진영은 나와 마트에 가서 장보는 걸 좋아했다. 자기가 먼저 고른 좋은 채소를 나이 든 분에게 양보하는 모습을 보며, 그런 마음 씀씀이를 가진 진영과 평생을 살 수 있기를 바랐다. 이렇게 나는 불시에 찾아온 사랑 앞에 변하고 있었고, 내가 변하면서 그녀 역시 변하고 있었다.

그녀에게 지금도 말하고 싶다.
날씨가 좋다고
행복하다고
당신이 매일 보고 싶다고
사랑한다고.

## 고백

잠시 차를 세우고 진영과 눈 내리는 거리를 산책했다. 눈송이가 제법 커서 소담소담 흩날리는 모습이 보기 좋았다.

"집에 들러 영화 볼까? 마침 선물로 받은 샴페인이 있어."

그녀와 만날 때마다 날씨의 도움을 받았다. 그녀가 좋아하는 눈이나 비가 오면 할 이야기가 많아졌다. 내 아파트로 진영을 초대하던 날은 함박눈이 내렸다. 우리는 함께 영화 〈향수〉를 보았다. 한 사내가 원하는 향수를 제작하기 위해 열 명의 여인을 살해해나가는 이야기였다. 나란히 앉은 진영에게서 연한 라일락 향이 났다.

영화가 끝나고 날이 어두워졌을 때 진영이 촛불을 켰다. 창밖이 잘 보이는 쪽으로 소파를 옮겨 그녀를 앉히고 아이스크림을 간식으로 내왔다. 우리는 19층 아파트 거실에서 어린아이들처럼 창에 코를 바짝 붙이고 눈 내리는 한강을 내려다보았다. 시간이 빠르게 지나고 있었다.

나는 이 순간을 놓칠 수 없어 처음으로 그녀에게 고백했다.

“사랑해.”

노들섬에는 하얗게 눈이 쌓였고 올림픽대로는 정체한 차들의 미등으로 점점 화려해졌다. 진영이 당황했는지 아이스크림 스푼을 떨어뜨렸다. 나는 타오르는 감정을 더 이상 억누르기 싫었다. 그녀의 두 팔을 붙잡고 가까이 다가갔다. 그녀도 뭔가 이상한 기운을 느꼈는지 나와 눈을 마주하며 심호흡을 했다. 그녀의 발그레한 볼에 가볍게 입맞춤을 하자 심장이 요동쳤다. 여기서 멈추지 않고 진영의 입술에 내 입술을 가져갔다. 그녀도 나도 몹시 떨고 있었다. 입술을 떼고 얼굴을 마주보면 민망해할까 봐 두 팔로 그녀를 깊이 끌어안았다. 그리고 한 번 더 사랑한다 말한 후 팔을 풀었다.

내가 느낌에 충실한 사람이라면 그녀는 좀 더 신중하고 소극적인 편이었다. 스푼을 떨어뜨리고 몸을 떨었던 게 창피했는지 그녀가 활짝 웃었다. 시간이 지나 왜 대답이 없냐고 했더니 농담을 했다.

“그렇게 사랑이란 말을 쉽게 해요? 다른 여자들에게도 자주 해주나 봐요.”

진영다운 반응이었다. 하지만 말은 그랬어도 눈 오는 밤의 아늑한 분위기 속에 그녀가 나를 편안해한다는 걸 알 수 있었다. 그녀가 내 시간의 일부로 느껴지는 밤이었다.

진영과 사귀고 있고 결혼까지 생각한다는 말을 했을 때 가족들의 반응은 호의적이었다. 아버지와 어머니 그리고 누나들까지, 나이 마흔이 넘은 내가 어지간히 큰 걱정거리였던 모양이다.

진영이 주연을 맡았던 〈청연〉의 한 장면

"네가 좋아하는 여자라면 무조건 좋다."
"내가 죽기 전에 너 결혼하는 꼴은 봐야겠다."
평소에도 부모님은 이런 말씀을 곧잘 하셨다. 그런데 아들이 사귀는 상대가 영화배우라니 좀 뜻밖이었을 것이다. 부모님은 배우 장진영에 대해 잘 알지 못하셨다. 그래서 나는 그녀가 출연했던 영화 〈청연〉을 구해 부모님께 보여드렸다. 그리고 그녀의 연기 이력과 작품 활동에 관한 주변의 평가를 간략히 설명해 드렸다. 아버지는 영화를 보면서 그녀의 연기에 관심을 가지셨다. 워낙 예쁘고 당당한 역할이라 마음에 드시는 모양이었다.
"그래, 아주 아름답고 맑아 보이는 배우구나. 스캔들도 없이 영화 작업에만 전념한 사람이라니 더 마음에 든다."
아버지는 좋은 날을 잡아 함께 인사 오라는 당부를 잊지 않으셨다.

나는 시간 낭비할 것 없이 가을에라도 식을 올렸으면 했다.
"언제쯤 결혼식 올리는 게 좋을까."
"어떻게 벌써 결혼을 생각해요. 적어도 사계절은 서로를 겪어봐야죠."
어느 정도 예상은 하고 있었지만 실망스러웠다. 이제 한두 달 지났는데 언제 사계절을 보내나. 하지만 그녀가 확신을 가질 때까지 기다리기로 생각을 고쳐먹었다. 그녀가 원하지 않는 걸 억지로 고집할 수는 없었다.

편지1

진영아……,

진영 씨……,

자기야……,

뭐라고 불러야 좋을지 몰라 대충 얼버무리고 나니 미안한 마음이 든다.

처음 쓰는 편지인데 아직 호칭조차 정하지 못했구나.

하지만 서로를 바라보는 눈빛만큼은 그윽하고 따뜻하다고 생각해.

아직 밤 기온이 많이 차지.

봄이라고는 하지만 포근한 날씨를 기대하기엔 아직 이른 감이 있다.

화창하고 밝은 햇살을 바라보며 우리 둘의 마음은 이미 봄기운인데 말이야.

통화도 자주 하고 만나서 즐거운 시간을 나누기도 하지만

그래도 편지를 써보고 싶었어.

간편하고 짧은 의사전달에 익숙해져서

긴 글을 쓴다는 게 많이 어색하고 쑥스럽다.

얼마 만에 편지란 걸 써보는지…….

먼 과거의 시간으로 거슬러 올라간 기분이야.

편지가 가진 힘은 묘한 것 같다.

그날그날의 감정에 따라 같은 내용도 표현이 자꾸 바뀌거든.

오늘 쓴 편지를 다음 날 읽어보면 어색하고 쑥스러워 고쳐 쓰길 여러 번,
이 글도 엊그제 쓰기 시작해 오늘 다시 보니 수정할 곳이 많더라고.
오늘 미처 다 쓰지 못해 내일 읽어보면 또 덧붙일 말들이 생길 것 같다.
도대체 이 편지를 언제쯤 부치게 될까.
우리 만난 지 한 달 반. 어느 시간은 순식간에 지나가고,
또 어느 시간은 더디게 지나간 것 같다.
시간이 빨리 지났다면 그만큼 우리가 빨리 친숙해졌을 것이고,
더디게 지났다면 그만큼 오래 당신과 시간을 보낸 것이겠지.
짧은 기간이었지만 서로를 알기 위해 노력하고,
서로 소중한 추억으로 가슴 깊이 새겨지고 있어서 얼마나 기쁜지 몰라.
앞으로도 좋은 일만 생기기를 간절히 바란다.
혹시라도 어려운 일이 생기면 함께 현명하게 극복해내자.
두 사람의 뜻이 잘 맞는다면 무슨 일이든 이겨낼 수 있을 거야.
세상의 많고 많은 인연 중에 사랑의 인연이 가장 힘들다고 하더라.
그런데 그 인연이 우리에게 왔으니 이제부터 우리가 잘 꾸려나가 보자.
장진영, 당신은 내가 원했던 인연이니까 난 최선을 다해 사랑할 거야.
앞으로 소중한 시간들을 절대 헛되이 보내지 않을 거고,
내가 좋아하고 사랑하는 사람을 위해 모든 노력을 기울일 거다.
먼 훗날 내 인생을 돌아본다면, 사랑하는 사람을 위해 산 삶이 절대
헛되지 않았다고 생각하게 될 거야.

나에게 당신은 신이 주신 큰 선물이야.

서로에게 따뜻한 호감이 있고 늘 웃음과 즐거움이 함께 하니

이보다 더한 축복이 있을까.

진영아, 너는 참 예쁜 미소와 밝은 성격을 가졌지.

간혹 네 변덕(?)에 당황하기도 하지만,

넌 늘 환한 모습으로 재미없는 말에도 큰 소리로 웃어주며 즐거워해주지.

우리의 만남이 언제나 아름답고 영원하기를 바란다.

언제까지 함께하게 될지 모르지만 최선을 다해 사랑할게.

진실하게 서로를 아껴주며 보듬어주는 사랑을 하고 싶다.

그리고 아주 사소한 일에서도 늘 위해주고 배려하는 마음으로

하루하루를 살았으면 좋겠다.

게으름을 피우기에 시간은 가차 없이 빠르고,

헛되이 보내기엔 인생이 너무 짧다.

진영아, 우리 모든 순간을 행복하게 살자.

우리의 소중한 사랑을 위해 나도 마음을 다할게.

오랜만에 쓴 편지라 두서가 없지만 내 마음을 담았어.

너에게 내 진심이 가 닿기를 바란다.

2008년 3월 8일, 영균.

영균에게

아침에 눈뜨자마자 당신 메일을 확인합니다.
저는 요즘 신기한 세계를 체험하는 중이에요.
호감 가는 사람을 만났거든요.
만나면 긴장되고 어색하지만 그보다 설레는 감정이 더 큽니다.
온몸의 세포가 예민해진다는 말은 책에서나 읽었지
실제로 내가 가질 수 있는 감정은 아니라고 생각했어요.
그 사람이 세상을 바라보는 눈, 향기, 말할 때의 입 모양,
사랑의 방식, 사람에게 웃어주는 따뜻함의 정도…… 많은 것을 탐색합니다.
내가 그동안 간절하게 원했던 이 에너지는
나에게 결코 쉽게 와주지 않은 것들이었어요.
요즘은 내 의지와 상관없이 몸이 허공에 떠 있는 것 같아요.
저도 남자에게 편지를 쓰는 게 오랜만이라 무척 떨리네요.
지난밤, 우리에게 무슨 일이 일어났죠?
당신의 아파트, 〈향수〉, 체리 쥬빌레 & 피스타치오 아몬드,
돔페리뇽…….
밖은 계속 눈이 쌓여 포근해 보였어요.
나는 다른 세상으로 들어온 걸까요.
한번 들어가면 나올 수 없는 곳, 당신이 나를 반겨주는 세상.
나는 늘 궁금했어요. 영화 속 주인공들은 내내 사랑의 감정으로 지내다가

어느 날 진지하게 사랑을 고백하고 좋아해요.

"사랑한다."

그런 고백이 왜 있어야 하나 못마땅했어요.

'그전에 자신들이 가졌던 감정과 행동은 뭐야?

왜 사랑한다는 말에 매번 감동해?'

하지만 이젠 그 말이 얼마나 진심에서 나온 말인지 알아요.

그 말을 들으면 어떤 기분인지도.

그날 당신의 눈빛과 하늘에서 흩날리던 눈발, 공기, 따뜻한 기운,

우리를 기다리던 길가의 모범택시는 다 사실인가요?

2008년 3월 9일, 진영.

# 이런 사람이 제게 왔으면 좋겠어요.

다정하고 부드러운 사람
약자에게 너그러운 사람
책을 많이 읽는 사람
마음이 따뜻한 사람
그림 전시회를 다니는 사람
자기 일에 열정을 가진 사람
대화가 자유로운 사람
부모님의 장점을 많이 보고 자란 사람
키가 큰 사람
매일 아침식사를 준비해줄 수 있는 사람
자기만의 개성이 있고 연출할 줄 아는 사람
술을 맛있게 먹는 사람
나만 바라보고 사랑한다고 말해줄 사람
결혼하면 절대 바람피우지 않을 사람
자신의 능력으로 넉넉하게 생활하는 사람
어떤 음식이든 복스럽게 먹는 사람
외국어를 자유롭게 구사할 수 있는 사람
노인과 여자, 아이에게 매너 있는 사람
노래와 춤, 음악을 즐기는 사람
기념일을 챙기며 편지를 주는 사람
쉽게 좌절하지 않는 사람
내가 사랑할 수 있는 사람
……

## 여자의 기도

옛 아미가호텔 방향으로 가는 진입로가 꽉 막혔다. 고질적인 정체 구역, 보통사람 같으면 화를 내지만 나는 이 길에 추억이 있어 그러지 못한다. 진영을 처음 만나러 가던 날이 떠올라서다. 그녀에게 언제부터 결혼을 생각하게 됐냐고 물어본 적이 있다. 마침 라디오에서 웨스트라이프의 감미로운 노래가 흘러나오고 있었다.

무언가를 생각할 때 그런 것처럼 진영이 입술에 힘을 주고 입꼬리를 당겼다. 그러면 양쪽으로 작은 주름이 두 개씩 생기는데, 짐짓 심각한 이야기나 장난스런 생각을 할 때 더 도드라졌다. 나는 그녀의 그런 모습을 좋아했다.

"드라마 〈로비스트〉를 찍으면서 고생을 좀 많이 했다고 했죠? 그때 물이 귀한 키르키스탄에 들어가 제대로 씻지도 못하고 먹을 게 없어서 아침저녁으로 컵라면만 먹으며 강행군을 했어요. 거기다 시청률이 한 자릿수 밖에 안 나와 주연으로서 죄책감이 컸죠. 배우와 스태프들 모두 그 고생을 하는데 내가 여기서 뭐하고 있나, 하루는 이런 생각이 들더라고요. 이제 이 일이 끝나면 내년에는 결혼을 해야지, 아이도 하나 낳아 길러야지, 하는 생각도요. 우습죠?"

결혼에는 전혀 관심이 없던 그녀가 이 드라마를 찍으며 결혼을 생각하게 되었고, 그때부터 자신에게 어떤 사람이 맞을까 고민해 보았다고 한다.

"그날부터 메모를 했어요. 누가 그러는데, 원하는 걸 적고 간절하게 바라면 이루어진다면서요? 그래서 '신이 계시다면 이런 사람을 만나게 해주세요' 하고 50개를 적었어요."

"어떤 내용이었는데? 궁금하다. 말해봐."

그녀는 선뜻 말해주지 않고 귀여운 남자아이처럼 웃었다. 어떤 대답이 나올지 궁금했지만 그녀는 절대 가르쳐 주질 않았다. 그런데 나중에 우리를 소개시켜줬던 카페 언니에게 들으니, 나를 처음 본 날 메모에 근접한 남자를 만났다고 생각했다는 것이다. 얼마나 다행인가.

"영균 씨, 나는 지금까지 행복하게 사는 게 뭔지 모르고 살았어요. 그래서 삶의 목표가 행복해지는 거예요."

"당신이 그렇게 신께 열심히 기도했다며? 그래서일까. 신이 나더러 외로운 장진영에게 가라고 하시더라고. 그래서 내가 온 거야."

나는 장난스럽게 대답하며 그녀의 손을 잡아주었다.

'그래, 나는 신이 보내셨다. 당신을 행복하게 해주라고 보냈으니 이번

생의 마지막까지 그렇게 해야지.'

그녀의 힘들었던 작품 활동 이야기를 듣는 동안, 나는 그녀의 부족한 부분을 채워주고 힘들어할 땐 도와주고 싶다는 생각이 들었다. 평소 그녀는 매우 독립적인 여성이었지만 그 순간만큼은 누군가의 어깨가 필요한 사람으로 보였다.

"나의 어디가 그렇게 좋아요?"

진영은 이렇게 사랑을 확인하는 일이 종종 있었다. 애교 없고 마냥 소년 같은 진영도 어쩔 수 없는 여자였던 것이다. 이럴 땐 사랑받는 여자의 넉넉함과 여유랄까, 그런 게 느껴져 보기가 좋았다.

"콕 집어서 말할 순 없고, 그냥 처음에 이 여자다 싶더라. 당신을 보는 순간 평생의 기다림이 끝나는 기분이 들었어."

그녀가 싱긋 웃었다. 나와 있을 땐 이야기도 잘 하고 웃는 일도 많았다.

"넌?"

"글쎄, 생각이 안 나는데."

새침한 대답이 돌아왔지만, 내가 그녀의 기도에 적합한 남자라는 말을 이미 들은 뒤라 전혀 서운하지 않았다. 진영은 나에게 호감을 가지고 있었지만, 서로에게 아주 깊숙이 들어가기까지 마지막 문을 쉽게 열지 않았다. 양가 부모님을 만나 뵙자는 말도 번번이 '아직은'이라는 대답으로 조심스럽게 거둬들이게 했다.

"내일 당장 헤어질 수도 있는데, 좀 더 확신이 생기면 그렇게 해요. 너무

성급하잖아요."

진영은 그 어떤 프로젝트보다 전의를 불태우게 하고 도전 의식을 불러 일으키는 여자였다. 내가 진영에게 인생을 걸고 올인할 수밖에 없었던 건 쉽지 않기 때문이었는지도 모른다.

공항 가는 차 안에서 통화를 하는데 친구가 나한테 그런 말을 하네?
"너도 그럴 수 있구나."
그래, 나도 이럴 수 있네. 나도 내가 이럴 수 있는지 몰랐어요.
나, 마구 마구 여자이고 싶어.
사랑받는 여자이고 싶어.
_2008년 3월, 진영의 문자

## 여자이고 싶다

그녀는 예술가 성향이 강해선지 어떤 일을 시작하면 무섭게 몰입하는 경향이 있었다. 자기가 옳다고 생각하는 일에 대해서는 쉽게 고집을 꺾지 않아 힘들어할 때도 많았다. 삶에서 겪게 되는 불화를 그녀는 간단히 '불편하다' 는 말로 대신했다. 그녀의 일상은 온통 불편함으로 가득했는데, 낯선 공간에서 식사를 할 때나 사람이 많은 영화관에서 영화를 볼 때 어깨가 경직되고 표정이 살짝 굳어 있기 일쑤였다.

"어디 불편해?"

진영의 성향을 전혀 몰랐을 때 나는 이런 질문을 많이 했다. 이상한 기운이 감지돼 신경이 쓰였기 때문이다. 그녀는 내가 물을 때야 비로소 불편하다고 속내를 털어놓았다. 그러면 나는 바로 그녀의 손을 잡고 그 자리를 벗어나 밖으로 나왔다.

진영을 어느 정도 알고부터는 약속 장소가 낯설고 날씨에 변화가 생기면 미리 의견을 물었다. 그렇게 해서 조금이라도 거북한 마음이 들면 출발 몇 분 전이라도 취소를 했다.

"오늘 공연 보는 거 안 가면 안 될까요."

"그래, 진영 씨가 불편하면 가지 말자."

익숙하지 않은 모든 상황, 모르는 사람들, 자신의 동선이 드러나는 일을 무척이나 싫어하고 경계하는 이 여자가 얼마나 자신을 지키기 위해 애쓰는지 눈에 보여 가슴이 아프고 안타까웠다. 겉으로 보이는 장진영은 참 당당한 여자인데 많이 상처받고 있구나.

가장 친한 친구에게 그녀를 인사시키고 함께 식사하기까지 6개월이란 시간이 필요했다. 그만큼 나와 사귀면서 마음의 빗장을 여는 데 오랜 시간이 걸렸다는 이야기다. 그녀는 사람들 입에 오르내리는 것이 싫어 스스로 갇혀 사는 쪽을 택한 것 같았다.

나는 쉽게 마음을 주지 않는 사람이 한 번 마음을 주면 용감해진다는 걸 세월의 경험을 통해 알고 있었다. 여배우, 그것도 성격이 예민한 그녀를 만나는 것은 내게도 적지 않은 인내를 요구했다. 나는 나를 버리기로 하고 어떤 일이든 먼저 그녀를 배려했다. 그녀보다 내가 더 강했고 내 사랑이 더 컸으니 당연한 일이었다. 나는 그녀를 만나면서 생기는 어느 정도의 불편을 충분히 감수할 준비가 되어 있었다.

진영은 나에게만 자신의 불편함을 드러냈다. 다른 데서는 본인이 불편하더라도 타인을 불편하게 해서는 안 된다고 생각했다. 그래서 사람들이 많은 자리에서는 불편한 속내를 드러내지 않으려고 무던히 노력했다. 그녀가 괜찮은 사람인 까닭은 바로 그런 속 깊음 때문이었다.

진영이 낯선 이에게 갖는 경계심은 당연했다. 오랜 기간 스토커에게 시달리고 있었던 데다, 스크린 밖에서의 생활을 지키기 위해서라도 세상과 적당한 거리를 둘 필요가 있었다. 그녀 곁에 있는 동안 나는 강하지만 여린 그녀의 심성을 읽을 수 있었다.

만난 지 얼마 안 돼 진영이 CF 촬영을 위해 아이슬란드에 가게 되었다. 촬영 기간 동안 서로 못 볼 걸 아쉬워하며 지인들과 헵시바에서 송별회를 가졌다. 처음 촬영 계획은 2월 초로 잡혔는데 아이슬란드의 일기 변화에 따라 일정이 자꾸 연기되었다. 이 때문에 송별회를 세 번이나 여는 해프닝이 벌어지기도 했다. 이 나이에 같은 이유로 여러 차례 모이길 반복하면 귀찮을 법도 한데, 매번 즐겁고 유쾌했다. 다시 20대가 된 기분이랄까. 그녀가 곁에 있어 충만하고 편안했다.

최종 스케줄이 결정되고 드디어 한국을 떠나던 날, 그녀는 공항으로 향하는 길에 문자 메시지를 보내왔다.

'내가 이럴 수 있구나. 나, 마구 마구 여자이고 싶어. 이런 감정을 느낄 수 있어서 행복해요.'

가슴이 벅차올랐다. 아무리 입을 다물려 해도 밖으로 비어져 나오는 웃음을 참을 수 없었다. 그날 밤 그녀에게 메일을 보냈는데 즉시 답장이 와

기쁨은 두 배가 되었다.

진영의 변화에 그녀의 주변 사람들이 더 놀라워했다. 저녁마다 남자와 외출하는 걸 보며 절친한 친구들은 그녀가 너무 달라졌다고 이야기했다. 그녀가 변하면서 나까지 덩달아 그들의 응원을 받았다. 친구들의 증언에 의하면, 진영은 지금까지 연애나 타인과의 관계에서 일방적으로 사랑을 받기만 한 사람이었다. 그런 사람에게 '행복을 느낀다'는 말을 듣는 나는 얼마나 축복받은 남자인가!

그동안 진영이 관심 있어 한 것은 오로지 영화와 의상 관련 일뿐이었다. 그녀는 매사에 정확하게 자기 일을 밀어붙이는 타입이었고, 늦은 나이에 영화 일을 시작한 만큼 오로지 영화에만 집중했다. 이런 영화에 대한 자부심과 열정이 청룡영화제 여우주연상을 두 번이나 수상한 밑바탕이 되었을 것이다. 그녀는 배우로서 남다른 자긍심이 있었고 영화를 무척이나 사랑했다. 그만큼 배우로서의 책임감도 강하게 느끼고 있었다.

"영균 씨, 다른 사람이 되는 게 얼마나 힘든 일인지 알아요?"

언젠가 얼굴 예쁜 배우는 먹고 살기 편하다고 누군가 농담을 했을 때 그녀가 나에게 했던 말이다.

"다른 사람 인생을 살아야 하는데, 두 사람의 인생을 한꺼번에 지고 가야 하는데, 충돌이 일어나. 이 속에서."

진영은 손바닥으로 가슴을 누르며 힘 있는 어조로 자기 생각을 표현했다. 나는 그녀의 분명함이 좋았다. 자신이 가야 할 길이 무엇인지 알고, 어떠한 충돌이 있어도 그 길로 매진할 수 있는 여자. 그런 그녀의 당당함을

'나 마구마구 여자이고 싶어.
이런 감정을 느낄 수 있어서 행복해요.'
그녀가 문자 메시지를 보냈을 때
나는 정말 가슴이 터질 것 같았다.
이제 그녀를 마음껏 사랑해도 된다는 사실에 안도했고,
너무도 좋은 나머지 얼이 빠진 것만 같았다.

지지해주는 가장 가까운 친구가 되고 싶었다.

"나와 전혀 다른 사람의 인생을 살아야 하는데 쉽지 않아요. 내 생활은 여기 있는데, 다른 사람의 삶을 살면 안에서 갭이 생기고, 그게 커질수록 충돌의 강도도 커져요. 가끔 나는 내 본질을 잃을 것 같아 두렵기도 해."

그녀는 이런 고민을 할 때면 조용히 자리에서 일어나 어디론가 사라지기도 했다. 술자리에서 아무 말 없이 잘 사라진다는 소리를 주변 사람들에게 여러 번 들었던 터라, 나는 그녀가 예민할 때 특히 더 조심스럽게 지켜보았다. 그리고 그녀가 밖으로 나갈 때면 바로 따라 나갔다. 밤길이고 술을 마셨으니 혹시 무슨 일이 생기지 않을까 걱정되었기 때문이다.

이렇게 혼자만의 세계에 갇혀 있던 그녀가 공항으로 가는 중에 내게 문자 메시지를 보냈을 때는 정말 가슴이 터질 것 같았다. 처음으로 멀리 공을 찬 어린 소년처럼 나는 완전히 흥분해 있었다. 이 도도하고 까다로운 여자가 내게 처음 자신의 속내를 드러낸 것이다. 이제 그녀를 마음껏 사랑해도 된다는 사실에 나는 안도했고, 너무도 좋은 나머지 얼이 빠진 것만 같았다. 이런 나 자신이 유치했지만, 원하던 여자를 얻었다는 자부심과 기쁨은 말로 표현할 수도 없을 만큼 컸다. 그날 나는 마흔이 넘은 남자도 뜨겁게 사랑할 수 있다는 사실을 깨달았다. 내 피는 그 어느 때보다 뜨거웠다.

**편지2**

진영에게

진영, 안녕?

지금쯤 아이슬란드에 도착해 호텔에서 짐을 풀었겠지.

당신이 서울에 없다고 생각하니 너무 허전하다.

어제 송별회와 출국 준비로 한숨도 못 잤겠다.

지구 반대편으로 가는 동안 엄살 한 번 부리지 않고

시나리오를 읽었을 당신이 떠올라.

어제는 비가 많이 와서 즐거운 시간을 보낼 수 있었지?

당신은 비오는 날을 유난히 좋아하잖아.

요즘 더욱 눈이 반짝거리고, 삶에 대해 긍정적이고 부쩍 여유로워진 것 같아

보기가 좋아. 많이 기쁘고.

오늘은 무사히 비행기 잘 뜨라고 하늘이 맑게 개었나.

마치 날씨가 우리 기분과 사정을 알고 그때그때 맞춰주는 것 같다.

나는 어젯밤 과음을 했던 탓에 오전 내내 숙취로 시달렸어.

점심을 먹고 났더니 겨우 편지 쓸 기운이 나는 것 같아.

당신이 공항에서 보낸 문자 메시지를 여러 번 반복해서 읽었어.

마치 내 곁에서 직접 속삭여주는 것 같았지.

'장진영도 이런 표현을 할 수가 있구나.'

진영은 나에게 감동을 주는 사람이야.

그런데 '마구 마구 여자이고 싶다'란 말은

당신이 가끔 여자가 아닐 때도 있다는 뜻인가, 하하하.

자기가 자연스럽게 이런 감정을 느끼게 돼 지켜보는 내가 행복하다.

가끔 괴로웠던 과거 이야기를 할 땐 마음이 너무 아프고.

다시는 그런 아픔을 느끼지 않도록 옆에서 지켜주고 싶다.

진영, 우리는 참 행복한 사람들이야.

우리의 만남을 기뻐해주고 도와주는 사람들이 많으니까.

우리가 어떤 인연으로 이 자리까지 왔는지 모르지만,

변치 말고 아름다운 결실을 맺도록 하자.

일하느라 고되고 외롭겠지만 내가 항상 멀리서 응원하고 있다는 거 잊지 마.

음식 잘 챙겨 먹고. 우리 나이에 가장 챙겨야 할 게 몸이라는 거, 잘 알지?

앞으로 할 일이 아주 많으니 조심히 다뤄주길 바란다.

당신 생각하며 일찍 잠자리에 들게. 안녕.

2008년 3월 14일, 영균.

영균에게

공항에 도착해서 메일 확인했어요.

신경써줘서 고마워요.

예전에는 해외 촬영이 아무렇지 않았는데

이번엔 떠나면서 섭섭하더라고요.

공항에서 친구와 통화했어요. 이렇게 말했죠.

"이게 도대체 무슨 마음이야? 도대체 무슨 감정일까?"

친한 친구라 그런지 금방 내 마음을 알아채는 거예요.

그 다음은 당신 상상에 맡길게요.

나는 지금 두 볼이 몹시 붉어졌어요.

나 없는 동안 밥 잘 챙겨먹고 건강하게 지내요.

안녕.

2008년 3월 14일, 진영.

## 또 진영에게

안녕, 오늘 그곳 날씨는 어때? 지금쯤 열심히 촬영하고 있겠지.
일에 방해가 될 것 같아 전화 걸고 싶은 마음을 꾹꾹 눌러 앉히고 있어.
그렇게 추운 곳에서 어떻게 몸을 추스르나 궁금하네.
당신은 물론 함께 움직이는 스태프들 고생하는 게 눈에 선해 안타깝다.
따뜻한 핫팩이라도 준비해서 보낼걸, 후회된다.
어제 내가 보낸 문자 메시지 받았어? 답장이 없어서 궁금하다.
어제와 오늘은 미국에서 온 형과 함께 다녔어.
밥 해먹고 찜질방에 갔다가 스포츠 마사지로 어깨의 담을 좀 풀고
공항터미널까지 바래다 줬지. 이틀을 형과 함께 있느라
조용히 편지 쓸 시간이 없었어.
형에게 당신 말을 전했어.
"형, 진영이가 스케줄이 바빠 저녁을 같이 못 해 아쉽대. 다음에 미국 들어가면
그때 함께 하자네."
형이 좋아하며 고개를 끄덕이더라. 당신 마음 씀씀이 정말 고마워.
최근 몹쓸 습관이 하나 생겼어. 시도 때도 없이 핸드폰을 확인하는 거야.
쓸데없이 폴더를 열고, 저장된 문자 확인하고,
혹 부재중 전화가 와 있지 않나 살피고.
오늘도 몇 번을 확인했는지 몰라. 당신을 만나고 생긴 습관이야.
멀리 있지만 번호를 누르면 금방이라도 아기 같은 목소리로

'여보세요'하고 받을 것 같아.

물론 당신이 로밍을 한 상태여서 받을 수는 있겠지만

서울이 아닌 먼 곳에 있으니 참아야지.

오늘까지 고생하면 현지 촬영을 마친다니 다행이다.

내일 쉬고 영국을 경유해 서울에 들어온다고 했지?

시차 때문에 고생하지 않았으면 좋겠다.

아무쪼록 몸 건강히 잘 끝내고 와.

한국에서 목 빠지게 보고 싶어하는 사람 있다는 거 잊지 말고.

또 편지 쓸게. 당신이 무척 그립다.

2008년 3월 17일, 영균.

2장

# 사랑

어딜 가든
그녀와 좋은 인연을 맺게 해달라고
염원하는 나를 발견한다.
낯설고 이상한 감정,
그렇지만 기분 좋은 예감이었다.

"태양이 대지를 껴안고 달빛은 대양에 키스한다.
그러나 이 모든 게 무슨 소용인가?
만약, 당신이 내게 키스해주지 않는다면."

시인 셸리를 만나면
반갑게 담배라도 나누고 싶은 심정이다.

## 첫 키스만 50번째

저녁에 집에서 만난 진영의 얼굴이 약간 상기되어 있었다. 그녀는 나를 보자마자 음반 하나를 꺼내 CD 플레이어에 넣고 버튼을 눌렀다.

"잊고 있던 음반인데 책상 뒤에 떨어져 있는 걸 찾았어요."

진영은 와인과 책을 좋아하는 만큼 음악도 좋아해 음반 모으는 취미를 가지고 있었다. 팝송, 인디밴드, 국악, 재즈, 가곡, 가스펠, 레게, 월드 뮤직 등 장르를 가리지 않고 그날 기분에 따라 마음에 드는 곡을 골라 들었다. 그녀는 함께 음악을 감상하다가 명 음반 한 장을 남기고 사라진 비운의 그룹이나 우리 전통악기와 인도 악기가 닮은 이유 등 그때그때 생각나는 대로 음악 이야기를 들려주곤 했다. 그녀는 평소 다큐멘터리나 책을 통해 많은 걸 배운다고 했다.

"카스트로 정권이 들어서면서 쿠바의 전통음악이 쇠퇴한 거 알아요?"

진영이 테이블에 놓인 음반 재킷을 집어 들고는 말했다. 미국의 기타리스트 겸 음악 프로듀서 라이 쿠더가 아바나 길거리를 헤매며 찾아낸 30년 전 부에나비스타 소셜 클럽 멤버들의 라이브 연주를 담은 음반은 낯익었다. 재킷에는 쿠바 남자가 시가를 입에 물고 밤거리를 걷는 사진 위로 'BUENA VISTA SOCIAL CLUB'이라고 씌어 있었다. 한쪽 귀에 이어폰을 꽂은 채 자신이 좋아하는 곡명을 손가락으로 짚고는 음악에 집중하는 진영의 모습이 사랑스러웠다.

그녀의 손과 어깨를 천천히 내 쪽으로 당겨 입을 맞추었다. 촉촉한 입술에 식사 후식으로 먹은 복숭아 향이 배어 있었다. 갑작스럽지만 달콤한 키스. 나는 진영의 눈을 보지 않고 부드러운 손등을 둥글게 쓸어주었다. 그녀도 부끄러운지 큼큼 목을 가다듬고는 물을 마셨다.

나는 진영과 함께 있으면 자신이 살아 있다는 자각을 하게 되곤 했다. 한 여자를 소중히 아끼며 사랑하는 내가 자랑스럽기도 했다. 그리고 그 마음만큼, 키스를 할 때면 언제나 첫 키스처럼 가슴이 설레고 두근거렸다. 남자에게 사랑하는 여자와의 첫 입맞춤은 다음을 약속하는 의미이니 늘 떨리지 않을 수 없었다.

그 즈음 나는 진영의 손을 잡고 걷는 일이 자연스러워졌고, 어깨를 내 쪽으로 당겨 안아주는 일도 잦아졌다. 하지만 그렇게 잘 지내다가도 문득문득 컴퓨터를 새로 포맷하는 것처럼 다시 원점으로 돌아가는 것 같은 때가 있었다. 매번 키스라는 프로그램을 진영에게 재입력 시키는 것도 그 때문이었다.

어느 날 문 앞까지 그녀를 데려다주고 작별 키스를 하려던 참이었다.

"왜 이래요, 누가 봐요."

아주 늦은 시간이고 경비가 삼엄해 지나다니는 사람도 없는 아파트 단지 안이었다.

'그래, 진영이가 쑥스러움을 많이 타지.'

하지만 한두 번이 아니었다. 이제 자유롭게 마음을 열 때도 되지 않았나? 처음에는 애교도 없고 남자의 마음도 몰라주는 무정한 여자라고만 생각했다.

하루는 마음먹고 그녀에게 물어보았다.

"어제 한 키스를 도대체 오늘은 왜 안 된다는 거야."

한동안 침묵을 지키고 있던 그녀가 입을 열었다.

"창피해요. 그냥 안 하고 가면 안 돼요?"

'창피하다'는 말은 나를 무척이나 긴장시켰다. 갑자기 〈첫 키스만 50번째〉라는 영화가 생각났다.

"내가 당신과 똑같은 주인공이 나오는 영화를 알아. 이번 주말에 같이 보자. 아마 반성하게 될 거야."

진영은 무슨 엉뚱한 말이냐는 듯 나를 쳐다보았다.

토요일 오후, 나는 얘기했던 대로 〈첫 키스만 50번째〉 DVD를 가지고 그녀의 집으로 갔다. 이 영화의 여자 주인공 루시는 단기 기억상실증 환자로, 남자 주인공 헨리와 매번 처음 만나 첫 키스를 나누고 집 앞에서 헤어진다. 루시는 늘 헨리를 낯선 사람으로 보고 경계하지만 매일 그와 사랑에 빠진다. 이 영화를 진영과 함께 보는 동안, 나는 사랑하는 루시를 위해 매일같이 새로운 데이트를 준비하는 헨리의 심정이 되어 있었다.

영화를 다 본 진영은 내 볼에 입을 맞추며 기분을 풀어주었다. 하지만 이후로도 그녀는 처음 나를 만나는 듯 부끄러워할 때가 많았고, 나는 그녀의 입술을 훔치는 남자가 되어 어렵게 손을 잡고, 어렵게 포옹을 했다.

지금 생각해보면 내가 연인이 되려고 너무 서둘렀던 게 그녀를 당황하게 만들었던 것 같다. 하지만 당시에는 그녀가 낯선 대상과 가까워지는 데 오랜 시간을 필요로 하는 사람이라는 걸 알면서도 내 마음을 다스리기가 힘들었다.

## 행복
## 레시피

혼자 사는 남자의 아침은 조금 허술하면서 심플하다. 나는 20대부터 아침 7시 알람시계가 울리기 2분 전에 눈을 떠 천장을 응시하는 버릇이 있었다. 그리고 정확히 7시가 되면 알람 버튼을 눌러 끄고, 활시위를 당기듯 팔을 뻗어 기지개를 켠 다음 창문을 열어 하루를 맞았다.

오랜 유학생활에서 얻은 습관들 중 하나는 눈을 뜨자마자 냉동실 문을 열고 원두를 찾는 일이다. 원두를 볶아 곱게 갈면 부엌과 거실이 커피 향으로 그윽해진다. 일상에서 쉽게 양보하지 않는 일을 꼽으라면 단연 호젓하게 맛보는 모닝커피. 나는 아무것도 첨가하지 않은, 약간 진하면서 깊은 맛이 우러나는 아메리카노를 선호한다. 여기에 계란프라이와 식빵 한 조각으로 간단히 아침식사를 해결하며 조간신문을 펼쳐든다. 국내외 경제 상황과 주식 시황을 빠르게 훑고 나면 신문을 접고 곧바로 샤워에 들어간다. 이 모든 과정이 언제나 근사하게 이어지는 건 아니다. 간혹 바닥에 흘린 커피를 양말 신은 발로 밟거나, 달걀이나 식빵이 다 떨어졌다는 걸 모르고 냉장고 문을 열었다가 곤혹스러워하기도 한다. 소파에 앉아 하루 스케줄을 체크하다가 간밤의 과식으로 거북해진 배를 쓸며 화장실로 들어갈 때도 있다. 이런 사소한 소동이 끝나면 전날 세탁소에서 배달된 빳빳한 와이셔츠와 넥타이를 옷장에서 꺼내 입고, 케니지의 색소폰 연주를 들으며 출근길에 오른다.

이렇듯 단순하고 건조한 아침에 조금씩 생기가 돌기 시작한 건 그녀를 만나고부터다.

그녀와 한 침대에서 아침을 맞은 첫날.

맑은 얼굴의 그녀는 이불을 코끝까지 덮은 채 내 쪽으로 돌아누워 있었다. 편안하고 규칙적인 들숨과 날숨. 나는 그녀의 작고 하얀 손을 조심스레 쥐어보고 간밤의 일이 꿈이 아니라는 걸 확인했다.

침대에서 일어나 뻗친 머리를 눌러 앉히며 부엌으로 갔다. 약간 몽롱한 상태로 냉장고 문을 열던 나는 눈을 번쩍 떴다. 갓 씻은 듯 싱싱한 야채와 청결하고 깔끔하게 정리된 반찬그릇들. 진영의 냉장고는 광고 속의 그것처럼 완벽하게 정리되어 있었고, 찬그릇에는 무엇이 들었는지 하나하나 조그만 라벨이 붙어 있었다. 평소 정갈한 그녀의 성격 그대로였다. 야채와 양념, 소스가 종류와 크기별로 구분된 것은 물론, 투명한 용기를 사용해 내용물을 한눈에 알아볼 수 있었다. 오렌지, 딸기, 파슬리, 오이, 육수를 내기 위해 손질한 죽방멸치와 다시마, 잘 다듬어 밀폐 보관한 시금치, 파, 마늘, 무, 배추, 그리고 삼치와 굴비까지. 그녀가 요리사 자격증을 가지고 있거나 요리사 친구가 정기적으로 집에 다녀갈지도 모른다는 상상을 하며 내 방식대로 아침식사를 준비했다.

우리는 만난 지 두 달이 지나도록 일정 거리를 유지하고 있었다. 처음 그녀의 집에 초대되어 늦은 시간까지 와인을 마시며 음악을 들은 날로부터 얼마 후, 그녀에게 자고 가도 좋다는 허락을 얻었지만 관계가 대화 이상으로 진전되지는 않았다.

그날은 비가 내렸다. 진영과 나는 거실 창밖을 내다보며 존 레논의 목소리에 귀를 기울였다. 우리는 수세기를 스치고 지나간 많은 천재들에 대한 이야기를 나눴다. 그들에 대한 애정과 관심, 사후의 이야기로 대화는 끊이지 않았다. 새벽 2시가 넘은 시간, 피곤이 몰려왔다. 그녀의 얼굴에도 지친 기색이 조금씩 보이기 시작했다. 나는 그녀가 잠드는 걸 보고 의자에서 잠시 눈을 붙인 후 가겠다고 했다. 그러자 진영이 담담히 말했다.

"늦었으니 자고 가요."

나는 순간 당황했다. 지금 내가 그녀의 얘기를 잘못 들은 건 아니겠지?

"아니, 무슨 생각으로 얼굴이 붉어지는 거예요? 잠만 자라는데."

내가 무안해서 헛기침을 하자 장난스럽게 샐쭉하던 진영의 표정이 다시 부드러워졌다.

2층으로 따라 올라가니 깔끔하게 정리된 침대가 보였다. 그 옆 책상 위엔 컴퓨터와 음반, 영화 시나리오 등이 놓여 있었다. 처음 발을 들여놓은 여자의 공간이라 새롭고 신기했다.

그녀가 침대에 앉아 모서리를 장난스럽게 두드렸다.

"이쪽으로 넘어오지 말고 얌전히 자야 해요."

자리에 먼저 누운 진영이 장난스럽게 웃으며 침대 가운데에다 금을 그었다. 그녀의 웃음과 행동엔 나에 대한 믿음이 배어 있었다. 그런 그녀가 얼마나 소중한지, 언제까지라도 조심스럽게 대해주고 싶었다. 우리는 자리에 누워 누가 먼저랄 것 없이 깊은 잠에 빠져들었다.

양상추와 오이를 흐르는 물에 씻어 샐러드를 만든 다음, 구운 식빵 하나를 정사각형으로 잘게 썰어 작은 볼에 담았다. 우유를 넣어 티스푼으로 떠먹거나 샐러드에 뿌려 먹을 요량이었다. 갓 내린 커피에 생우유를 넣고 계란프라이를 쟁반에 담았다. 뛰는 가슴을 누르며 2층을 향해 천천히 계단을 올라갔다. 그날을 시작으로 나는 잠꾸러기 진영을 위해 종종 아침식사를 준비했다. 쟁반을 받아든 그녀가 가장 먼저 입으로 가져가는 것은 진한 커피. 크림 휘핑이 올라간 날은 입꼬리에 생크림이 하얗게 묻어 영락없이 어린아이를 보는 듯했다.

처음 아침식사를 받아든 그녀의 표정을 아직도 기억한다. 그녀는 당황한 표정을 애써 감추고 생기 있게 웃으며 고맙다고 했다.

"어떻게 아침 준비를 생각했어요?"

"연애하는 여자마다 아침을 챙겨주지는 않아요. 아주 특별한 이벤트니

맑은 얼굴의 그녀는 이불을 코끝까지 덮은 채
내 쪽으로 돌아누워 있었다.
편안하고 규칙적인 들숨과 날숨.
나는 그녀의 작고 하얀 손을 조심스레 쥐어보고
간밤의 일이 꿈이 아니라는 걸 확인했다.

까 안심해요."

웃으라고 한 농담인데 그녀의 궁금증을 콕 찔렀던 모양이다. 잠시 어색한 침묵이 흘러 하릴없이 헛기침을 했다. 지켜보고 있으면 편하게 먹지 못할 것 같아 나는 책장에 꽂힌 책들에 관심을 보였다. 그러면서 내가 준비한 아침식사를 맛있게 먹는 그녀의 모습을 몰래 훔쳐보았다.

나는 오랜 자취생활 탓에 무엇이든 실용성에 큰 비중을 두었다. 음식 역시 요리에 들이는 시간을 최대한 절약하는 메뉴로 만들어 먹었다. 장을 보는 날 냉동 새우와 생선을 한꺼번에 미리 손질해 두었다가 부드러운 파스타나 매콤한 스파게티를 먹을 때 곁들이는 식이었다. 금방 삶아낸 국수를 멸치 육수에 말아 김치 하나만 놓고 먹기도 했다. 특별히 밥을 해먹는 날은 간단히 순두부찌개를 한 다음 냉장고만 열면 그만이었다. 어머니가 해주신 멸치볶음과 장조림, 양념 고추장, 들기름에 잰 김, 나물, 김치가 늘 대기하고 있었기 때문이다. 정성이 깃든 어머니의 밑반찬은 잠시 나의 집에 머물다가 진영의 집 냉장고로 옮겨졌다. 우리는 서로의 끼니를 신경써주는 요리사였으니까.

## 편지3

진영에게

워낙 능력 있는 여자친구를 둔 덕에 심심찮게 편지를 쓰네.
보고 싶은 진영, 나의 애인! 도쿄에 잘 도착했겠지?
워낙 가까운 곳이라 크게 걱정은 안 되지만,
집 떠나면 고생이라고 건강히 잘 있는지 궁금하다.
사무실에 앉아서 조용히 일에 집중하려고 했더니
전화 벨소리가 날 가만 놔두질 않네.
협상 중인 일이 잘 안 풀려 업체와 언성을 좀 높였더니 목까지 아프다.
임파선은 괜찮아지고 있어.
그리고 너와 라스베이거스 여행을 가기 위해 계획을 짜고 있어.
어떤 곳에 묵을지, 어떤 쇼를 관람할지 신중하게 생각하고 있으니 기대해도 좋아.
그간 우리는 편지를 주고받으며 제법 많은 이야기를 나누었지.
너라는 여자를 좀 더 깊이 알아가고 있다는 사실이 행복하다.
사람은 감정의 변화가 다양해 스스로 갈피를 잡지 못할 때가 있지.
희로애락의 감정이 맞물려 돌아가니 한 가지 일을 두고도
마음이 복잡해지기 때문일 거야.
그래도 확실한 건, 지금 현재의 순간을 충분히 즐겨야 한다는 사실.

시간이 흐를수록 너에 대한 내 마음은 더 깊어지고 있고,

이런 마음이 오래 갈 거라는 믿음이 생기고 있어.

혼자서 이것저것 생각하다 보면 미래의 모습을 상상하기도 하지.

진영아, 넌 혼자가 아니야.

배우로서 고민이 생겼을 때, 외롭고 쓸쓸할 때, 슬프고 기쁠 때,

어느 순간이든 네 곁에 내가 있다는 것을 기억하기 바란다.

더 이상 네가 힘들지 않도록 든든한 울타리가 되어줄 테니.

널 많이 사랑하고, 앞으로 네게 좋은 일만 생기기를 바란다.

무엇보다 네가 건강했으면 좋겠어.

인생을 지금보다 즐겁게 사는 법을 배우도록 내가 곁에서 도와줄게.

조심히 있다가 오고,

여차하면 내가 달려갈 테니 힘든 일이 있거든 곧바로 연락해.

2008년 3월 26일, 영균.

어느 시인의 말처럼
사랑을 하면
옆에 있어도 그 사람이 그리워진다.
도쿄에서의 첫날 밤,
나는 그녀가 곁에 있다는 게 실감나지 않았다.

## 도쿄에서의
## 첫날 밤

오스트리아의 유명한 크리스털 액세서리 회사 스와로브스키가 일본에서 매장 오픈 기념회를 가졌다. 한국 대표로 진영이 초청되어 우리는 3박4일간 떨어져 지내게 되었다. 늦은 데뷔로 지금까지 휴식다운 휴식을 가져본 적이 없다는 그녀를 위해 미국 여행을 계획하던 중이었다. 나는 그리움을 담아 그녀에게 이메일을 보냈다. 그녀가 비행기를 타고 있는 동안 메일을 쓰는 일은 이제 습관이 되어 있었다. 숙소에 도착해 바로 받아볼 수 있도록 하기 위해서였다.

그런데 진영으로부터 반가운 연락이 왔다.

"일정이 빨리 끝나서 스태프들은 철수했고, 나는 일본에 이틀 정도 더 머무를 수 있어요."

진영이 내게 지나가는 말로 일본에 와 함께 시간을 보내겠느냐고 물었다. 나는 그녀에게 가야 할지 말아야 할지 조금 고민이 되었다. 그녀가 스캔들을 무척 조심하는 눈치여서 조심스럽게 행동하자고 스스로 약속한 바 있었기 때문이다. 거기다 처음으로 단둘이 타지에 머무는데 서로 어색해하고 불편해한다면 그것도 문제였다. 가고 싶은 마음이 큰 만큼 가지 말아야 한다는 생각도 적잖이 들었다.

하지만 결국 가자는 쪽으로 마음을 먹었다.

'그래, 일단 부딪쳐보자.'

나는 서둘러 비행기 티켓을 알아보고 공항으로 향했다. 내 여권은 늘 사무실 첫 번째 서랍에 준비되어 있었다.

서울에서 대전 가는 것보다도 빨리 도쿄에 도착했다. 마음이 급해서 핸드폰을 임대해야 하는 걸 깜박 잊었다. 차가 막힐 것을 염려해 지하철을 탔는데, 노선을 잘못 알고 엉뚱한 곳에서 내리는 바람에 시간이 많이 지체됐다. 평소의 나답지 않게 허둥거리고 있었던 것이다.

결국 택시를 잡아타고 호텔로 가면서 마음을 가다듬었다.

'정신을 차리자. 차분해지자.'

도쿄 시내는 번잡하지만 왠지 모를 활기가 느껴졌다. 차가 함부로 끼어들거나 경적을 울리지도 않았다. 무심하게 평화로우면서 생기가 도는 곳, 그날의 도쿄는 그랬다.

진영을 만날 것을 생각하자 심장이 또다시 쿵쾅거리기 시작했다. 호텔에 도착해 겨우 마음을 진정시킨 다음 그녀가 묵고 있는 방의 벨을 눌렀다. 진영이 곧 환한 모습으로 나와 나를 맞았다. 외국에서 보니 더 기쁘고 반가웠다.

"매니저가 남겠다는 거예요. 그래서 할 수 없이 남자친구가 오기로 했다고 실토했어요."

진영이 혼자 남겠다고 하자 스태프 모두가 같이 있겠다고 하여 돌려보내느라 힘들었다고 했다.

우리는 늦은 점심을 먹고 신주쿠 거리를 구경하기 위해 호텔을 나섰다. 하지만 아직 호텔에 행사 관계자들이 있을지 몰라 엘리베이터를 따로 타고 내려와야 했다.

일단 거리로 나오자 수많은 인파에 휩쓸려 자유롭게 돌아다닐 수 있었다. 한국에서는 누가 알아볼까 항상 조심하고 사람이 많은 곳은 아예 갈 생각도 하지 않았다. 어쩌다 함께 외출을 해도 늘 일정한 거리를 두고 걸었다. 하지만 일본에 오니 그럴 필요가 없었다. 그녀를 알아보는 사람이 아무도 없어 오히려 그게 더 신기했다.

우리는 백화점에 들어가 에스컬레이터를 타면서 큰 소리로 "사랑해!"라고 외쳐보았다. 몇몇 사람들이 쳐다보기는 했지만 무슨 말인지 알아듣지 못하는 눈치였다. 팔짱을 끼고 길거리를 쏘다니며 보통의 연인들처럼 짧은 키스도 나누었다. 그녀도 그 순간을 무척이나 즐기고 있었다. 서른이 넘도록 도시 한복판에서 그렇게 애정을 과시한 적이 없었을 터였다.

우리는 손을 잡고 거리를 돌아다니다가 일본식 젓가락 파는 집을 물어물어 찾아갔다.

"나중에 함께 쓰게 될지 모르니까 내 것까지 세트로 사."

나는 젓가락을 고르는 진영에게 내 것도 같이 고르라고 주문했다. 그녀는 젓가락 열다섯 세트와 받침대를 열심히 골랐다. 젓가락에 흥미를 갖는 모습이 인상적이었다. 그녀는 친구와 스태프들에게 선물로 나눠주고 싶다며 가게를 샅샅이 뒤지다시피 했다.

오후에는 마침 일본에 있는 친구와 전화 통화가 되어 신주쿠의 유명한 일본 선술집을 소개 받았다. 우리는 식당 한가운데 있는 테이블에 자리 잡고 이것저것 음식을 시켜 맛을 보았다. 약간 취기가 돌자 진영은 내 손을 잡아끌었다.

"우리, 클럽에 가요."

모처럼 자유로운 기분에 취해 조금도 주저하지 않고 클럽을 찾았다. 그곳에서 두 시간 동안 일본인들과 데킬라를 마시며 웃고 떠들고 춤을 추며 시간을 보냈다. 한국이었다면 상상도 못 할 자유로움에 진영은 마냥 즐거워 보였다. 적당히 지친 우리는 택시를 타고 숙소로 돌아왔다. 진영의 손을 꼭 잡고 방으로 가며, 오늘밤을 어떻게 잘 보내나 하는 걱정에 머리가 무거워졌다.

40대 남자와 30대 여자의 사랑에는 많은 진통이 따른다. 많이 알고 있는 만큼 더 조심스럽고, 힘든 순간도 자주 찾아온다. 나는 이 여자다 싶어 그녀에게 적극 다가갔지만, 진영은 과연 이 남자와 앞날을 함께 해도 되는가에 대해 적잖은 고민을 하고 있었다.

일본에서의 첫날밤은 몹시 떨렸다. 그간 진영은 나와 적당한 거리를 유지하고 있었다. 가벼운 스킨십 정도는 허락했지만 자신이 그어놓은 선에서 더 이상 가깝게 다가가는 것을 허락하지 않았다. 그녀가 조심스러워하는 만큼 나 역시 그녀의 의사를 충분히 존중했다. 남자로서의 욕심도 있었지만 망설이는 그녀에게 시간을 주고 싶었다. 진영은 내가 한 발짝 다가서면 반 발짝 물러서는 여자였다. 일에서는 거칠 것 없이 당당하고 열정적이지만 사랑 앞에서는 쉽사리 마음의 문을 열지 않았다. 우리는 어린 소년 소녀가 아니었기에 앞날에 대해 더욱 신중할 수밖에 없었다. 그날은 남자인 나보다 여자인 진영이 더 많은 생각을 했을 것 같다.

숙소로 돌아와 좀 씻어야겠다며 진영이 주섬주섬 옷을 챙겼다. 나는 침대에 누워 있겠다고 했다. 피곤이 밀려와서 앉아 있기가 힘들었다. 곧 현관문 닫히는 소리가 들렸다. 처음엔 진영이 문단속을 하나 생각했다.

"진영 씨."

침대에 누워 그녀를 불렀는데 대답이 없었다. 주변을 두리번거리니 진영이 보이지 않았다. 현관으로 가 문을 열어보니 그녀의 모습은 벌써 사라지고 없었다. 술이 확 깨는 듯한 기분이었다.

'내가 그렇게 불편하다면 초대를 하지 말았어야지.'

자존심도 상하고 화도 났다. 평소처럼 불편하다는 사인을 보냈으면 내가 알아서 자리를 피해줬을 일이었다. 그동안 진영과 나는 여러 차례 잠자리를 함께 했지만 스킨십 없이 침대에 금을 긋고 자는 게 다였다. 진영은 매번 키스를 나누거나 함께 블루스를 추는 것은 허락했지만 그 이상은 거절했다. 어쩌면 그녀는 나에게 성적 매력을 느끼지 못하는 건지도 몰랐다. 불안감이 엄습했다.

나는 행사가 일찍 끝나서 스태프들이 묵던 방이 비어 있다는 걸 알고 있었다. 진영은 그 방들 중 한 곳으로 간 게 틀림없었지만 방 호수까지 알 수는 없었다. 그렇다고 복도에 있는 방들을 일일이 두드리고 다닐 수도 없는 노릇이 아닌가.

내일 혼자 한국으로 돌아가야겠다 생각하며 화를 삭이고 있는데 진영의 핸드백이 눈에 들어왔다. 살짝 열린 틈새로 하얀 종이가 끼워져 있는 게 보였다. 펼쳐보니 각 스태프들의 이름과 방 번호가 적혀 있었다. 하늘이 내 손을 들어준 것인가. 나는 가장 가까운 방을 찾아 벨을 눌렀다. 5분 넘게 벨을 누르니 안에서 인기척이 났다.

"누구세요?"

"나야. 문 열어."

화가 나서 얼굴이 굳어진 나와 달리, 진영은 자다 깬 얼굴로 천연덕스럽게 문을 열었다.

"웬일이에요?"

"도대체 뭐하는 거야. 다른 데로 갈 거면 간다고 하지. 그렇게 불편하면 내가 여기서 잘 테니 당신은 당신 방에서 자. 일단 방으로 돌아가자."

"어떻게 날 찾아왔어요?"

"하느님이 가르쳐주셨어."

진영을 그녀의 방으로 데려다준 뒤 나는 그대로 돌아서 나오려 했다.

"그냥 여기서 자요."

그 순간 미안한 마음이 들었던지 진영이 내 손을 잡았다.

그녀는 생긋 귀여운 웃음을 지었다. 그리고 또다시 침대에 금을 그었다. 진영은 마음이 열릴 듯 말 듯, 그만큼의 거리에 있었다.

처음 진영을 만났을 때, 그녀는 그다지 애교도 없고 보이시한 느낌이었다. 실제 성격도 시원시원하고 호탕한 편이어서 여자 팬들도 많았다. 한마디로 진영은 여우같은 여자가 아니었다. 하지만 나와 연애를 시작하고 사랑의 감정이 싹트면서 그녀도 달라지기 시작했다. 늘 단단히 닫혀 있는 마음의 빗장을 열고 가끔 애교를 보일 때면 나도 행복을 느꼈다.

점점 더 그녀를 사랑하게 되면서 나는 그녀의 단점까지도 수용했다. 그녀와 함께 있다는 사실만으로도 충만했고 인생에서 더 이상 욕심을 부리지 않아도 될 것 같았다. 그녀가 두려워하는 부분이 있다면 편안해질 때까지 기다려 주고 응원해줄 마음의 자세도 되어 있었다.

다음날 잠에서 깨어, 어젯밤 핸드백 사이에 끼워져 있던 쪽지 이야기를 해주었다. 진영은 듣는 내내 배를 움켜쥐고 웃었다.

"우리는 같이 잠들 수밖에 없는 운명이야."

그녀가 나를 부드럽게 포옹했다. 그날 아침, 우리는 마치 늘 그래 온 것처럼 자연스럽게 사랑을 나누었다. 그리고 사랑을 나눈 뒤 완벽한 고요 속에 말없이 누워 있던 그 순간, 두 사람의 영혼이 일치된 것 같은 교감을 느꼈다. 서로의 체온을 나누며 그렇게 누워 있자니 세상을 다 얻은 것만 같았다. 나는 진영의 머리카락을 쓰다듬다가 그동안 궁금했던 것을 물었다.

"진영아, 왜 그동안 나에게 야박하게 굴었던 거야?"

그녀는 확신이 서지 않은 상태에서 잠자리를 하면 후회할 일이 생길 것 같아 두려웠다고 했다. 그녀의 솔직한 대답이었다. 인간은 누구나 약한 존재이고 상처받는 것에 대한 공포가 있다. 평소 그녀가 이성적이고 합리적이라는 것을 알기에, 나는 갑자기 다가온 낯선 감정에 얼마나 혼란스러웠을지 이해가 갔다. 사실 진영은 배우라는 직업에 가려져 있을 뿐 겉으로 보이는 것보다 더 따뜻하고 좋은 여자였다. 나는 그런 그녀를 더욱 아껴주고 싶다는 생각만 들 뿐이었다.

어딜가든
그녀와 좋은 인연을 맺게 해달라고
염원하는 나를 발견한다.
낯설고 이상한 감정,
그렇지만 기분 좋은 예감이었다.

## 도쿄
## 이튿날

진영과 나는 늦은 점심을 먹기 위해 호텔을 나왔다. 도쿄의 4월은 비교적 따뜻했다. 일본에서 꽤 유명한 장어 집에 가서 식사를 하고 근처 아사쿠사라는 큰 절을 구경했다. 우리는 각자 소원을 종이에 적어 줄에다 묶고 큰 불상 앞에서 두 손을 합장하고 소원을 빌었다.

'진영이와 잘 돼서 결혼할 수 있게 해주세요.'

절을 나오며 진영에게 무슨 소원을 빌었냐고 물었다.

"행복하게 살 수 있도록 도와달라고 빌었어요."

지난밤 걸었던 신주쿠 거리는 대낮인데도 인파로 북적거렸다. 평소 그녀는 나를 가리켜 비를 몰고 다니는 사람이라고 했다. 아니나 다를까, 갑자기 굵은 빗방울이 떨어지기 시작했다. 진영이 나를 보며 웃음을 터뜨렸다. 진영은 비 오는 날을 무척이나 좋아했다.

나는 진영을 가게의 처마에 세워두고 서둘러 우산을 찾아 나섰다. 최대한 큰 우산을 고르느라 생각보다 시간이 지체됐다. 낯선 가게 앞에서 기다리고 있을 진영이 걱정되어 한달음에 뛰어갔다. 그녀는 처마 밑으로 떨어지는 빗방울을 손바닥으로 받고 있다가, 뛰어오는 나를 발견하고는 성큼 우산 밑으로 들어섰다. 비에 젖은 벚꽃이 거리에 흩날렸고, 우리는 어깨를 맞대고 걷다가 다음 행선지를 향해 택시를 잡았다.

도쿄에서의 진영은 서울에서 보던 모습과는 사뭇 달랐다. 훨씬 편안하고 자유로운 느낌이었다. 외국 여행지라는 이유만으로 그녀는 도쿄 시내 한복판에서 내 손을 잡아주었다. 그 순간 첫사랑에 빠진 바보처럼 내 얼굴이 붉어졌다. 마흔이 넘어 찾아온 설레는 감정이었다.

진영과 나는 바다를 끼고 새롭게 워터파크가 들어선 곳, 도쿄의 디즈니 씨(sea)로 가기로 했다. 빗줄기는 더욱 거세져 택시에서 내릴 땐 내 검정 재킷을 벗어 그녀의 머리에 씌워주어야 했다. 다리에 척척 감기는 바짓단과 차가운 바닷바람에도 아랑곳없이 그녀의 얼굴에는 웃음이 떠나지 않았다. 누가 보더라도 우리는 사랑에 빠진 연인들이었다.

디즈니 씨를  거닐다 보니 어느새 비가 그치고 언제 그랬냐는 듯 하늘이 맑게 개어 있었다. 구두를 벗어 손에 쥔 그녀는 밀려드는 물의 감촉을 맨발로 즐겼다. 멀리서 양동이를 가지고 물놀이를 하는 꼬마들이 보였다. 저마다 파란색과 노란색, 빨간색 양동이를 쥐고 놀이에 열중해 있었다. 그 모습을 지켜보는 그녀에게 아이를 좋아하느냐고 물었다.

"나이가 들면서 너그러워진달까, 예전에 비해 어린아이들이 좋아요. 보고 있으면 웃음이 나고 안아주고 싶고."

크게 내색하지 않았지만 안심이 되었다. 그녀와의 결혼을 염두에 두고 있었기 때문이다. 장화를 신고 껑충껑충 뛰며 모래를 모으던 아이들이 노래를 부르기 시작했고, 진영과 나는 해질녘 바닷가에 앉아 아이들의 화음에 귀를 기울였다.

"우리가 여기에 다시 올 일이 있을까요?"

"10년쯤 뒤 아이와 함께 셋이 오자."

그녀는 조용히 웃기만 했다. 한바탕 비가 쏟아진 뒤 불어오는 바람이 시원했다. 모든 것이 평화로워 보이는 오후였다.

**편지4**

진영에게

벌써 4월, 따스한 봄 햇살이 대지를 비추는 것을 보니
시간이 무척 빨리 흐른다는 게 실감난다.
엊그제 일본으로 널 만나러 가며 여러 생각과 우려되는 부분이 있었어.
서울과는 다른 공간에 단 둘이 있으면 네가 어색해하고 불편해할 것 같기도 했지.
우리의 다음 여행에 차질이 생길까 봐 조심스러운 마음이 들었어.
차라리 이번 여행을 포기하고 계획대로 라스베이거스를 가는 게 낫지 않을까,
고민하던 중 너를 만나고 싶은 강렬한 마음에 가자는 쪽으로 결심을 굳혔지.
진영아, 뭐가 그리 들뜨고 조급했는지 일본에 도착했을 때야 핸드폰 대여를
까맣게 잊고 있었다는 걸 알았다. 게다가 택시를 타면 되었을 것을,
지하철을 타고 엉뚱한 방향으로 가는 바람에 시간은 더 지체되었지.
분명 내가 평상시와는 달랐어. 너를 만난다는 기쁨에 평정심을 잃었던 것 같아.
호텔에서 너를 만난 순간, 갑자기 심장 박동이 빨라져 잠시 가만히 서 있어야
했어. 해외 촬영이 많은 너는 호텔 생활에 익숙해 보였고 얼굴도 편안해 보여
안도감이 들었지. 너와 가벼운 포옹을 하고 나니 피로가 모두 풀리는 것 같은
기분이었다. 너를 만나면 난 다시 20대로 돌아가는 것 같아.
내가 이런 감정을 느낄 수 있다는 것이 스스로 이상할 때도 있고.

일본에서 너와 함께 갔던 곳들을 나는 평생 잊지 못할 것 같다.

함께 우산을 쓰고 비옷을 입은 채 거닐던 거리며,

우리가 소원을 빌었던 아사쿠사의 유명한 사찰도.

그날 난 그곳에서 기도했다. 오랜 시간이 흘러도 너를 변함없이 사랑할 수 있도록 품이 넓은 남자가 되게 해달라고.

함께 촛불을 켜면서 우린 경건한 마음이 든다고 했지. 난 마치 너와 신혼여행을 간 것 같은 기분도 들었다.

여행 내내 네가 좋아하는 비가 내리고, 함께 바라보는 바다가 평온해 보였지.

너와 함께 있으면 세상이 아름답게 보이고 작은 일에도 기쁨을 느끼게 된다.

서울에 도착해 너를 바래다주고 돌아오는데 참 허전했다.

이번 여행은 평생 잊지 못할 여행이었어. 집에 돌아와 짐정리를 한 후 침대에 누우니 영화의 한 장면처럼 스치고 지나가는 순간순간들…….

진영아, 우리 아끼고 사랑하는 그 마음 잊지 말자. 앞으로도 너와 함께 자주 여행을 가야겠다는 생각이 든다. 그러기 위해선 내가 좀 더 열심히 살아야겠지.

뭔가 정리를 해야겠다 싶어 몇 자 적어 보낸다.

오늘도 즐겁고 씩씩하게 보내길.

2008년 4월 4일, 영균.

영균에게

글을 읽으면서 당신이 굉장히 신중하고 예민하고
감정에 충실한 사람이란 걸 느꼈어.
작고 사소한 것까지 소중한 기억으로 감싸 안는
당신의 세밀함에 몸 둘 바를 모르겠어.
자기만의 방식으로 아름다운 사랑을 만드는 사람.
당신 안에 끝없이 깊은 세계가 존재한다는 걸 느껴.

한 번도 가보지 못했고
들어가면 나올 수 없는 세계로 가는 당신과 나.
마음속 깊은 상처, 고통, 외로움, 내가 다 치유해줄 순 없어도
결코 가볍지 않은 사랑, 후회 없는 사랑을 만들어가고 싶다.
나의 아름다운 사람, 그대를 위해서.

2008년 4월 5일, 진영.

열 사람 몫의 에너지로 당신이 나를 잡아끄는데
다른 여자가 어떻게 내 가슴에 들어오겠어.

## 엇갈림

진영과 오해가 생겼다. 그녀가 CF 촬영차 해외로 떠났을 때였다. 짧은 여정이지만 그녀와 떨어진다는 생각에 그리움이 밀려왔다. 노트북을 가져간다고 했으니 공항에 도착해 이메일을 확인할 수 있도록 편지를 썼다.

내 메일을 읽은 진영이 보고 싶으니 사진을 찍어 보내 달라는 핸드폰 문자 메시지를 보내왔다. 그녀가 나에게 무엇을 요구하기는 처음이었다. 하지만 상황이 적당치 않아 내일 보내겠다는 간단한 답장을 보냈다. 그런데 다음날 이메일을 확인해보니 '당분간 보지 않았으면 해요' 라는 편지가 와 있는 게 아닌가. 진영이 어디냐고 물었을 때 간단하게 집이라고 말한 것이 화근이었다. 나는 그때 아버지를 모시고 사업상 목포에 내려가 있었는데 그녀가 없을 때 갑자기 지방 출장을 간다는 것이 이상해 보일 수 있어 행선지를 밝히지 않았었다.

당일 여정인 줄 알고 양복만 입고 간 상태라, 그 상태로 1박을 해야 했는데 집에 있다고 말해놓고서 와이셔츠 차림의 사진을 보내면 괜한 오해를 불러일으킬까 싶어 사진을 보내지 않았던 것이다. 나는 그녀에게 구구절절 내 상황을 설명하는 일이 번거로웠다. 진영은 이런 나를 이해하지 못했다. 연인 사이란 작은 일에도 거짓이 없어야 한다는 것이 그녀의 믿음이었다. 진영은 내가 자신의 믿음을 저버렸다고 여겼다.

진영이 이토록 예민해진 것은 지난 사건의 여파 때문이었다. 연애 초반에 진영에게 거짓말을 해서 들킨 일이 있었다. 물론 악의 없는 거짓말이었다. 진영을 소개받기 전부터 나는 친구들과 홍콩 여행을 계획하고 있었다. 미리 약속이 잡혀 있었지만 그녀를 만난 지 얼마 되지 않아 친구들과 홍콩에 가는 일이 내키지 않았다. 여행을 취소하겠다는 말에 친구들이 '여자 때문에 친구를 배신하느냐' 며 야유를 보냈다. 남자 친구들과 수학여행을 가듯 함께 돌아다니는 것은 즐거운 일이었다. 여행 경비는 주로 싱글인 내가 지불했다. 아무래도 결혼한 친구들보다 내가 경제적으로 여유로웠다. 모처럼 들떠 있던 친구들에게 실망을 안겨주는 것이 미안해 나는 결국 여행을 가기로 결정했다. 그리고 진영에게는 이 사실을 알리지 않았다. 소개를 받던 날, 내가 하는 일을 설명하며 자주 베트남과 캄보디아로 출장을 다닌다고 이야기했으므로 진영도 그렇게 받아들일 거라고 생각했다.

그날 친구들과 홍콩에 도착하니 진영에게서 전화가 왔는데 나는 그 전화를 받지 않았다. 친구들과 카페에서 술을 마시고 있는 상황에서 통화하기가 쉽지 않았기 때문이었다. 그 시간 진영은 헵시바에서 와인을 마시고 있었다고 한다. 내 행동이 의심스러워 몹시 슬픈 기분이었다는 것을 훗날 카페 주인 누나를 통해 들었다. 평소 같으면 상대를 매몰차게 차버리는데 나에게만은 그럴 수 없어 기분이 이상했다고, 언젠가 진영이 말한 적이 있다.

홍콩에서 돌아오며 공항에서 전화를 했더니 분위기가 좀 어색했다.

"우리 만나는 거 다시 한 번 생각해 봐야겠어요."

진영의 말에 등줄기로 진땀이 흘러내렸다. 통화를 끝낸 그녀는 더 이상 전화를 받지 않았다.

나는 헵시바에 들러 주인 누나에게 그동안의 정황을 전했다. 오해가 발생한 시점에 그녀에게 진실을 말해도 제대로 전달되기가 어려웠기에 도움을 구하는 것이 현명할 듯했다.

"사랑을 하려거든 진실만을 말해야지. 신뢰를 잃으면 사랑을 잃는 건 시간 문제야."

나는 누나에게 심한 꾸지람을 들었다. 다행히 그 사건은 누나의 도움으로 잘 마무리되었고, 진영과 다시 만날 수 있었다.

하지만 그로부터 두 달 후 비슷한 일이 생겨 진영의 믿음에 또 한 번 금이 간 것이다. 당시 그녀는 더 이상 나를 신뢰하기 어려웠을 것이다.

평소 진영은 싫고 좋은 것이 분명한 여자였다. 그녀 자신이 앞과 뒤가 다르지 않았고, 작고 사소한 일이라도 거짓말을 하지 않았다. 당시에 나는 이런 진영의 성격을 제대로 읽지 못했다. 그녀를 배려한다고 한 행동이 오히려 그녀를 더 아프게 한 것이다. 그 밤, 나는 진영에게 편지를 썼다. 백마디 말보다 진심이 담긴 편지 한 통이 마음을 움직일 거라고 생각했다.

답장이 도착했지만 진영은 쉽사리 나를 받아들이지 않는 것 같았다. 하지만 포기하지 않고 그녀의 마음을 돌려놓기로 마음먹었다. 어떻게 만난 사람인데, 순간의 오해로 그녀를 놓칠 수는 없었다. 이미 그녀는 내 가슴에 커다란 자리를 차지하고 있었다. 우리 둘의 만남은 운명이란 생각도 들었다. 진실은 반드시 통한다는 믿음으로 나는 다시 편지를 썼다.

편지5

진영에게

가슴에 커다란 돌이 얹힌 것처럼 답답한 심정으로 편지를 쓴다.
무사히 일을 마치고 돌아왔다니 환영해. 힘든 촬영으로 많이 지쳐 있겠지.
따뜻한 욕조에 몸을 담그면 피곤이 한결 풀릴 거야.
그동안 당신을 기다리며 즐거운 상상을 했어. 당신이 지친 몸으로 집에 왔을 때
피로가 한 번에 사라질 깜짝 이벤트를 궁리했지.
거실을 풍선으로 채워 넣을까, 안마를 해줄까, 침대를 장미꽃으로 장식할까.
이런 생각에 혼자 웃으며 달력 날짜를 보고 또 보면서 오늘만을 기다렸는데,
일이 이렇게 되다니 안타깝다. 어디서부터 잘못된 걸까.
나는 당신과의 만남을 운명이라 생각해.
우리 지금까지 만나며 좋은 일들이 많았잖아.
다른 세상에 산다고 여겼던 당신에게 사랑을 고백하고
진지한 만남을 약속하고 말이야. 당신과 마주 보고 앉아 이야기를 주고받으며
'우린 참 닮은 구석이 많다'는 생각을 하기도 했지.
겉으로 보이는 당신은 그냥 밝고 유쾌한데, 그 속을 조금만 들여다보면
마음 깊숙이 남모를 외로움과 아픔이 느껴져.
겉으로는 강한 척, 호탕한 척하지만

속으로는 상대에게 상처받는 걸 극도로 두려워하잖아.

아름다운 사랑은 믿지만 그 두려움 때문에 사랑을 빨리 포기하려고 하지.

당신을 만나고부터 난 행복을 선물 받은 사람처럼 살아가고 있어.

하지만 당신의 그런 약한 모습이 마음 한구석을 불안하게 한다.

행복의 크기만큼 불안도 커지더라고.

내가 꿈을 꾸는 거니? 곧 깨져 없어질 환상을 좇는 걸까?

행복한 순간이 날아가 버릴까 봐 나는 모든 걸

조심스럽게 생각하고 행동할 수밖에 없어.

살면서 한 번도 이렇게 위축된 나를 본적이 없어.

그래서 가끔 내 행동에 화가 나기도 한다.

아주 오래 전에 보았던 영화가 있어. 제목은 기억나지 않는데,

사랑을 쟁취하기 위해 남자 주인공이 끊임없이 노력하고

스스로를 변화시켜가는 내용이었지.

나는 그 주인공처럼 당신에게 부담 주지 않으면서

당신이 원하는 이상형과 근접해지려 노력하는 중이야.

나는 지금 내 생을 걸었다고 할 정도의 열정으로 당신을 대하고 있어.

장진영이란 사람과 평생을 아름답게 살겠다고 다짐하면서.

세상 사람들이 부러워할 그런 사랑을 당신과 죽을 때까지 만들어가고 싶다.

장진영, 당신은 결코 쉬운 여자가 아니야. 나를 많이 당황하게 하지.

난 못 마시는 술도 열심히 따라 마시고, 네가 좋아할 만한 일을 찾아 나서고,

재미있는 말을 메모해 두었다가 널 웃게 하려고 노력해.

진영아, 나는 한눈을 팔 겨를이 없어. 그저 한 곳만 바라보고 전진하는 중이야.

하루, 아니 단 1분 1초도 너를 내 마음속에서 잊어본 적이 없다.

나로 인해 행복하다고 말하는 당신을 보는 일이 가슴 뻐근하게 기쁘다.

이게 사랑이구나 싶지.

지금 우리는 시작하는 연인들이야. 아직 서로에 대해 잘 모르잖아.

더 알아가고 서로 길들여지는 과정과 노력이 필요하다고 생각한다.

서로 다른 세계에서 이미 많은 인생을 살다가 만났잖니.

어떻게 이런 힘든 과정 없이 행복한 사랑을 꿈꿀 수 있겠어.

때로 오해가 생기고 힘든 일도 반복되겠지.

그러면서 서로 이해하고 고쳐가는 거야. 맞춰가는 거지.

서로 상처받는 건 원치 않지만 이런 과정은 꼭 필요한 게 아닐까?

장진영을 많이 사랑한다.

누구 말대로 살아 있는 한 50년 후에도 지금같이 사랑하기로 하자.

누구보다 즐거워야 할 오늘, 가슴이 답답하고 섭섭하다. 미안하기도 하고.

피곤할 텐데 잘 자.

2008년 3월 20일, 영균.

PS. 왼쪽 목이 부어오르기 시작했어.

추운 곳에서 한참을 기다려서 그런지 몸에 열도 좀 있고.

영균에게

복잡한 감정이 나를 힘들게 해요.
긴장되고 설레는 마음으로 당신을 여기까지 따라왔는데
지금은 그런 감정이 많이 버겁고 짜증나요.
당신이 갑자기 찾아온 내 삶이 낯설고 불편해요.
그냥 이 힘든 상상과 피곤을 내려놓고 편해지고 싶다는 생각이 들어요.
내 마음 알겠어요? 물론 이해 안 되겠죠.
영균 씨, 나는 항상 지금과 같은 '사랑'을 꿈꿔왔어요.
하지만 이제 알겠어. 내가 사랑할 줄 모르는 사람이라는 거.
다른 사람보다 자기애가 너무 강하다는 사실.
지금까지 주고받을 수 있는 사랑을 못 했던 이유이기도 해요.
아직은 내가 편히 꿈꾸고 소중히 가꿔갈 생각의 공간이 필요해요.
당신이 전부 들어와 있으면 곤란해요.

지금은 생각이 뒤죽박죽이라 정리가 잘 안 돼요.

목이 또 아프다니, 감기를 한 번은 앓겠군요. 꼭 약 챙겨먹고 자요.
당신 얼굴이, 웃음이, 목소리가, 눈빛이 자꾸 떠올라 혼란스러워.
안녕.

2008년 3월 20일, 진영.

저기 나를 향해 웃으며 걸어오는 연인을 만나고부터
모든 걸 눈으로만 확인할 수 있다는 오만을 버렸다.
기다림이 끝났다는 느낌
그리고 잔잔한 그녀의 향기.

## 여인의 향기

둘 다 한강과 가까운 아파트에 살고 있어서 나와 진영은 수시로 서로의 집을 오가며 산책과 조깅을 즐겼다. 차츰 나의 집 이곳저곳에 그녀의 옷과 음반, 책, 머리핀 등 손때가 묻은 물건들이 자리를 차지했다. 그녀의 집에도 여벌의 내 옷과 전기면도기가 놓였다. 우리는 같은 향의 자동차 방향제를 썼고 같은 무늬의 베개보와 쿠션을 사용했다.

진영에게서 전화가 왔다.

"시사회 행사 마치고 전화할게요."

마침 영화 시사회가 내 아파트와 가까운 용산 CGV에서 있었다. 진영은 공식적인 자리에 나설 때 늘 두 명의 매니저와 동행했다. 나는 영화 상영 시간을 가늠해 느긋하게 서류를 책상에 펼쳐놓았다. 그런데 시사회가 시작된 지 20분도 채 안 된 시각, 진영으로부터 문자 메시지가 왔다.

'나 지금 나가요. 빨리 만나요.'

'벌써?'

그녀의 급한 연락을 받고 무슨 안 좋은 일이라도 생긴 건 아닌지 걱정되었다. 영화가 끝나면 감독, 동료 배우들과 함께 시간을 보내야 하는 걸로 알고 있었으니까.

영화가 시작되고 모두가 숨죽여 스크린에 시선을 집중하고 있을 때, 그녀는 자리에서 일어나 그곳을 빠져나왔다. 그 극장은 평일에도 많은 사람들이 몰릴 정도로 혼잡한 곳이어서 그녀를 기다리는 동안에도 걱정이 되었다. 수많은 인파를 통과해 정문 앞까지 오다가 자칫 사고가 생길 수도 있었기 때문이다.

웅성거리는 관객들을 본 매니저가 사람이 없는 데로 돌아서 가자고 해도 진영은 단호했다고 한다.

"괜찮아. 걱정하지 마."

그녀는 망설임 없이 앞장서서 사람들 앞으로 걸어 나갔다.

"누나가 어찌나 씩씩하게 걸어가던지, 저 깜짝 놀랐어요."

매니저는 진영이 도대체 누구를 만나러 가기에 저렇게 서두르나 궁금했다고 한다.

그날 나를 본 진영은 환하게 웃으며 건물에서 뛰어나왔다. 그녀는 블랙 드레스 차림이었고 목에는 내가 선물한 목걸이가 반짝이고 있었다. 반가운 마음에 그녀를 살짝 안아주고 차문을 열었다.

진영에게선 늘 좋은 향기가 났다. 특정 브랜드의 향수가 아니라 그녀라는 존재에서 풍겨 나오는 순수한 체취였다.

"엘리베이터처럼 비좁은 장소에서 여자들의 진한 향수 냄새를 맡으면 아무리 좋은 향이라도 싫을 수밖에 없어."

평소 진영은 향수를 많이 즐기는 타입이 아니었다. 그리고 진한 향수를 싫어하는 나를 배려해 자기 체취를 가리지 않을 정도의 은은한 향을 사용했다. 나는 그녀의 체취를 좋아했다. 내가 진영을 꼭 끌어안으면 내 코가 그녀의 정수리에 자연스럽게 닿았다. 그렇게 그녀의 향기를 맡으면 몸이 기분 좋게 느긋해지면서 어머니의 따뜻한 품 같은 포근한 느낌을 받았다.

나폴레옹은 전쟁이 끝날 무렵이면 늘 아내 조세핀에게 편지를 썼다고 한다.

'일주일 후면 돌아가 당신을 만날 것이오. 그때까지 몸을 씻지 말고 나를 기다려주시오. 당신의 냄새가 그립소.'

자기가 돌아갈 때까지 일주일이나 목욕을 하지 말고 기다려 달라는 나폴레옹의 주문을 나는 이해할 수 있었다. 진영의 은은한 체취는 그 어떤 향수보다 나를 가슴 뛰게 했다.

5월이 지나고 진영과 호칭에 관해 의견을 나누었다.

"오빠라고 불러야 하나?"

"남자 나이가 자신보다 조금만 많아도 너도 나도 오빠라고 부르는 거 보기 안 좋더라."

그동안 '영균 씨' 라고 부르던 진영은 이제 연인 관계의 호칭이 필요하다고 생각한 모양이다. 나는 그녀에게 적당하다고 생각하는 호칭을 말해 주었다.

"자기라고 부르는 게 적당하지 않을까."

진영은 평소 주관이 확고해 스스로 납득되지 않는 의견은 잘 받아들이지 않았다. 그래서 처음에는 '자기' 라고 부르는 걸 많이 어색해했다.

그녀는 새로운 것을 자연스럽게 받아들이기까지 여러 단계를 거쳐야 했다. 하나 다음에 둘이라는 수가 오는 것처럼 다른 사람들에겐 자연스럽고 쉬운 일들이 진영에겐 그렇지 못했다. 어떤 상황이 받아들여지지 않으면 한 걸음도 더 나아가지 않는 그녀는 '자기' 라는 말이 입 밖으로 나오기까지 꽤 오랜 시간이 걸렸다.

"진영아, 어디 한번 불러봐."

"음…… 자, 기."

처음엔 '자기' 라는 말을 장난스럽게 건넸다. 어색함을 피하기 위해 일부러 톤을 높여 개구쟁이처럼 부르고는 내 반응을 살폈다. 마치 고집 센 어린아이를 지켜보는 기분이었다. 그런 과정을 거쳐 그녀는 조금씩 '자기' 라는 호칭을 자연스럽게 익혀갔다.

그녀와 나는 명랑한 분위기 속에서 데이트를 즐기곤 했다. 서로 잘 알지 못하던 부분들을 하나씩 알아가고 서서히 서로에게 익숙해지면서 우리의 사랑도 조금씩 더 깊어져가는 걸 느꼈다.

나이 서른 넘은 여자가 한 남자에게 몸과 마음을 여는 데 이렇게 오랜 시간이 필요한 걸까 싶을 만큼 진영은 사랑을 표현하는 데 무척이나 서툴

렀다. 호칭 하나를 바꾸는 일에도 적지 않은 노력이 필요했으니까. 나는 이런 모습에서 그녀가 그동안 스스로를 지키고자 얼마나 애를 써왔을지 헤아릴 수 있었다. 겉으로 보기엔 당당하고 화려한 삶을 사는 배우였지만, 그녀는 외롭고 상처받기 쉬운 연약한 여자였던 것이다.

백이라는 숫자만큼
당신 마음에 내가 꽉 들어차면 좋겠다.
백 송이 장미를 받아주었듯
앞으로
천 송이 장미를 받아주기를.
만 송이 장미가 당신과 함께하기를.

## 100일

진영과의 만남 100일 기념으로 어떤 이벤트가 필요하다고 생각했다. 고민 끝에 국내여행을 제안했더니 그녀가 흔쾌히 받아들였다. 나는 회사에 매여 있기 보다는 그때그때의 비즈니스 상황에 따라 자유롭게 시간을 낼 수 있었다. 진영 또한 잠시 활동을 멈추고 숨을 고르는 시기였다.

이런저런 의견을 나누며 그녀와 여행지를 물색하는 사이, 나는 그녀가 어디를 가느냐보다 어느 장소에서 어떤 시간을 갖느냐에 관심이 많다는 걸 알게 되었다. 진영은 어디를 가든 그곳만의 특색을 알고 제대로 즐기고 싶어했다. 인공적이지 않고 자연이 그대로 살아 있는 장소를 찾다가 동해안을 택했다. 지루하지 않게 이곳저곳을 둘러볼 수 있을 것 같아서였다.

숙소는 아무래도 호텔이나 모텔처럼 노출되기 쉬운 곳보다는 되도록 인가와 멀리 떨어진 곳이 나을 듯했다. 인터넷 여행 사이트를 한참 들락거린 끝에 적당한 펜션을 발견할 수 있었다. 강원도 횡성에 황토로 지은 집이었다. 진영은 마음 놓고 거닐며 삼림욕을 하고 황토방에서 묵는 코스에 큰 관심을 보였다. 우리는 1박을 신청하고 여행 준비에 들어갔다.

짐을 꾸리는 일에 능숙한 진영이 이것저것 꼼꼼하게 메모를 하며 여행에 필요한 물품들을 점검했다. 좋은 음악이 없으면 아무리 맛있는 식사도 시들하다는 그녀는 작은 스피커와 CD 플레이어, 아이팟을 가져가겠다고 했다. 향과 초, 샐러드 소스, 와인 잔, 포크 등은 그녀가 맡고 멸치볶음과 김치 등의 밑반찬, 과일, 음식 재료는 내가 맡았다.

평일 고속도로 사정은 여유로웠다. 데뷔 이후 지금까지 여행다운 여행을 다녀올 기회가 없었기에 진영은 몹시 들떠 있었다. 그녀는 운전 중인 나를 배려해 경쾌하고 빠른 음악을 선곡해 주었는데, 특히 에이미 와인하우스의 음색이 인상적이었다. 그녀는 이 뮤지션을 좋아해 여행 때마다 음반을 챙겨가지고 다녔다. 약물중독 이력과 퇴폐적이라는 구설수에도 불구하고 음악성이 뛰어난 뮤지션이므로 그 재능을 인정해야 한다고 했다. 진영 또한 배우이므로 젊은 음악가에 대한 이해와 애정이 각별했던 것 같다. 나는 그녀의 이런 면이 좋았다. 내게는 없는 부분이 진영에게는 있었다. 나는 전형적인 사업가 기질이라면 그녀는 예술적 안목이 뛰어나고 타인에 대한 이해와 배려가 깊었다.

자동차가 영동고속도로에 막 들어서고 있었다.

"아, 저기 나무 좀 봐. 언제 저렇게 진한 초록색을 띠게 되었죠?"

진영은 소풍가는 어린 소녀처럼 손가락으로 여기저기를 가리키며 감탄사를 쏟아냈다. 음악에 맞춰 양손을 흔들며 익살을 부려 나를 배가 아프도록 웃게 만들기도 했다. 우리는 어린 시절로 돌아간 철부지들 같았다.

중간에 유명한 막국수 집에 들러 간단하게 점심을 해결했다. 그곳 한우가 유명하다는 말을 듣고 정육점에 들러 저녁에 해먹을 바비큐용 고기를 샀다. 진영에게 좋은 음식을 먹이고 싶은 마음에서였다. 사랑에 빠지니 맛있는 음식, 멋진 풍경, 아름다운 음악을 들을 때마다 그녀가 먼저 떠올랐다. 그녀를 모르고 40년 넘게 잘 살아왔지만 이제는 그럴 수 없을 것 같았다. 단 하루도 진영과 떨어지고 싶지 않았고, 그녀가 없는 삶은 무미건조하게 느껴졌다.

그녀를 만나면서 나는 양보하고 배려하는 법을 배웠다. 그러면서 그 동안 내가 참 이기적으로 살았구나, 하는 생각을 해보기도 했다. 이전까지 나는 타인을 먼저 생각할 줄을 몰랐다. 더 정확하게 말하면 언제나 타인들의 배려 속에 생활해왔다. 나는 그녀를 배려하게 되면서 다른 사람들이 어떤 마음으로 나를 배려해 주었는지를 알게 되었고, 그들의 따뜻함과 정성, 세심함을 되돌아보게 되었다. 그녀는 나를 사려 깊은 사람, 좀 더 세련되고 멋진 남자로 변화시키고 있었던 것이다.

목적지에 도착하자 항아리를 거꾸로 엎어놓은 모양의 황토집이 보였다. 진영은 그 집이 마음에 드는지 보자마자 손뼉을 치며 좋아했다. 삐걱거리는 문을 열고 안으로 들어서니 벽과 지붕이 모두 황토와 통나무로 되어 있었고 한 구석에는 작지만 침실 또한 아담했다.

주위를 둘러보니 산자락을 낀 자연휴양림 계곡을 따라 숲 속으로 산책로가 나 있었다. 우리는 짐을 방에다 들여놓은 뒤 손을 잡고 숲길을 걸으며 삼림욕을 했다. 간간이 그녀가 꽃을 꺾어 손에 쥐고는 향기를 맡았다. 우리는 나무가 울창해 하늘이 잘 보이지 않는 숲 속까지 한참을 걸어갔다가 되돌아 나왔다. 숙소가 있는 산 밑에는 소나무가 많았는데, 우리가 묵게 된 황토방은 소나무 숲 속에 단독으로 지어져 있었다. 진영은 무엇보다 독립적이어서 마음에 들어했다. 산나물과 야생화가 많아 사람들이 많이 찾아온다는 주인의 말대로, 주변에는 보이는 곳마다 꽃과 나무로 가득했다. 우리는 여유롭게 산책을 즐기며 좋은 공기를 충분히 들이마셨다.

산이라 어둠이 빨리 온다는 펜션 주인의 충고가 생각나 4시 반부터 저녁식사 준비를 시작했다. 페치카에 장작불을 피웠는데 생전 처음 해보는 일이라 아무래도 미숙했다. 내가 실수를 할 때마다 진영은 옆에서 깔깔거리며 좋아했다. 그럴 때는 천진난만한 어린아이 같았다.

저녁을 준비하는 나의 손놀림이 빨라졌다. 한우를 후추와 마늘즙에 재웠다가 꼬챙이에 끼우고, 깨끗이 씻은 채소를 손으로 잘게 찢어 샐러드 볼에 담았다. 부드러운 맛을 내기 위해 레드와인 마개를 미리 따놓는 것도 잊지 않았다. 고기 굽는 불의 강약을 조절하고 스프를 만들 때, 진영은 볼에 담긴 샐러드와 소스, 식기 포크와 나이프 등을 식탁보 위에 예쁘게 옮겨놓았다. 식탁 중앙에는 그녀가 산책길에 꺾은 꽃들이 물컵에 얌전히 꽂혀 있었다. 어디에서 본 것보다 아름답고 소박한 식탁이었다.

진영과 나는 집에서 함께 요리를 해본 경험이 있어 호흡이 잘 맞았다. 서로 묻지 않아도 무엇을 해야 하는지 알았고, 그 흐름이 매우 자연스러웠다.

"우리는 손발이 척척 맞는 것 같아."

요리를 하거나 함께 여행을 다닐 때 그녀는 종종 이런 말을 했다. 요리를 할 때 진영과 나는 레시피의 순서를 생각해 서로 알아서 잘 움직였고, 둘이 박자가 너무도 잘 맞아 종종 감탄하기도 했다.

나는 성격이 치밀한 편이고 완벽주의자라 평소 설렁설렁 일하는 것을 좋아하지 않았다. 어디를 가더라도 왜 가는지, 가서 무엇을 할지 기록을 해야 직성이 풀렸다. 소소한 일상이라도 흐트러지는 걸 싫어했다. 그런데 진영도 워낙 해외 촬영이 많아서 그런지 짐을 꾸리는 것부터 일정을 체크하는 것까지 꼼꼼하기가 나와 비슷했다. 우리는 말하지 않아도 각자 해야 할 일을 잘 알고 사소한 물건 하나라도 정성스럽게 준비하는 커플이었다.

나를 처음 만났을 때는 불편하다는 말을 자주하던 그녀가 어느새 호흡이 잘 맞는다는 표현을 하기 시작했다. 놀라운 변화였다. 전혀 딴 세상에 살던 사람들이 만나 이렇게 좋은 파트너가 될 수도 있다는 걸 진영과의 만남을 통해 알 수 있었다.

어느덧 식탁 세팅을 마친 진영이 심플한 원피스로 바꿔 입고 밖으로 나왔다. 그녀는 항상 저녁 만찬을 위한 의상을 따로 준비하는 습관을 가지고 있었다. 바비큐가 완성되자 우리는 와인 잔을 부딪치며 서로의 건강과 행운을 빌었다. 숲 속에서 그녀와 갖는 오붓한 시간은 지금까지 살아오면서 한 번도 경험해보지 못한 것이었다.

식사를 마치고 페치카 앞으로 자리를 옮겼다. 스피커에서는 에디트 피아프의 '장밋빛 인생'이 흘러나오고 있었다. 우리는 음악에 맞춰 블루스를 췄다. 한 발 한 발 리듬을 타고 움직이면 구름 속을 거니는 것처럼 아득해졌다. 진영의 가벼운 숨소리에서 편안함과 행복을 읽을 수 있었다.

서늘한 밤공기 때문에 그녀가 감기에 걸릴까 봐 걱정되었다.

"추운데 괜찮겠어?"

내가 묻자 진영은 눈을 반짝이며 장난스럽게 웃었다. 행복하다는 의미였다. 곡이 끝나갈 때쯤 나는 준비해 간 반지를 꺼내 그녀의 손가락에 끼워주었다. 반지 사이즈를 몰라 그녀가 주방에 있을 때 보석함에 들어 있는 반지를 실로 재서 준비한 선물이었다. 조금 투박한 디자인의 반지가 그녀의 가느다랗고 새하얀 손에는 잘 어울렸다.

"언제 이런 걸 준비했어요, 고마워요."

나도 똑같은 모양의 반지를 꺼내 내 손가락에 끼웠다. 마치 무언의 의식을 행하는 것 같았다. 이래도 될까 싶을 만큼 행복한 순간이었다. 그날부터 우리는 손에서 반지를 빼지 않았다.

일이 순조롭게 잘 진행되어 가면서 때로 겁이 나기도 했다. 하지만 매순간 최선을 다해 그녀와 보내길 참 잘했다는 생각이 든다. 소중한 기억을 영원히 남겼으니.

다음날 아침 눈을 떴을 때는 황토방의 효능 때문인지 몸이 개운했다. 진영도 컨디션이 무척 좋아 보였다. 아침 10시가 되어 용평으로 차를 몰았다. 대관령을 넘어갈 때 하늘을 보니 새파란 하늘에 점점이 떠 있는 구름이 그림 같았다. 진영이 구름을 올려다보다가 특이한 모양이 눈에 띄면 이름을 붙이고 손으로 가리키며 설명했다.

"어떻게 하늘이 저리 파랗지? 저 구름은 말 뒤로 아기 양이 뛰어가는 것 같네."

진영은 함께 여행하기에 아주 좋은 파트너였다. 하루 이틀의 짧은 여행이라도 어떻게 보내는 것이 좋은지 센스 있게 판단할 줄 알았고, 운전하는 사람을 잘 배려했다.

눈 깜짝할 사이 차는 용평 콘도에 도착했다. 그녀와 있으니 시간이 너무 빨리 갔다. 혼자 있었으면 지루하게 느껴졌을 길 위의 시간들이 진영이 있어 특별한 순간들로 바뀌었다. 내가 고마워하는 걸 아는지 진영은 어린 소녀처럼 명랑하고 유쾌해 보였다.

비수기라서 숙소에는 사람들이 별로 눈에 띄지 않았다. 짐을 방에 올려다 놓고 미리 보아둔 두 시간짜리 등산 코스로 그녀를 안내했다. 화창한 5월의 시작, 진영은 청바지에 하늘색 반팔 티셔츠를 입고 야구 모자를 쓰고 있었다. 산에는 적당히 올라가다가 바로 내려올 계획이었는데 그녀가 정상까지 가보자고 했다. 평소 운동을 열심히 해온 그녀라 산에 오르는 걸 그다지 어려워하지 않았다.

"영균 씨, 이렇게 상쾌한 느낌 정말 오랜만인 것 같아. 앞으로 종종 이런 시간 가져요."

"진영이가 원한다면 언제든. 그런데 여자가 좀 약한 척해야 남자가 손도 잡아주고 그러잖아."

진영은 웃으며 날쌘 다람쥐처럼 바위를 타고 돌계단을 올라 나를 멀찍이 추월했다.

드디어 산 정상에 도착했을 때, 진영의 얼굴에는 끝까지 해냈다는 순수한 기쁨과 열정이 서려 있었다. 산 정상에서 내려다본 풍경은 한 폭의 그림처럼 아름다웠다. 끝없이 이어지는 숲과 멀리 보이는 산등성이의 완만한 곡선까지, 신비롭고 위대한 자연이 느껴지는 풍경이었다.

"힘들지 않아?"

"괜찮아요. 이렇게 기분 좋은 느낌 갖게 해줘서 고마워요. 영균 씨, 우리 나중에 이렇게 아름다운 곳에 살아요."

어쩌면 진영은 그 순간 자신의 노년을 떠올리고 있었는지도 모르겠다. 언젠가 배우가 아닌 평범한 일상 속의 '장진영'으로 나이 들어갈 때의 모습을.

나는 진영과의 여행을 통해 그녀의 마음속 깊이 감추어진 '자유'에 대한 의지와 열망을 읽었다. 서울에 있으면 집과 일터만을 오가는 사람이었는데, 도시를 벗어나니 진영은 전혀 새로운 모습을 보여주고 있었다.

'이 여자에게는 숨쉴 탈출구가 필요하구나.'

진영의 옆모습을 바라보다가 문득 애틋해져 그녀의 머리카락을 한 번 쓸어주었다.

용평에서 하루를 묵고 난 다음 날, 속초로 이동하는 중에 정동진 기차역을 찾았다. 피곤할 법도 한데 진영은 지친 기색이 없었다. 산과 바다를 하루 일정으로 둘러본다는 게 즐거웠던 모양이다.

굽 낮은 구두에 청바지 차림의 그녀는 카메라를 챙겨들었다. 그리고 기차역을 둘러보다가 길 가는 사람에게 사진을 찍어 달라고 부탁까지 했다. 선글라스를 끼고 모자를 눌러쓴 터라 그녀를 알아보는 사람은 없었다. 다행이었다. 그곳에서조차 진영을 알아보는 사람이 있다면 서둘러 그 자리를 벗어나야 했을 테니까. 사람들에게 얼굴이 알려진다는 것이 꽤 불편한 일이라는 것을 진영과 함께 있으면서 알았다. 자연스럽고 편안하게 행동하려 해도 자신의 언행을 자꾸 체크할 수밖에 없는 여배우들의 고충이 느껴졌다.

정동진을 벗어나 해안선을 따라 올라가다 예약해둔 호텔에 도착했다. 이곳이 여행의 마지막 숙소였다. 이 호텔 마당은 바다 모래사장과 맞닿아 있어 전망도 좋고 언제라도 바다로 갈 수 있다. 또 밤에는 노천카페에서 커다란 스크린으로 영화를 상영해주었다. 그래서인지 이 호텔은 늘 만원이라 예약하기 힘든데, 운 좋게도 누군가 하루 전 예약을 취소한 모양이었다. 이처럼 어렵게 방을 잡은 줄 모르는 진영은 어린애처럼 마냥 즐거워했다.

"가만 보면 영균 씨는 뭐든 잘하는 것 같아. 어쩜 이렇게 내가 좋아할 만한 곳을 잘 알고 있어요?"

"그걸 이제야 알았단 말야?"

나는 시치미를 떼고 그녀의 칭찬을 즐겼다. 진영이 그곳을 마음에 쏙 들

100일 기념여행

어하는 걸 보는 것만으로도 나에게는 기쁨이 되었다.

저녁이 되어 커다란 스크린으로 상영하는 영화를 보다가 한적한 바닷가로 나갔다. 작은 배 몇 척이 놓인 해변을 걷다가 우리는 누가 먼저랄 것 없이 구두를 벗어 들었다. 잔잔한 파도 소리와 함께 따뜻한 미풍이 불어왔다. 얇은 카디건을 벗어 진영의 어깨를 덮어주었다. 보드라운 모래사장을 맨발로 걸어본 것도 오랜만이었다. 진영은 영화의 한 장면처럼 모래밭에 우리 두 사람의 이름을 쓰기도 하고 모래성도 쌓으며 아이처럼 즐거워했다. 밀려오는 파도에 발을 적시던 그녀의 깔깔거리는 웃음소리가 지금도 들려오는 듯하다.

나는 그 바닷가에서 기원했다. 이 여자와 지금처럼만 행복하게 살게 해달라고…….

내가 거기 있을 때
그녀가 어디쯤에 있었는지 더듬는 시간이 있다.
우리는 서로 평행선으로 걷다가
하나의 점에서 만났다.
그리고 서로 같은 방향을 보며 가려 한다.

## 그동안
## 어디에
## 있었니

다른 커플들보다 나이 들어 만나서일까. 진영과 나는 서로 나눠 갖지 못한 기억과 추억을 보상이라도 하려는 듯 많은 시간을 함께 보냈다. 여행을 다녀온 뒤로는 주로 등산을 했다. 산에 갈 때마다 진영은 과일을 준비했다. 그녀가 정성스럽게 깎은 과일을 내밀 때면 나도 모르게 미소가 지어졌다. 자기 여자에게 사랑받는 남자의 자부심이 내 얼굴에 나타나 있었으리라. 난 행복했다. 행복이란 그런 거였다.

우리는 날마다 더 행복해지려고 작정한 사람들 같았다. 내가 무엇을 제안하면 그녀도 내 제안에 동의하고 잘 따라주었다. 불협화음을 내는 일이 없을 정도로 우리는 의견이 서로 잘 맞았다.

"진영아, 서울에만 있지 말고 시간 날 때마다 여행을 가자. 여행이 힘들면 가까운 곳으로 등산을 가거나. 어때?"

"좋아요."

집에서 함께 음식을 만들어 먹는 것도 좋지만, 좋은 일도 똑같이 반복하면 그 기쁨을 잊게 된다. 그녀와 나는 여행 계획을 세우는 걸 좋아했고, 나중에 그녀가 아플 때도 그것은 변함이 없었다.

진영과 가장 먼저 찾은 산은 청계산이었다. 산세가 험하지 않아 등산이 수월한 곳으로, 평소 내가 간편한 옷차림으로 찾는 산이기도 했다. 모두 네 개의 코스가 있는데 우리는 주로 원터골에서 출발했다. 조금 가파른 코스였지만 군데군데 나무 벤치가 놓여 있어 쉬어갈 수 있었다.

등산로에 진입할 때 나는 진영에게 길 안내를 하면서 이것저것 설명을 해줄 생각이었다. 하지만 진영은 평소 댄스와 요가로 몸을 다진 사람답게 별다른 도움 없이 속도까지 즐기며 등산을 했다.

산등성이에 이르러 바람에 땀을 식히며 앉아 있다가 느닷없이 그녀에게 물었다.

"도대체 왜 이제야 내 앞에 나타난 거야. 그동안 어디 있었어?"

"우리가 좀 더 빨리 만났으면 어떻게 됐을까요? 5년 전에 만났어도 지금처럼 잘 되고 있을까?"

청계산 옥녀봉에서 바라보는 매봉은 닿을 수 없어서 더 가고 싶은 곳이었다. 진영에 대한 생각도 그랬다. 우리 만남이 오래 전부터 이어져온 것이 아니었기에 더욱 좀 더 빨리 만났더라면 하는 마음이 들었다. 진영은 우리가 늦은 나이에 만났기 때문에 서로 잘 맞는 거라고 했다. 듣고 보니 틀리지 않은 말이었다. 훨씬 전에 만났더라면 지금과 같은 소중함을 느끼

"우리가 5년 전에 만났어도 지금처럼 잘 되고 있을까?"

진영은 우리가 늦은 나이에 만났기 때문에 잘 맞는 거라고 했다.

훨씬 전에 만났더라면 지금과 같은 소중함을 느끼지 못했을지도 모르니까.

"그래, 영영 못 만날 수도 있었는데 이제라도 만나서 얼마나 다행이냐."

그랬다. 더 늦지 않게 만난 것이 얼마나 다행한 일인가.

그 점에 대해서 그녀도 나도 서로 감사하는 마음뿐이었다.

지 못했을지도 모르니까.

"그래, 영영 못 만날 수도 있었는데 이제라도 만나서 얼마나 다행이냐."

그랬다. 더 늦지 않게 만난 것이 얼마나 다행한 일인가. 그 점에 대해서는 그녀도 나도 서로 감사하는 마음뿐이었다.

우리는 특히 평일에 등산을 즐겼다. 집에서 미리 아침 겸 점심을 챙겨 먹고 왕복 서너 시간 코스의 산을 골라 부지런히 등반을 하고 왔다. 음악과 책, 영화, 운동을 제외하면 등산은 그녀가 집 바깥으로 나가는 유일한 취미생활이었다. 자연에서 얻는 평화는 일상에 지친 우리에게 적지 않은 위로가 되었다.

진영은 지독한 근시여서 외출할 때는 대부분 렌즈를 착용했다. 집에서는 자연스럽게 안경을 썼다. 안경 렌즈가 두꺼워서 가끔 돋보기라고 놀리기도 했다. 여행을 할 때는 콘텍트렌즈를 세척하는 일이 무척 번거로웠다. 선글라스도 도수 있는 선글라스와 렌즈 착용 후 사용하는 도수 없는 선글라스까지 두 개가 필요해 보는 사람마저 불편했다.

"라식 수술을 하면 어떻겠니."

아주 간단하게 불편을 해소할 수 있는 일이라 나는 진영에게 수술을 권했다. 라식 수술을 하면 며칠간 집에 있어야 하는데 진영에겐 조금도 어려운 일이 아니었다.

"나이가 들면 해도 소용이 없다는데 괜찮을까?"

망설이던 진영은 수술을 결심했다. 그녀는 수술을 한 뒤에 엄마를 불러

수발을 부탁하겠다고 했지만 나는 번거롭게 그러지 말라고 말렸다.

"내가 알아서 다 해줄 테니 수술 날짜부터 잡자."

일은 신속하게 진행됐다. 매니저와 수술을 받으러 간 진영을 위해 나는 그녀가 돌아오면 먹을 수 있는 몇 가지 음식을 준비했다. 그리고 그녀의 움직임에 불편이 없도록 햇빛에 따라 거실 커튼을 조절하는 일까지 세심하게 신경을 써주었다. 음식물 쓰레기를 내다버리고, 창을 열어 환기도 자주 시켰다. 마치 살림을 하는 가정주부가 된 것 같았다. 이런 모습을 본다면 누가 나를 워커홀릭이었다고 상상이나 할 수 있을까.

그날 밤 눈이 보이지 않는 그녀를 대신해 책을 펼쳐들었다. 삶의 지혜를 찾아 떠나는 현자의 이야기였다. 태어나서 처음으로 누군가를 위해 책을 읽어주며, 내가 언제부터 이렇게 자상한 사람이었나를 생각했다. 나의 지극정성에 그녀가 마음을 열고 행복을 느끼는 모습을 볼 때면, 사랑이 사람을 변하게 한다는 게 얼마나 감격적인 일인가 싶기도 했다.

진영이 좋아하는 음반을 찾아 CD 플레이어에 넣으니 진영이 한 마디를 툭 던졌다.

"아, 좋다."

진영의 표정은 정말 편안해 보였다. 이 여자가 점점 더 나에게 마음을 열어가고 있구나. 그녀가 어깨를 기댈 사람이 필요하다면 그 대상은 나라는 확신이 들었다. 그 즈음 진영은 나에게 자연스럽게 웃어주고, 장난을 걸고, 스스럼없이 자신을 드러내 보였다. 편안하다는 말도 부쩍 자주 했다. 그런 그녀를 보고 있으면 내 인생이 언제 외롭고 건조했었나 싶을 만큼 충만해지는 것 같았다.

100일 기념 여행 이후 그녀는 많이 변했다. 처음에 진영은 타인끼리 만나 한 공간에서 서너 시간을 함께 지낸다는 걸 이해하지도 용납하지도 못했다. 그래서 긴 시간을 같이 보내는 걸 불편해했고, 간혹 벌을 받기라도 하는 듯 힘든 기색을 보이기도 했다. 그때마다 나는 그녀를 다독였다.

"불편한 과정 없이 당신과 내가 어떻게 행복을 얻을 수 있겠어."

나는 그녀에게 불편한 감정이 드는 것은 당연한 일이고, 그걸 감수하고 가야 한다고 말했다.

"진영아, 완벽한 조건에서 출발하는 경우는 별로 없어. 서로 맞춰가면서 하나하나 작은 성취를 이뤄나가는 거지. 낯설고 불편하더라도 너무 두려워하지 말고, 좀 더 인내하고 천천히 마음을 열려고 해봐."

내 말을 진영은 묵묵히 들어주었다.

자기 고집이 있지만 타인의 의견에 귀 기울일 줄 알고, 자신과 반대 입장이라도 수긍이 가면 인정하고 따라주려는 진영. 나는 그녀의 이런 성품까지 사랑했다.

당신과 그림 전시를 많이 다니면 좋겠어요.
감명 깊게 읽은 책을 내게 이야기해주면 더 좋고요.
생각이 통하지 않는 사람,
생각을 표현 할 수 없는 사람과 어떤 교감을 나눌 수 있겠어요.

## 문화생활

사업을 하는 입장에서는 대화가 잘 통하는 상대를 만났을 때만큼 일의 능률이 오를 때가 없다. 연애도 마찬가지. 상대를 설득하는 기술도 있어야겠지만 상대의 의견에 먼저 귀 기울이려는 자세가 필요하다. 그런 면에서 진영은 교감이 잘 되는 파트너였다. 그녀는 타인의 말을 흘려듣는 법이 없었다. 신중하게 듣고, 때로는 커다랗게 웃어주기도 했다.

그녀의 웃음소리에는 청량한 에너지가 있었다. 기분이 가라앉아 있다가도 진영이 웃는 소리를 들으면 금세 상쾌하게 가벼워지곤 했다. 그녀는 지루한 말이라도 상대가 따분하지 않도록 대화를 리드해나가는 센스가 있었다. 이런 그녀를 대할 때마다 싱그럽고 푸르른 나무를 보는 것 같았다.

진영은 사람들과 교류가 많지는 않았지만 가까운 이들과는 속 깊은 우정을 나누는 여자였다. 사람을 이해하고 사랑하는 방식의 대부분을 진영은 예술을 통해 찾았다. 그녀는 전시회나 음악회 가는 걸 즐겼다. 늘 혼자 조용히 미술관을 찾고 책방에 들러 책을 한 꾸러미 사 들고 오곤 했다. 책을 읽는 진영은 나에게 매우 익숙한 모습이었다. 햇살이 잘 드는 소파에 앉아 클래식 음악을 들으며 책을 읽던 진영, 그 모습은 마치 인상 깊은 영화의 한 장면처럼 내 기억 속에 각인되어 있다.

진영을 알게 되면서 나는 여자에 대한 편견에서 조금씩 벗어날 수 있었다. 내 주위에는 허영심 많은 여자들이 많았다. 명품에만 관심이 있고, 타인의 됨됨이보다는 재력을 더 중시하며, 책 한 줄 읽지 않으면서 외모 가꾸기에 많은 돈을 쏟아 붓는 여자들…….

하지만 진영은 그렇지 않았다. 그녀는 명품이 아니어도 자신에게 어울리는 옷을 고르는 안목이 있었고 그것을 잘 소화해낼 줄 알았다. 나는 그녀의 평상시 옷차림을 좋아했다. 맨 얼굴에 셔츠와 청바지만 걸치고 있는 수수한 그녀. 그런 모습으로 어디를 가도 전혀 위축되지 않을 만큼 그녀는 스스로에게 당당했다. 여배우니까 남보다 더 잘 차려입고 더 예쁘게 보여야 한다는 의식이 진영에게는 없었다. 배우라는 위치에 서 있으므로 공적인 자리에서는 누구보다 화려해 보이고 싶어 했지만, 사적인 자리에서는 털털하고 꾸밈이 없었다.

그녀의 집 거실 테이블에는 다양한 종류의 잡지와 계간지가 다달이 쌓였는데, 어쩌다 그녀가 표시해둔 페이지를 들춰보면 공연과 전시, 새로 나온 책 관련 리뷰가 대부분이었다. 나는 사진을 전공했지만 사업으로 방향을 틀면서 전시회 한 번 제대로 다니지 못했다. 하루는 무심코 그녀에게 이런 말을 했다.

“시립미술관을 찾은 지도 너무 오래 된 것 같아. 이러다가 바보가 되는 게 아닐까.”

내 말에 피식 웃던 진영이 지금 그곳에서 고흐 전시회가 열리고 있으니 함께 가자고 했다. 하늘이 맑은 평일 오후였다.

시립미술관은 명화를 보러 온 가족들과 연인들로 꽤나 붐볐다. 그 속에서 천천히 작품을 감상하고 있는 진영은 독특한 분위기를 풍겼다. 내 여자여서 그런지 어딜 가든 가장 먼저 그녀가 눈에 들어왔다.

구스타프 클림트의 전시를 보러 간 날도 기억에 남는다. 그녀는 클림트의 작품을 좋아했다.

“예전엔 ‘키스’와 ‘연인’이 눈에 들어왔는데 오늘은 안정감 있는 ‘충만’이 끌려요. 세상을 바라보는 기준이 달라지면 끌리는 그림도 달라지는 걸까요.”

전시를 보고 난 뒤 우리는 많은 대화를 나누었다. 인상 깊었던 작품, 느낌, 화가의 철학 등 대화가 끊이지 않고 이어졌다.

진영은 내 손을 잡고 자주 전시회며 음악회, 콘서트 장을 찾았다. 하루는 인순이 씨의 콘서트를 보고 난 뒤 그녀의 열정이 부럽다는 말을 했다.

“인순이 씨 정말 멋진 분 같아요. 나도 나이 들면서 그분처럼 당당하고 아름다웠으면 좋겠어.”

진영은 인순이 씨의 콘서트를 보고 적지 않은 감동을 받은 것 같았다.

나이를 넘어서는 열정과 에너지에 전율을 느꼈다고 했다.

"나도 그분처럼 건강한 몸을 만들어야겠어요."

그녀는 다음 날부터 근육을 만들어야겠다며 운동 스케줄을 점검했다. 가치 있고 빛나는 인생을 위해 노력하는 그녀는 언제나 예뻐 보였다.

한번은 진영의 친한 친구 생일이라며 홍대 앞 클럽에서 여러 사람들을 소개받은 적이 있었다. 그 자리에 나온 그녀의 친구들은 설치미술가, 아트 디렉터, 포토그래퍼, 공연 기획자 등 다양한 분야에서 일하고 있는 예술가들이었다. 그녀는 종종 홍대 앞에서 젊은 아티스트들을 만났다. 진영은 젊은 친구들의 끼와 재능을 아꼈고 그들도 진영을 좋아했다. 서로가 서로를 응원하는 관계였다. 이런 모습이 나에게는 신선한 충격으로 다가왔다.

"사실은 피아노를 전공할까 하는 고민을 한 적이 있어요."

진영은 고등학교 때 음대 지원을 두고 심각하게 고민했을 정도로 피아노를 잘 쳤다. 진영의 집에 가면 1층 거실 구석에 손때 묻은 피아노가 놓여 있었다. 부드러운 갈색 계열의 그랜드 피아노였다. 내가 진영의 집을 두 번째 방문하던 날, 피아노 앞에 앉은 진영이 김동규의 '10월의 어느 멋진 날에'를 연주했다.

10월의 어느 멋진 날에

눈을 뜨기 힘든 가을보다 높은 저 하늘이 기분 좋아
휴일 아침이면 나를 깨운 전화
오늘은 어디서 무얼 할까

창 밖에 앉은 바람 한 점에도 사랑은 가득한걸
널 만난 세상 더는 소원 없어,
바라면 죄가 될 테니까

가끔 두려워져 지난 밤 꿈처럼 사라질까 기도해
매일 너를 보고 너의 손을 잡고
내 곁에 있는 너를 확인해

창 밖에 앉은 바람 한 점에도 사랑은 가득한걸
널 만난 세상 더는 소원 없어
바라면 죄가 될 테니까

살아가는 이유 꿈을 꾸는 이유 모두가 너라는 걸
네가 있는 세상 살아가는 동안 더 좋은 것은 없을 거야
10월의 어느 멋진 날에

그녀가 평소 즐겨 부르는 곡이었다. 나는 그녀가 연주하는 피아노 소리에 빠져들었다. 진영의 연주 솜씨는 수준급이었다. 나는 그녀의 연주에 맞춰 작은 소리로 노래를 따라 불렀다. 마치 내 마음을 대변하는 것 같은 가사가 그녀에게 전해지기를 바라는 심정으로. 연주가 끝나자 피아노에서 일어서며 진영이 가볍게 말했다.

"내 연주를 듣는 걸 영광으로 알아야 해요. 아무 앞에서나 하는 건 아니니까."

진영은 그날의 기분에 따라 피아노를 연주했다. 어떤 날은 쇼팽, 또 어떤 날은 바흐, 조지 윈스턴, 이루마……. 그녀는 마음이 내키는 날에만 나의 연주 요청을 들어주었다.

진영은 생에 대한 불안을 잠식시키기 위해 책과 예술에 빠져드는 것 같았다. 누구보다 예민했던 그녀는 타인의 무신경한 말 한 마디에도 쉽게 상처를 받았다. 일에서는 대범했지만 사람과의 관계에서는 어린아이 같은 면이 있었다. 잘 알지 못하는 사람을 두려워했고 만나는 사람들도 한정되어 있었다.

진영은 특히 스캔들을 만들지 않기 위해 조심했다. 스캔들이 나지 않으려면 되도록 사람들과의 만남을 피해야 했다. 진영은 당연한 것처럼 혼자인 조용한 삶을 택했다.

"나를 잘 모르는 사람들이 나에 대해 이야기하는 게 부담돼요. 어떤 한 부분만 보고 욕하거나 비난할 때는 너무 비참하죠. 우리는 모두 약한 인간이기 때문에 말 한 마디도 조심해서 해야 해요. 그동안 난 상처를 많이 받은 것 같아요. 그래서 사람들 많은 자리가 불편해."

처음 그녀가 배우로서 사는 삶에 대해 이야기하던 날, 나는 진영의 상처와 슬픔을 보았다. 그녀는 배우가 된 것은 행운이며 축복이지만 일상에서까지 타인의 시선을 의식해야 하는 건 불행이라고 했다. 나는 진영이 좀 더 편안해지기를 바랐다. 예민한 영혼을 가진 그녀가 나로 인해 평안을 얻기를…….

그녀의 웃음을 볼 수 있으니
나는 운이 좋은 남자다.
꽃은 피었다가 지면 그만이지만
그녀의 웃음은 백번도 넘게
다른 색 다른 감정으로 나를 감동시킨다.

## 홍콩에서 생긴 일

그녀의 생일을 인터넷에서 검색했다. 6월 14일.

"작년 생일은 누구와 어떻게 보냈어?"

진영은 아지트인 헵시바 정원에서 가까운 사람들과 파티를 열었다고 했다. 친구와 영화 관계자 70~80명이 모여 생일 축하 노래를 부르고, 케이크에 꽂힌 촛불을 끄고, 음악을 듣고, 이야기를 나누며 외롭지 않은 밤을 보냈다고 한다.

하지만 이번 생일은 그럴 수 없었다. 많은 사람들 앞에 내 존재를 드러내는 일이 진영은 부담스러웠을 것이다. 나는 괜찮았지만 진영은 우리가 헤어질지도 모를 미래까지 염두에 두어야 했을 테니까. 진영의 마음을 읽은 나는 홍콩 여행을 제안했다.

"오붓하게 둘이 해외에서 생일을 보내고 오자. 푹 쉬다 오면 좋잖아."

"배려해줘서 고마워요, 영균 씨."

나는 홍콩에서 2박을 하고 마카오로 가서 본격적으로 진영의 생일 이벤트를 열어줄 생각이었다. 그런데, 몹시 고대하던 여행임에도 출발하는 비행기 안에서부터 예감이 좋지 않았다.

"저녁은 내가 아는 중식당에서 하고 빅토리아피크에서 야경을 보자. 그리고 란꽈이퐁에 가는 게 좋겠어."

내가 자주 이곳을 다녀갔다는 말에 그녀는 신경이 날카로워졌다.

"누구와 함께 왔었죠?"

그녀는 나의 과거에 질투를 하고 있었다. 숙소에 도착해서도 진영의 불편한 기색은 사라지지 않았다. 아니 오히려 상태가 더 악화되었다. 진영이의 편의를 고려해 어렵게 예약했던 숙소인데 화장실이 하나뿐이었던 것이다. 아직 같은 화장실을 함께 사용하지 않는 사이라서 진영이가 불편해 할 게 뻔했다. 어느덧 내 이마에 땀이 맺혔다. 그날 도착하자마자 진영은 몸이 안 좋다며 호텔 밖으로 나오지 않았다.

"진영아, 생일 축하해. 간밤에 속상하게 해서 미안하다."

무의미하게 첫날을 보낸 게 미안했던지 진영은 아침식사를 마치고 홍콩 시장을 구경하자고 했다. 진영은 화려한 쇼핑몰보다 아기자기한 시장을 구경하는 걸 더 좋아했다.

처음 보는 생선들과 커다란 가재를 보고 그녀는 연신 사진을 찍어댔다. 신선한 파파야와 망고가 서너 개에 2,000원 정도밖에 안 해 몹시 신나하며 한 봉지를 사기도 했다.

"아저씨, 과일 하나만 더 얹어주면 내일도 와서 살게요."

진영은 붙임성 있게 이야기도 건네고 가격 흥정도 했다.

시장에서 점심을 간단하게 먹고 호텔 수영장에서 수영을 하기로 했다. 비가 와서인지 수영장에는 손님이 없었다. 하늘색 비키니 수영복을 입은 진영을 보며 나는 인어공주를 떠올렸다. 마냥 평화로운 오후였다. 그러나 예기치 못한 상황이 우리를 기다리고 있었다.

처음으로 함께 보내는 생일, 그녀는 몹시 들떠 있었다. 저녁식사를 위해 평소와는 다르게 한껏 멋을 낸 그녀를 에스코트해 호텔 프렌치 레스토랑으로 내려가 자리를 잡으려고 했다. 그런데 손님이 많아서 예약을 하지 않으면 테이블을 내줄 수 없다고 했다. 아뿔싸! 예약을 잊다니.

나는 그녀가 듣지 못하게 지배인을 따로 불러 현재 투숙객이라는 걸 밝히고, 특별한 날이니 꼭 자리를 마련해 달라고 부탁했다. 다행히도 급하게 자리가 마련되었지만 이미 진영은 얼굴이 붉어지고 마음이 상한 상태였다. 그녀는 음식을 거의 입에 대지 않더니 방으로 돌아가 눈물을 뚝뚝 흘렸다.

"어떻게 생일 축하 카드 한 장이 없어요. 그렇게 날 아낀다고 말하더니 저녁 예약도 하지 않다니요."

미안했다. 나는 조용히 쉴 수 있는 며칠의 해외여행이 진영이에게 주는 생일 선물이라 생각하고 마카오에서 카드와 선물을 줄 생각이었는데, 진영에겐 '오늘'이 중요했던 것이다.

다음날 한국으로 돌아가겠다는 진영을 달래며 나는 마카오를 기대하라고 큰소리 쳤지만 내심 깊이 걱정하기 시작했다. 그녀는 자신이 머무는 공간을 중요하게 여겼다. 특히 여행지에서는 넉넉한 공간에 묵어야 한다는 원칙이 있었다. 해외 촬영에서도 고집하는 부분이었다. 호텔의 급은 그리 큰 문제가 되지 않았다. 이런 사실을 잘 몰랐던 나는 마카오도 비슷한 방으로 예약을 했던 터였다.

우리는 다음날 밤 11시 마카오의 베네시안 호텔에 체크인을 했다. 그런데 문제가 생겼다. 우리가 너무 늦게 도착해 예약한 방을 다른 사람에게 줬다는 것이다. 내가 당황해하자 지배인이 곧바로 좋은 소식을 가져왔다.

"죄송합니다. 저희 실수입니다. 예약하신 방의 비용으로 더 좋은 방을 드리겠습니다."

이날 나는 운 좋게 전망이 좋은 커다란 방을 얻었다. 그녀는 방이 업그레이드 된 사실을 전혀 모른 채 방에 들어섰다. 넓은 거실과 주방, 침실이 눈에 들어왔다. 무엇보다 그녀를 감동시킨 것은 과일과 함께 빨간 장미로 엮은 환영화환이었다. 그 방에서 바라보는 아름다운 야경은 그녀의 고단한 일정을 위로해주고도 남았다.

"마음에 드니? 내가 준비한 방이야. 생일 축하해"

홍콩에서의 모든 실수가 만회되는 순간이었다. 나는 의기양양한 표정으로 그녀에게 말했다.

"기억해. 나는 당신에게 행복을 가져다주는 남자라고."

내 말에 진영이 폭죽처럼 웃음을 터뜨렸다.

마지막 날, 진영은 허리가 아픈 나를 배려해 함께 마사지를 받자고 했다. 그녀는 나에 대해 나보다 더 잘 알고 있었다. 나도 모르는 내 습관, 내가 무심코 넘긴 일들을 하나씩 기억하고 얘기하는 진영이 신기할 정도였다. 내색하지 않으려고 했는데 진영은 내가 몹시 피로하다는 걸 알았다. 함께 마사지를 받으며 누워 있는데 내 등을 마사지해주던 남자가 말했다.

"당신, 이렇게 아름다운 여자를 사귀는 거 보니 돈이 엄청 많거나 운이 좋은 사람일 거야."

"빙고!"

난 세상에서 가장 운 좋은 남자였다. 어쩌면 전생에 나라를 구했는지도 몰랐다. 이렇게 멋진 여자가 내 곁에 있으니.

우리의 바빴던 일주일! 밀려드는 이 즐거운 피곤함.
잊지 못할 좋은 기억을 갖게 해줘서 고마워요.

_ 2008년 6월 18일 진영의 문자

마카오에 있는 성 바울 성당 앞에서

새로운 도전을 두려워하지 않고
무엇이든 배울 자세를 가진 진영을 만나면
좋은 에너지가 전해진다.
스스로에 대한 긍지를 키우며
여자로서의 자존감을 가지고 있는 여자,
내가 아는 진영의 모습이다.

## 강원도
## 스쿠버다이빙

"우리 스쿠버다이빙 배울까요?"

식사 준비를 하면서 진영이 낮에 본 〈그랑블루〉의 소감을 이야기했다. 그리고 스쿠버다이빙을 배우자고 했다.

"갑자기 왜 그게 하고 싶지?"

진영은 영화 〈국화꽃 향기〉를 촬영하며 스쿠버다이빙을 처음 알게 되었다고 했다. 주인공 희재가 섬마을로 야학을 하러 들어갔다가 소년과의 약속을 지키기 위해 바다에 들어가는 장면 때문이었다.

"바다 깊숙이 빠지는 장면이 있었어요. 그때 스쿠버다이빙 장비를 갖춘 전문가들에게 지도를 받았는데 괜찮은 스포츠란 생각이 들었어요."

당시 그녀는 나중에라도 기회가 되면 다시 도전해 보겠다는 결심을 했다고 한다. 생각보다 바다 속이 아름다웠고 물의 흐름에 몸을 맡기는 일이 인상적이었던 모양이다. 나는 그렇게 기억에 남는다면 둘이 함께 배우자고 약속했다.

사실 나는 물과 관련된 운동을 좋아하지 않는다. 자연히 수영에도 소질이 없었다. 그런 내가 홍콩으로 여행을 갔을 때 다짐했던 게 있었다. 수영장에서 인어처럼 노는 진영을 보며 한국에 돌아가면 수영을 배우겠다고 했던 것이다. 진영도 그때 일을 떠올리며 나를 놀려댔다.

"수영 배운다고 말하더니 왜 안 하시나."

"좋아, 당신이 하고 싶다니 스쿠버다이빙도 하고 수영도 배워야겠는걸? 노력해 볼게."

진영이 처음으로 눈을 빛내며 하고 싶다고 한 일이라 거절할 수가 없었다. 적어도 물속에서 진영을 보호해줄 수 있는 수준까지는 배워야겠다는 생각이 들었다. 그러자면 기본기부터 확실하게 다질 수 있는 훌륭한 코치가 필요했다. 스쿠버 다이버가 되기 위해서는 자격증을 따야 한다는 걸 어디서 들은 기억도 났다.

핸드폰 전화번호 목록에서 속초에 사는 친구 이름을 발견했다. 대학에서 사진을 가르치는 녀석인데 스쿠버다이빙에 빠져 있다는 얘길 들은 기억이 났다. 한동안 연락이 없다가 아쉬울 때 전화를 하려니 조금 미안한 생각이 들었다. 하지만 진영이 스쿠버다이빙을 해야겠다지 않는가.

"수영과 별 상관없는 스포츠니까 걱정하지 말고 한번 내려와라."

친구는 흔쾌히 나의 걱정을 덜어주었다. 물을 두려워하지 않는 자신감을 갖고 몇 가지 이론만 숙지하면 충분히 할 수 있다며 격려를 해주기도 했다. 신기하게도 그녀와 관련된 일은 일부러 의도하지 않아도 주변 사람들의 도움을 받을 수 있었다.

친구의 말을 전하자 진영은 몹시 기뻐했다. 나는 서점에 들러 스쿠버다이빙에 관련된 서적을 몇 권 구입했다. 자격증을 따기 위해서는 필기시험과 바다에서의 실전 테스트가 필요했다. 다행히 친구를 통해 속초에서 활동하는 강사를 소개받을 수 있었다. 나는 친구에게 진영과 함께 움직인다는 사실을 말하고, 불편한 일이 없도록 양해를 구했다.

첫날은 이론 교육을 받고 간단한 장비 사용법을 익혔다. 스쿠버다이빙은 단순한 스포츠를 넘어 철저한 과학이다. 잘못된 상식을 가지고 있으면 사람 목숨이 왔다 갔다 할 만큼 위험한 상황에 처할 수도 있었다. 물속으로 25미터 이상 내려가면 안 되고, 20분 이상 있었으면 나와서 몇 시간씩 휴식을 취해야 했다. 물의 깊이에 따라 수압 차이가 커서 잘못 움직이면 고막이 터지므로 신중함도 필요했다. 또 바다에 몸을 적응시키기 위해 꾸준한 노력도 요구됐다.

다음 날 일정은 실제 바다 속으로 다이빙을 하는 것이었다. 진영은 경험이 있던 터라 두려움이 없었지만 문제는 나였다. 장비를 몸에 두르고 마치 걸음마를 처음 배우는 아이의 심정으로 실전에 임했다. 진영이 아니었다면 평생 하지 않았을 경험이었다. 내 표정이 좋지 않았던지 그녀가 옆으로 다가와 살며시 손을 잡아주었다.

"영균 씨, 멋진 경험이 될 거예요. 나도 직접 해보기 전까지는 바다 속이

스쿠버다이빙을 하면서

그토록 아름다운 줄 몰랐거든요."

그녀의 격려에 힘을 얻은 나는 두려움을 잊고 바다 속으로 뛰어들었다. 곧이어 말로 표현할 수 없을 만큼 멋진 풍경이 눈앞에 펼쳐지고 있었다. 마치 완벽한 평화가 그곳에 있는 듯 물속의 세계는 아름다웠다. 진영은 너무나 능숙한 포즈로 바다 속을 누비고 있었다. 그런 진영의 모습을 바라보는 나의 마음도 뿌듯함으로 출렁였다.

그렇게 무사히 일정을 마치고 우리는 숙소로 돌아왔다. 반짝이는 진영의 눈빛을 보니 오늘 하루가 그녀에게 특별한 추억을 남긴 것 같았다. 나는 오랜만에 긴장한 탓인지 일찍부터 잠이 쏟아졌다. 혼곤히 잠에 빠져들면서도, 나는 진영이가 즐거워하니 행복하다는 생각을 하고 있었다.

다음 날은 좀 더 나아진 모습으로 강습을 받을 수 있었다. 틈틈이 휴식을 취하며 이론 공부도 했다. 나는 암기력이 좋은 편이었고 실전보다 이론에 더 강했다. 덕분에 그날로 스쿠버다이빙 자격증을 취득할 수 있었다. 물론 진영도 함께였다.

진영과 함께 했던 그날의 추억은 평생 잊을 수 없는 소중한 경험이었다. 나는 그녀의 손을 잡고 산보를 하듯 바다 속을 거닐었다. 눈을 돌리는 곳마다 소라, 멍게, 전복이 가득했는데 아쉽게도 눈으로 구경만 해야 했다. 수렵이 불법이라는 것은 스쿠버 이론을 공부할 때 배운 사실이었다.

숙소에 돌아오니 주인이 싱싱한 전복과 멍게를 한 상 준비해놓고 있었다. 다음 날은 친구가 작살로 잡은 물고기를 가져와 회를 쳤고, 고기를 사다가 바비큐 파티를 열었다. 평소 낯가림이 심한 진영도 이곳에서만큼은 전혀 그런 모습을 찾아볼 수 없었다. 스스럼없이 사람들과 어울렸고 그들을 잘 배려했다. 여배우라는 자의식은 찾아볼 수도 없었다. 혹시 진영이 이곳을 불편해하지나 않을까 걱정했던 친구는 그녀의 소탈한 모습에 마음이 놓였다고 한다.

처음 진영을 데리고 간다고 말했을 때는 솔직히 고민이 많았다고 했다. 워낙 시골이라 마땅히 쉴 곳이 없고 음식도 입에 맞지 않을 것 같았기 때문이다. 그러나 진영을 만나고 나니 이런 걱정은 기우였다고 했다.

"성격이 털털하고 배려심 많은 좋은 여자구나."

말없이 소라를 내 앞에 놓아주고, 간단한 반찬에도 내색 않고 밥을 잘 먹는 모습에 친구는 감탄하는 눈치였다. 스타급 여배우라 콧대가 높을 줄 알았는데, 감사하다는 말을 잊지 않고 겸손한 자세를 보이는 진영이 좋은 인상을 준 것 같았다.

진영은 남들이 자신 때문에 불편해하는 것을 원치 않았다. 식탁을 차릴 때도 먼저 나서서 거들려고 했고, 뒷정리도 꼼꼼하게 했다. 내 친구와 스스럼없이 어울리며 소주잔을 기울이기도 했다. 그런 그녀가 고마웠다. 멋진 드레스를 차려입은 진영도 예쁘지만 소박하고 꾸밈없는 그녀는 더 아름다웠다.

서울로 돌아오면서 진영과 나는 장비를 하나씩 구비해 종종 이곳을 찾기로 약속했다.

그 약속대로 우리는 속초를 자주 찾았다. 설악산을 오르고 바다를 만날 수 있는 좋은 코스여서, 나중에 결혼하면 그곳에 집을 하나 짓자며 미래를 설계하기도 했다. 서울처럼 혼잡하지도 않고 공기가 좋으며 평화롭고 탁 트인 그곳이 그녀에겐 딱 맞는 공간으로 보였다.

우리는 의욕적으로 장비를 사 모으기 시작했다. 해마다 여름을 속초에서 보낼 계획을 세웠기 때문이다. 잠수복과 마스크, 스노클, 핀, 망 가방을 기본으로 다양한 콘솔게이지, 잠수칼 등 공기통을 빼고는 거의 다 구입했다.

이렇게 장비를 완비하고 진영과 속초를 다시 찾았을 때는 나도 물속에서의 움직임이 한결 자연스러웠다. 꾸준하게 수영 연습을 해온 덕이었다. 물속에서 단둘이 손을 잡고, 집 뒤란의 채소밭을 거닐 듯 해삼과 전복이 펼쳐진 곳을 돌아다녔다. 간혹 색색의 물고기들도 만날 수 있었다. 이렇게 아름다운 세계를 진영과 함께 즐기고 있다니, 가슴 벅차도록 행복했다.

나는 진행 중인 프로젝트가 경기 불황으로 모두 발이 묶여 있어 때 아닌 여가를 보내는 상황이었다. 사업은 진척이 없었지만 진영과 좋은 시간을 가지라는 뜻으로 생각했다. 진영도 이렇게 자신과 많은 시간을 보낼 수 있는 사람을 만난 걸 고마워했다.

하루는 진영과 속초 해수욕장을 찾았다. 숙소에서 수영복을 입고 나온 우리는 모래사장에 자리를 잡았다.

"수영복 입고 오길 잘 했다. 옷 젖을 염려도 없고. 이제 물에 들어갈까?"

수영을 좋아하는 진영에게 말했지만 그녀는 선뜻 움직이려 하지 않았다. 사람들이 많은 곳이라 선글라스와 챙이 넓은 모자로 중무장을 한 모습으로 말없이 앉아 있을 뿐이었다. 처음에는 주위를 의식하는 거라고 여겼는데, 그게 아니었다. 그녀가 전혀 예상치 못한 말을 꺼냈다.

"나 초등학교 때 아빠 따라 바닷가에서 수영한 거 말고는 해수욕장에 온 게 이번이 처음이에요."

나는 그녀가 편안하게 말을 하도록 가만히 듣고만 있었다.

"그동안 한가롭게 바다에 와 놀아본 적이 없어요. 그럴 수 있다는 걸 지금까지 모르고 살았던 것 같아요. 바다에서 하는 수영이 수영장에서 하는 것과는 느낌이 많이 다른데도."

진영은 일을 할 땐 바쁜 스케줄에 쫓겼고, 일이 없을 때는 집에 얌전히 있어야 한다고 생각했다고 한다. 이렇게 나와서 즐겨도 되는지 몰랐다는 그녀의 말엔 슬픔이 묻어 있었다.

"바다에서 촬영은 많이 했지만 내 마음대로 놀아본 적이 없어요."

진영은 담담하게 말했지만 나는 그 속에 배어 있는 자기 연민을 느낄 수 있었다. 그녀는 지금처럼 여유롭게 스쿠버다이빙도 하고 해변에 와서 즐길 수 있어 행복하다며 웃었다.

"정말 고마워요. 내가 이런 기분을 느끼게 해줘서."

이제 서울로 돌아갈 시간, 수영은 실컷 즐겼는데 바닷물에 온통 젖은 머리카락과 몸이 문제였다. 이미 숙소를 체크아웃 했기 때문에 임시 샤워장을 찾았다. 길가에 간단하게 설치한 천막이었는데 이용료가 2000원이었다. 진영은 너무나 싸다고 신기해하면서 어린아이처럼 노래를 부르며 샤워를 했다. 태양빛이 유난히 강렬한 8월의 어느 오후였고, 이것이 진영과 나의 마지막 속초 여행이었다.

3장

# 희망

당신이 걸어주고 간 커튼 때문에 집이 참 포근해졌어요.

안방 침실은 좀 낯설지요.

지금 당신이 준 외장에서 시나리오 보고 있어.

이 실감나지 않는 상황!

진영에겐 근원적인 불안이 있었다.
날마다 찾아와 괴롭히는 스토커들,
그녀의 영혼을 갉아먹었던 사람들에게
나는 죄를 묻고 싶다.
당신의 집착이 진영을 세상과 고립시키고
서서히 죽어가게 만들었다고,
당신의 어긋난 사랑이 진영에게 독이 되었다고.

## 스토커의 존재

네 번째 만남이 있던 날 진영은 스토커에 관해 입을 열었다.

"쫓아다니는 사람들이 있는데 한 사람이 특히 심해요. 나에게 사랑한다고 말하는 사람이죠. 과거에 잠깐 만난 적이 있어요."

으레 여배우들에게는 과잉 집착하는 사람들이 있듯이 진영에게도 그런 사람들이 있었다. 진영은 그녀의 움직임을 주시하는 몇몇 사람들 중 유독 증상이 심한 한 사람 때문에 많이 힘들다고 했다. 앞으로 예상치 못할 일들이 일어날 수도 있어 걱정된다는 그녀의 목소리에는 걱정이 가득했다.

"너무 힘들게 하면 나에게 말해. 내가 한번 만나볼까?"

"아니요. 제가 알아서 할게요."

대답은 그렇게 했지만 진영은 많이 지쳐 보였다. 달갑지 않은 스토커의 존재까지 내가 안고 가야 한다면 기꺼이 그럴 생각이었다.

그는 진영과 얼마 동안 만남을 가졌다. 그러나 서로의 성향이 맞지 않아 곧 헤어졌는데, 그 후에도 계속 만나줄 걸 요구하고 있었다. 진영이 더 이상 만나주지 않자 밤에 수시로 전화를 했고, 심한 날은 배우를 그만두게 하겠다며 협박을 하기도 했다. 협박 끝에는 언제나 너를 사랑한다는 말을 잊지 않았다.

처음 진영의 집을 방문하던 날이었는데 현관문 아래쪽이 둔탁한 무언가로 내려쳐진 듯 움푹 파여 있는 걸 보았다.

"왜 이렇게 됐어요?"

이상해서 물었지만 진영은 어떤 사람이 차고 간 것 같다며 이야기를 피했다. 나중에 들어보니 스토커가 밤에 술을 먹고 찾아와 한바탕 소동을 벌였다고 했다. 그는 거칠게 벨을 누르며 나오라고 소리를 지르다가, 공포로 얼어붙은 진영이 아무런 대응이 없자 현관문을 부술 듯 발로 차며 난리를 피웠다는 것이다. 결국 경비원이 경찰을 부르고 나서야 사태가 진정되었다며 진영은 낮은 한숨을 쉬었다. 이런 일은 간간이 발생해, 진영은 낯선 사람들을 피해 혼자 지내는 시간이 더 많아졌다. 그녀는 두려움이 몰려올 때마다 술에 의지해 잠을 청하곤 했다.

처음 진영이 스토커 얘기를 꺼냈을 때만 해도 나는 유명 배우에게 흔히 일어날 수 있는 일로 대수롭지 않게 여겼다. 그러데 막상 둘이 함께 있을 때 그런 상황이 발생하자 보통 심각한 문제가 아니라는 생각이 들었다. 늦은 밤 시도 때도 없이 울리는 핸드폰과 수시로 날아오는 협박 문자는 남자라도 견디기 힘들 만한 것이었다. 하물며 작은 일에도 상처를 쉽게 받는 진영이라면 정신적 충격이 클 수밖에 없었다.

스토커는 진영이 다른 남자를 사귀면 가만두지 않겠다고 협박했고 욕설을 퍼붓기도 했다. 분명 과대망상증 환자의 괴롭힘이었지만 진영은 여배우라는 위치 때문에 섣불리 행동을 취할 수 없었다. 그녀는 이 일을 어떻게 해결하는 것이 가장 현명할지 매일 고민이었다. 하지만 곁에서 지켜 본 결과 상대가 집착을 끊는 것 말고는 별다른 해결점이 없었다. 정신적으로 문제가 있는 사람인데 우리가 뭘 해볼 수 있겠는가.

진영은 스토커가 나의 존재를 알게 되면 이성을 잃고 무슨 행동을 할지 모른다며 몹시 불안해했다. 나와의 관계를 쉽게 받아들이지 못하는 것도 그 때문이었다. 잘못된 집착이 얼마나 한 사람의 영혼에 상처를 입힐 수 있는지 진영이를 보며 알 수 있었다.

늦은 밤 진영에게서 전화가 왔다.

"저예요. 나 영균 씨 포기할까 봐요. 도저히 안 되겠어. 너무 무서워요."

그녀의 목소리는 가늘게 떨리고 있었다. 나는 그 즉시 그녀의 집으로 달려갔다. 문을 열어주는 그녀의 얼굴엔 두려움이 가득했다.

"문자가 왔는데, 남자 만난다는 소문을 들었다며 내일 언론에 모든 사실을 밝혀 나를 매장시키겠대요."

보이지 않는 주먹으로 머리를 세게 한 대 얻어맞은 기분이었다. 그때 다시 그 스토커로부터 문자 메시지가 날아왔다. 진영의 집으로 찾아오겠다는 내용이었다.

"내가 만나서 얘기를 들어볼게."

"그러지 말아요. 불미스런 일이라도 생기면 어쩌려고. 그냥 나를 다른 데로 데려가줘요."

진영이의 말은 간절했다. 그녀를 충분히 이해할 수 있을 것 같았다. 타인을 흠집 내고 말 만들어내길 좋아하는 사람들에게 여배우의 남자관계는 좋은 소재거리였고, 그로 인한 모든 피해는 진영이가 받을 수밖에 없을 터였다.

나는 우선 불안에 떠는 진영을 나의 집으로 피신시켰다. 하지만 진영은 쉽게 안정을 찾지 못했다. 혹시라도 스토커로 인해 발생할 최악의 사태를 상상하며 마음을 졸이는 듯했다.

"어쩌면 나 때문에 영균 씨가 좋지 않은 상황에 처할 수도 있어요."

몇 번이나 괜찮다고 했지만 그녀는 안심이 되지 않는 모양이었다. 나는 그날 그녀가 왜 사람들을 만나는 데 그토록 신중하고 경계심을 갖는지 잘 알 수 있었고, 그런 상황에 몹시 화가 나기도 했다.

며칠 후, 진영이 잠을 못 이루고 내게 연락을 해왔다. 스토커와의 통화를 거부했더니 전화가 스무 번도 넘게 걸려왔다며 덜덜 떨고 있었다. 시간을 확인해보니 새벽 1시였다.

"전화만 하는 걸 보면 별일은 없을 거야. 걱정하지 말고 좀 자요."

우선 그녀를 다독이며 안심시키고 곧바로 차를 몰아 진영의 집으로 갔다. 그리고 집 앞에서 날이 샐 때까지 보초를 섰다. 진영이 걱정할 것 같아서 거기 와 있다는 얘기는 하지 않았다. 다행히 아침이 될 때까지 별다른 일은 생기지 않았다.

진영의 소속사에서도 그 사람의 집요한 스토킹에 대해 알고 있었다. 그래서 소속사 회장이 그를 따로 만나 경고도 하고 간곡히 호소도 해보았지만 잠잠해지는 것은 그때뿐, 술만 마시면 고질적인 협박이 시작되었다. 그는 못 배운 사람이 아니었다. 사회적 지위가 보장된 전문직 종사자였다. 하지만 지적 수준과 상관없이 엇나간 애정은 그를 병적인 사람으로 만들었다. 어쩌다 그렇게 되었을까. 그를 생각하면 참을 수 없이 화가 나기도 하고 안타깝기도 했다.

나는 시간이 날 때마다 그녀가 마음을 편히 갖도록 감싸주고 다독였다.

"세상이 아무리 힘들어도 씩씩해야 해. 내가 지켜줄게. 이 마음 진심이야. 언젠가 편안해질 날이 꼭 올 테니 절대 마음 약해지지 마라."

나는 진영에게 꽃을 자주 선물했다. 꽃이 그녀의 마음에 안정을 줄 것 같았기 때문이다. 예쁘게 포장된 한 묶음의 꽃다발은 그녀에게 작은 위안을 주는 듯했다. 그녀는 오똑한 코를 대고 싱그러운 향기를 맡아보며 꽃보다 환한 미소를 나에게 지어주곤 했다. 그녀는 조그만 선물에 감동할 줄 알고 고마워할 줄 알았다.

나는 스토커의 협박이 계속될 때마다 서둘러 진영과 결혼해야겠다는 생각이 굳어졌다. 언제까지나 그녀를 그런 공포 속에 살게 할 수 없었다. 함께 즐거운 시간을 보내다가도 핸드폰만 울리면 깜짝 깜짝 놀라는 진영의 모습을 두고 보기가 힘들었다. 갈수록 더해가는 불안과 상처를 그대로 떠안게 하고 싶지 않았다.

"아무래도 집을 옮겨야겠어요."

8월 어느 날, 진영이 갑작스럽게 이사를 하겠다고 선언했다. 나는 그녀가 그 집을 무척 아낀다는 것을 잘 알고 있었다. 그곳으로 이사 오면서 인테리어 하나하나에 온갖 정성을 기울였고, 그런 만큼 그 집에 대한 애정과 자부심이 남달랐다. 그런 집을 포기하겠다는 것은 진영이 그만큼 힘들다는 것을 의미했다.

진영은 나와의 만남을 진지하게 생각하고 있었고, 곧 우리 부모님을 만나 뵙는 것도 염두에 두고 있었다. 이런 상황에서 만의 하나 불미스러운 일이 생기지 않게 어떤 조치가 필요하다는 판단을 내렸던 것 같다.

바로 그 즈음 우리의 열애 사실이 한 언론매체에 노출되는 사태가 발생했다. 스타의 근황을 쫓는 연예 프로그램에서 진영의 집을 나가는 내 모습을 촬영해 갔다는 것이었다. 소속사의 재빠른 대응과 노력으로 기사화되는 것을 막을 수 있었지만, 스캔들이 나는 건 시간 문제였다. 일단 기사가 나가면 집요하게 그녀를 따라다니던 스토커가 어떤 일을 벌일지 몰랐다. 그렇다면 아쉽지만 집을 옮기는 게 현명했다. 그리고 핸드폰 번호도 바꾸기로 했다. 무엇보다 그녀의 안전이 첫째였다.

진영은 이사 갈 집을 찾아보기 시작했다. 그녀는 볕이 잘 들고 마당이 있는 집을 얻고 싶어 했다. 유난히 꽃을 좋아해 마당 가득 꽃을 심고 계절

마다 꽃들이 피고 지는 것을 바라보면 좋겠다고 했다. 하지만 짧은 시간에 서울 한복판에서 적당한 조건의 집을 찾기란 쉽지 않았다. 진영이 살던 집에 그녀만큼 애착이 있던 나로서는 집을 구하는 일이 썩 유쾌하지 않았다. 하지만 내색하지는 않았다. 나보다 진영이 더 가슴 아파한다는 것을 잘 알고 있었으니까.

돌아보면 진영의 이런 선택은 나에 대한 배려이기도 했다. 혹시 무슨 일이라도 생겨 내가 좋지 않은 사건에 휘말릴까봐 진영은 아주 조심스러워했다. 얼굴이 알려진 배우를 사귐으로써 발생하는 일들에 대해 그녀는 나에게 미안해하고 있었다. 내가 그녀를 배려한 것 못지않게 그녀도 나를 배려하고 있었던 것이다. 그녀가 떠나고 난 뒤 나는 좀 더 가깝게 그녀의 마음을 읽을 때가 있다. 고맙다, 진영아.

마지막이라는 게 안 믿기네.
울컥울컥 눈시울이 붉어지고.
그 동안 나와 이 집을 사랑해줘서 고마웠어요.
달콤하고 부드러운 당신이 있어서 다행이야.
짐 싸는 일은 곧 끝날 것 같아요.
_2008년 8월18일 진영의 문자

## 이사와 인사

그녀는 자신의 집을 무척 좋아했다. 입주 전 두 달이 넘게 집수리를 했다고 했다. 천장이 높은 3층 복층을 만들기 위해서였다. 진영은 다른 배우들보다 집에서 보내는 시간이 많아서인지 유독 인테리어에 관심이 많았다.

의상을 전공한 사람답게 옷장과 신발장 등 수납공간에 신경을 기울였고 거실의 꽃병 하나, 식탁의 테이블보 한 장도 대충 고르는 법이 없었다. 그녀가 직접 꾸민 집은 전체적으로 깔끔하면서 세련된 느낌을 주었다. 그 집은 진영의 정성과 손때가 묻어 있어서 나에게도 각별한 곳이었다. 진영은 늘 기다란 나무 계단에 앉아 집에 돌아가는 나를 배웅하곤 했다.

이삿짐을 챙기던 날, 진영은 자신의 공간을 함께 아껴줘서 고맙다는 인사를 문자 메시지로 보내왔다. 나는 사무실에서 잠깐 동안 진영을 생각했다. 비 오는 날 통유리 발코니에서 함께 음악을 들으며 이야기를 나누던 장면이 떠올랐다. 사람도, 사물도 애정을 기울인 것은 언제나 떠나보내기 쉽지 않은 법이다.

"언젠가 다시 이 집에 들어올 일이 있을까요?"

"글쎄, 만약 둘이 결혼하더라도 다시 이 집에서 살긴 힘들지 않겠어?"

진영도 나도, 아름다운 추억들을 오래 간직하기로 약속하고 그 집과 작별을 했다.

진영이 새로 이사한 논현동 집은 마당 대신 발코니가 시원하게 트여 있었다. 지난번 집과 비슷한 2층의 복층 구조로, 진영은 넓은 발코니를 유독 좋아했다.

나는 직사각형의 피크닉 나무 테이블과 파라솔, 그에 어울리는 베이지색 의자 여덟 개를 선물했다. 그리고 바비큐 도구를 완비해 언제라도 친구들을 불러 파티를 열 수 있게 했다. 허전함을 느끼지 않도록 하기 위해서였다. 그녀는 이 공간에서 햇살을 쬐고 음악을 들으며 시나리오를 읽었고 발코니에 가득한 자그마한 화초와 나무들에겐 날마다 물을 주며 콧노래를 흥얼거렸다.

"난 이렇게 볕이 잘 들고 꽃과 나무가 있는 곳이 좋아요. 식물은 인간에게 좋은 에너지를 주니까."

그녀는 이곳에서 아침식사를 즐겼고, 친구들을 불러 바비큐 파티도 열었다. 그녀의 아침식탁은 간소했다. 모닝커피와 샐러드, 달걀프라이면 충분했다. 진영과 나는 해질녘이면 발코니에 나와 저녁식사를 같이하며 얘기도 하고 음악에 맞춰 블루스도 추었다. 우리에게 이런 일상은 자연스러운 것이었다. 그녀는 밖에 나가 외식을 하는 것보다 조용히 집에 있는 것을 더 좋아했고, 저녁 식사를 위해 요리를 하거나 책을 읽곤 했다.

진영은 새 집에 조금씩 정을 붙여갔다. 경비 시스템이 잘 되어 있어 스토커도 나타나지 않아 마음도 차츰 안정되었다. 물론 옛집에 대한 그리움은 여전했다. 문득 생각이 나는지 전에 살던 집에 가보고 싶다는 문자를 보내기도 했다.

"나 분홍색 커튼이 갖고 싶어요. 침대 전체를 둘렀으면 좋겠어."

진영은 블랙과 화이트로 차분하고 차가운 느낌을 주던 예전 집과는 다른 느낌의 색을 조합하고 싶어했다. 우리는 인터넷을 통해 괜찮은 커튼 집을 한두 군데 찾고, 원하는 색상의 커튼을 골라 주문했다.

"거실 커튼은 돈 들일 것 없이 내가 가지고 있는 것으로 하자."

그렇게 까다롭던 진영도 선뜻 좋은 생각이라며 빨리 가져와보라고 했다. 나는 밝은 감청색이 도는 차분한 느낌의 커튼을 깨끗이 세탁해 그녀의 거실에 걸고, 분홍 벽지와 커튼으로 침실을 꾸며주었다.

"자기가 있으니까 너무 좋다. 안방은 공주 침실 같아."

진영은 처음으로 분홍색 방을 꾸며본다면서, 계속 입을 가리고 웃으며 부끄러워했다.

당신이 걸어주고 간 커튼 때문에 집이 참 포근해졌어요.
안방 침실은 좀 낯설지요.
지금 당신이 준 의자에서 시나리오 보고 있어.
이 실감나지 않는 행복!

_2008년 9월 3일 진영의 문자

"당신 부모님이 나를 마음에 들어 하실까요?"

진영은 우리 부모님께 인사 갈 것을 생각하면 걱정이 큰 것 같았다. 어느 여자라도 남자 쪽 부모님을 만나는 일은 결코 쉽지 않으리라. 하지만 우리 부모님은 배우에 대한 편견이 없는 분들이셨다.

"걱정 말라고. 두 분 모두 예쁜 며느리를 아주 좋아하실 테니."

나는 조금이라도 진영의 마음을 편안하게 해주고 싶었다.

"차갑고 냉정하고 나이까지 든 막내아들을 데려가는 여자에게 부모님 모두 고마워하실 거야."

"하긴, 내가 생각해도 큰일을 하는 것 같아요."

진영이 마음이 놓인다는 듯 함박웃음을 지었다. 언제나 그렇듯 그녀의 웃음은 참 싱그러웠다.

하지만 그녀는 부모님께 인사 가는 일을 서두르고 싶어하지 않았다. 나는 진영의 고민을 잘 알았다. 여배우에게 스캔들은 치명적일 수도 있었다. 양가 인사를 다 마치고 난 뒤 불상사가 생겨 헤어지게 된다면 남자인 나보다 그녀가큰 상처를 받게 될 것이었다. 나는 하루속히 양가 부모님을 찾아뵙고 결혼도 하고 싶었지만 그녀가 확신이 설 때까지 기다리기로 했다.

진영은 내 친구들을 만날 때도 아주 조심스러워했다.

"영균 씨, 만약 우리가 잘못되면요? 지금은 서로 사랑하는 사이라 여러 사람에게 축하받고 싶지만, 나중에 헤어지면 그 뒷감당을 어떻게 해요."

진영의 말대로 사람이 살다보면 예상치 못한 일들이 일어나는 법이었다. 마흔이 넘은 나는 그런 일에 의연할 수 있겠지만 진영은 아이 같아 그렇지 못할 게 분명했다. 나는 진영에게 확신을 주고 싶었다. 하지만 내가 믿음을 준다 해도 진영이 마음을 열지 않으면 소용없는 일아닌가. 결국 선택은 진영의 몫이었다.

나는 늘 진영에게 희망을 이야기했다. 우리뿐 아니라 많은 사람들이 힘겹게 언덕을 넘고, 그래야 나중에 그 언덕 너머의 무지개를 볼 수 있는 거라고. 나는 되도록 그녀 앞에서 로맨틱한 남자가 되고 싶었다. 부드럽고 자상하게 진영을 리드하고 싶었다.

내가 진영의 무릎을 베고 누우면 그녀는 내 머리카락을 천천히 쓸어주었다. 그녀의 손길을 느끼며 나는 평온한 잠에 빠지곤 했다. 그대로 깨어나지 않아도 좋을 만큼 행복한 날들의 연속이었다.

모든 일이 원하는 방향으로 가고 있었다.
연인은 아름답게 웃고
나는 오랜 친구들에게 둘러싸여 축하를 받았다.
그때 누군가 문을 두드렸다.
나는 문을 열어주려 자리에서 일어났다.
불길한 예감에 걸음이 점점 느려졌지만
결국 문을 열었다.

## 초대받지 않은 손님

"어제부터 자꾸 신물이 넘어와요."

진영이가 속이 쓰리고 신물이 넘어온다고 했을 때 난 대수롭지 않게 여겼다. 평소 술을 많이 마셔서 위염이 있을 거라고만 생각했다. 당분간 술을 자제하고 위장약을 복용하면 곧 괜찮아질 거라며 약국에서 몇 가지 약을 사왔다.

"식사 전후로 겔포스와 알약 잊지 말고 챙겨 먹어. 만약 잘 때도 위가 쓰리면 위궤양일 수도 있으니까 그땐 병원에 가보자."

그러고 나서 2~3일, 별다른 차도가 없는지 진영은 말을 할 때나 식사를 할 때 미간을 자주 찌푸렸다. 그녀를 침대로 데려가 편안히 눕게 하고 내 손을 따뜻이 하여 천천히 배를 쓸어주었다. 어릴 때 배가 아프다고 하면 엄마나 할머니가 늘 그렇게 배를 쓸어주시곤 했다. 그러면 거짓말처럼 잠이 쏟아지며 아픈 배가 나왔던 게 기억났다. 진영은 가만히 누워 자기 배에서 꾸루룩 소리가 들린다며 재미있어 했다. 내 손길이 간지럽다며 장난을 치기도 했다.

그런데 진영의 왼쪽 갈빗대 밑을 눌렀을 때 무언가 단단한 게 만져졌다. 이상한 생각이 들어 내 갈빗대의 똑같은 위치를 손으로 쓸어보았다. 그냥 부드러울 뿐 만져지는 것은 없었다. 내 판단이 정확하다면 그 위치에 있는 장기는 위가 분명했다.

"당신, 병원에 가서 검사 한번 받아봐야겠다."

진영은 대답하지 않고 여느 때처럼 털털하게 웃더니 다른 음악을 들어야겠다면서 CD 플레이어가 있는 곳으로 갔다. 진영은 평소 아무리 아파도 병원에 가지 않았다. 꾹 참다가 힘들면 친구를 대신 병원에 보내 자신의 증상으로 약을 받아오게 했다. 심한 독감에 걸렸을 때, 스토커로 인해 불면증이 생겼을 때도 친구가 감기약과 수면제를 처방받아 왔다.

"마지막으로 내시경 검사 받은 게 언제야?"

"한 번도 그런 검사 받은 적 없어요."

진영은 그 나이가 되도록 대장은 물론 위 내시경 검사조차 해본 적이 없다고 했다. 나는 그 얘기를 듣고 즉시 서울대 강남 검진센터에서 의사로 근무하는 사촌동생에게 전화를 걸어 위 내시경 검사를 의뢰했다.

"형수 될 사람이 가니까 네가 잘 좀 해줘라. 고마워."

전혀 모르는 사람이 아니라 사촌동생이 챙겨준다고 해서인지 진영은 순순히 검사를 받겠다고 했다. 예전 같았으면 예민하게 굴었을 텐데 많이 달라진 모습이었다. 그녀가 나를 믿고 선선히 따라주는 것 같아 고마웠다.

다음 날 아침 8시. 진영은 매니저, 친구와 함께 병원에 도착했다고 문자 메시지를 보내왔다.

출근길에 사촌동생에게서 전화가 걸려왔다.

"형, 내시경과 의사가 말하는데 아무래도 암 같대요. 조직검사를 해봐야 알겠지만 80~90퍼센트는 정확하다고……."

"……!"

갑자기 눈앞이 캄캄해지고 말문이 막혀 입이 떨어지지 않았다.

"어떡하죠? 본인에게 말해야 할까요?"

머리가 띵하더니 사촌동생의 목소리가 점차 이상한 전자음으로 들려왔다. 서둘러 차를 한적한 도로변에 세우고 심호흡을 했다.

"아니야, 알면 안 돼. 오늘은 일단 집으로 보내라. 그런데 도대체 얼마나 심한 거냐?"

"형, CT를 찍어봐야 정확하게 알 수 있어요."

손이 부들부들 떨려 제대로 통화하기도 힘들었다. 걷잡을 수 없게 울음이 복받쳐 올라 이를 악물었다. 떨리는 목소리를 억누르며 사촌동생에게 말했다.

"말을 해도 내가 해. 조직검사 결과가 나왔을 때 말하자. 오늘은 그냥 보내라."

나도 모르는 사이에 차는 진영이 있는 병원으로 향하고 있었다. 하지만 곧 마음을 다잡고 다시 사무실로 방향을 돌렸다. 난데없이 내가 병원에 나타나면 뭔가 심각한 일이 있다고 생각할 수도 있었다. 가슴이 떨리고 금방이라도 심장이 터질 것 같았다. 신호와 차선이 한눈에 들어오지 않았다.

넋이 나간 채로 사무실에 도착해 다시 사촌동생에게 전화를 해 곧바로 CT 촬영 결과를 물어보았다.

"형, CT에 암세포가 옆으로 전이되고 있는 게 보여요. 림프에 전이된 것 같아요. 최소 4기 이상은 되겠어요."

어떻게 이런 일이……. 하늘이 무너지고 땅이 뒤흔들리는 것 같았다. 죽을힘을 다해 흐느낌은 참았지만 하염없이 흐르는 눈물은 어쩌지 못했다. 왜 진영과 나에게 이런 시련이 와야 하는가. 왜!

인터넷으로 검색을 시작했다. 위암을 이겨냈다는 사람들이 올린 글들과 특정 약을 광고하는 사이트는 항암치료에 대해 의견이 분분했다. 위절제술, 항암치료의 당위성과 반대 의견, 모든 사람의 몸에 암 세포가 있다는 홉킨스 대학의 학설, 그리고 위암 4기 수술 후 5년 내 최고 생존율 10퍼센트……. 진영의 상태는 심각했다. 나는 두 손을 모아 쥐고 신에게 기도를 시작했다. 진영에게 아무 일도 일어나지 않게 해달라며 나는 무릎을 꿇었다.

"의사들 이상해. 나보고 그냥 집으로 가래."

카페에서 만난 진영은 아무것도 모르고 있었다. 어떻게 말을 꺼낼까. 차마 그날은 진영을 바로 쳐다볼 수가 없었다. 눈이 마주치면 대책 없이 눈물이 쏟아질 것 같았다. 카페의 탁자를 하릴없이 손바닥으로 문지르며 그녀의 말을 들었다. 그녀는 몇 번이나 병원에서 겪은 일이 이상하다고 했다. 의사들이 몹시 당황한 표정으로 집에 가라는 말만 하고 결과는 알려주지 않더란다.

"염증이 심하다더라. 그래서 조직검사를 할 필요가 있대. 그러게 그 나이 될 때까지 종합검진 한 번을 안 했냐."

진영은 내일 촬영이 있다고 했다.

"그런데 오늘 왜 나랑 눈을 안 마주쳐요?"

"오늘 당신 검사받느라 피곤했지? 나도 컨디션이 안 좋아. 편도선이 또 부었어. 한숨 자면 좋아질 거야."

떨어지지 않는 발걸음으로 그녀와 헤어져 집으로 향했다. 하지만 바로 집으로 갈 수가 없어 한강변에 차를 댄 뒤 큰 숨을 들이쉬고 내쉬었다. 차에서 내려 차가운 바람을 쐬어도 마음이 가라앉지 않았다. 모든 것이 암담해지는 밤이었다.

그녀가
살짝 고개를 오른쪽으로 당겨
여유롭게 웃을 때,
입꼬리에 옴폭 힘이 들어가
자신만만한 눈빛으로
나를 바라볼 때,
나는 진영의 이런 당당한 자세가 좋았다.

## 지금 모습
## 그대로

그 즈음 진영은 몇몇 CF 촬영, 잡지 인터뷰, 팬 사인회 말고는 다른 스케줄이 없었다. 나와 만나면서 그녀는 오랜 작품 활동으로 누적된 심신의 피로를 푸는 중이었다. 화장품 사보 촬영이 있었던 그날, 아침에 눈을 뜨니 문자 메시지가 와 있었다.

'촬영 있어서 저녁 늦게 보겠네요.'

바로 통화 버튼을 눌렀다.

"오늘은 내가 갈게. 어디서 찍어?"

예상치 못한 말에 진영이 즐거워하는 게 느껴졌다. 나의 깜짝 이벤트라 여겼는지 장소를 알려주고 전화를 끊었다. 오늘은 출근을 하지 못하겠다고 미리 사무실에 양해를 구하고, 밤새 울어 부은 얼굴에 두툼한 얼음 주머니를 얹었다. 나는 그때까지도 극심한 피로가 밀려와 늦은 시간까지 침대에서 일어나지 못했다.

알람을 맞춰 놓고 누워 있다가 마음이 편치 않아 그녀가 일러준 촬영장으로 향했다. 내 판단이 맞다면 그녀는 당분간 촬영을 하지 못할 것이다. 오늘이 진영의 마지막 잡지 촬영이 될 거라 생각하니 기분이 낮게 가라앉았다. 앞으로 그녀는 항암치료를 받아야 하므로 완쾌할 때까지 모든 활동을 접어야 했다. 상황은 예상보다 훨씬 좋지 않았다.

병원에서 나온 검사 결과에 진영은 과연 어떤 반응을 보일까. 무서워하지 않아야 할 텐데, 힘든 치료를 잘 이겨내서 좋은 결과를 봐야 하는데……. 차가 청담동 촬영장에 도착해서야 복잡한 생각을 잠시 멈출 수 있었다.

평소였다면 진영이 일하는 촬영장에 나타나지 않았을 것이다. 공인인 그녀를 염려해 지금까지 타인의 눈을 피해 만나왔으니까. 촬영장은 스태프들과 기업 홍보, 의상, 메이크업 담당자들의 움직임으로 열기가 가득했다. 진영은 그녀의 흰 피부가 돋보이게 하는 검은 드레스 차림으로 포토그래퍼와 열심히 의논을 하고 있었다. 나와 잠깐 눈이 마주쳤을 때 진영은 얼굴이 조금 붉어졌다. 털털하게 기초화장만 하고 다니던 진영의 얼굴이 짙은 화장으로 조금 낯설어 보였다.

진영은 화장이 망가지거나 의상이 얼룩질까봐 물도 마음대로 먹지 못하는 것 같았다. 조금 지치는지 잠깐 쉬는 사이 의자에 앉아 화장 수정을 받으며 눈을 붙이고 있었다. 옷이 구겨질까 봐 편한 자세로 앉지도 못했다.

다시 촬영이 시작되자 진영은 감정을 컨트롤하며 카메라에 집중했다.

카메라 플래시를 받으며 촬영에 열중하는 그녀의 모습은 지금까지 보아온 일상의 진영이가 아니었다. 고운 자태와 압도적으로 아름다운 모습은 감탄사가 절로 나올 만큼 카리스마가 넘쳤다. 그런 그녀의 모습을 지켜보면서 오늘이 마지막 작업이 될지도 모른다는 생각에 눈물이 나왔다.

'제발 이것이 마지막이 아니길…….'

눈물을 들킬까 봐 연신 고개를 들어 천장을 올려다봤다. 촬영은 오후 늦은 시간까지 이어졌다.

"오래 기다리느라 힘들었죠?"

정작 지친 건 자신일 텐데 촬영 후 내 컨디션을 먼저 확인하는 진영을 꼭 끌어안아 주었다. 그녀는 다리가 후들거려 서 있기가 힘들다고 했다.

"나 진한 설탕커피 한 잔 하고 싶어요. 그럼 좀 기운이 날 것 같아."

"당신 위염이 심해서 그렇게 몸이 안 좋은 거야. 그러지 말고 따뜻한 녹차나 주스를 마시도록 해."

여전히 위가 아프다는 그녀를 나는 죽집으로 데려갔다. 모락모락 김이 올라오는 죽을 맛있게 먹으며 진영은 촬영할 때의 얘기를 해주었다. 어떤 음악이 나왔을 때 좀 더 몰입이 잘 되었다, 아무개가 자꾸만 웃겨서 NG가 났다는 등 신이 나서 재잘거렸다. 앞으로 이렇게 천진한 모습을 볼 수 없을지도 모른다는 생각에 눈물이 쏟아질 것 같아 어금니를 꽉 깨물었다.

다음 날은 친구의 아이 돌잔치가 있었다. 그 친구는 나와 매우 절친한 사이로, 6월에 진영을 소개하며 함께 만난 적이 있었다.

"가야 해요?"

진영은 별로 가고 싶지 않은 듯 내 눈치를 살피며 물었다. 돌잔치 장소가 호텔이라 아무래도 사람들의 이목이 마음에 걸리는 모양이었다. 다른 때 같으면 그러지 않았을 텐데 나는 조금 분명한 어투로 가야 한다고 말했다. 다행히 진영은 이유를 묻지 않고 가겠다는 대답을 했다.

아주 잠깐 얼굴을 비치는 게 전부이겠지만, 내가 진영을 돌잔치에 데려가려는 데는 특별한 의미가 있었다. 진영이 자신의 병을 알게 되기 전, 그녀의 활기차고 자연스러운 모습을 사람들에게 보여주고 싶었다. 이날만은 집이 아니라 밖에서 활보하며 그녀의 빛나는 모습이 세상에 마음껏 드러나길 바랐다. 이 순수하고 조심성 많은 여자가 내일이면 다른 세상을 만나야 하기 때문이었다.

"참, 엄마하고 언니가 자기에게 고맙다는 말 전해 달래요."

진영은 생선 그릴 선물 얘기를 하고 있었다. 생선 그릴은 먼저 진영에게 선물한 것인데, 지난번 우연히 두 모녀의 전화 통화 내용을 듣게 되어 그녀의 어머니와 언니에게도 똑같은 것을 선물했던 것이다.

"엄마, 영균 씨가 생선 그릴을 선물했는데 비린내도 안 나고 적당한 온도로 잘 구워져요. 들러붙지도 않아."

내가 보내드린 생선 그릴을 써본 어머니가 그날 마침 전화를 하신 모양이었다. 우리가 사귀면서 달라진 점이 있다면 부쩍 가족을 챙기게 되었다는 것이다. 그녀는 늘 나에게 부모님께 좋은 아들이 되어야 한다고 강조하곤 했다.

내가 진영을 돌잔치에 데려가려는 데는 특별한 의미가 있었다.
진영이 자신의 병을 알게 되기 전,
그녀의 활기차고 자연스러운 모습을 사람들에게 보여주고 싶었다.
이날만은 그녀의 빛나는 모습이 세상에 마음껏 드러나길 바랐다.
이 순수한 여자가 내일이면 다른 세상을 만나야 하기 때문이었다.

오늘 부모님께 따뜻한 아들 되세요.

_2008년 8월 2일 진영의 문자

막내아들이 갑자기 안부 전화를 자주 하게 된 것은 모두 진영 덕분이었다. 부모님은 나의 이런 변화에 무척이나 감동하셨다. 이제 결혼할 때가 되어 안 하던 짓을 한다며 언제쯤 진영을 볼 수 있느냐고 묻곤 하셨다.

진영이를 병원으로 데려가기 전 그녀가 당황하지 않도록 마음의 준비를 시켜야 했다. 어떻게 얘기할 것인가.

"당신 궤양이 심해서 치료를 좀 오래 받아야 한대."

진영은 대수롭지 않게 받아들였다. 병원으로 이동하는 차 안에서 자신의 증세를 또 한 번 자세히 알려주기도 했다.

"오늘 병원에 가면 의사 선생님이 항암치료를 병행해야 한다고 말할 거야. 그러니까……."

가만히 귀 기울여 듣던 진영이 내가 눈물을 흘리는 걸 보고 걱정스런 목소리로 물었다.

"나, 죽을병이래요?"

'아차, 너무 심각하게 말했구나.'

생각대로 감정 조절이 잘 되지 않았다.

"죽기는 뭘 죽어. 당신 치료받는 게 힘들까 봐 마음이 아파서 그렇지."

"왜 울어요. 오래 아프지 않을 테니 울지 마."

상황을 모르는 진영이 오히려 나를 위로하며 눈물을 닦아주었다. 신이 어떤 뜻으로 내게 이런 시련을 주는지 알고 싶었다. 나보고 어떻게 감당하라고 그녀에게 무서운 병을 주셨을까. 고민과 원망으로 며칠 사이 내 얼굴은 초췌해져 있었다. 속이 까맣게 타들어가는 것처럼 아픈 날들이었다. 진영이 과연 결과를 듣고 어떻게 반응할까. 나는 진영이 받아들여야 할 진실이 너무 가혹하게 느껴졌다. 진영은 아직 해야 할 일이 많은 젊고 아름다운 여자였다. 진영이 그 시간을 어떻게 받아들일 수 있을까. 나는 손이 심하게 떨려 운전하기조차 힘들었다. 어떻게든 그녀를 살려야 한다. 나는 오른손을 뻗어 진영의 손을 꽉 쥐었다.

내가 열심히 노력할게.
걱정하지 마, 울지 마.
예전으로 돌아갈 테니
당신은 곁에서 웃고만 있어요.

## 항암치료 시작

진영과 함께 서울대병원에 가서 외과 위암 수술의 최고 권위자 양한광 박사를 만났다. 안경을 낀 양 박사는 CT 내시경을 보여주며 담담하게 말했다.

"위암 4기입니다. 다행스럽게 아직 말기는 아니네요."

양 박사는 공포감을 덜어주고 싶은지 '아직'이라는 말에 힘을 주었다. 하지만 현재 위에서 림프절로 암세포가 전이되고 있어 당장은 수술이 불가능한 상황이라고 했다.

'암'이라는 소리를 들은 진영의 눈에서 갑자기 눈물이 뚝, 뚝, 떨어졌다. 위궤양을 생각하고 왔는데 암 4기라니, 정신이 까마득해졌으리라. 진영을 병원으로 데려오며 항암치료를 해야 할지도 모른다는 말은 했지만 병명은 차마 내 입으로 말할 수가 없었다.

"희망은 있는 건가요?"

진영은 침착하려고 애쓰며 양 박사에게 물었다.

"충분히 희망을 가져도 됩니다. 우선 항암치료를 받으면서 수술 날짜를 잡아봅시다."

나는 부들부들 떠는 진영의 몸을 끌어안고 괜찮다고, 나을 수 있다고 안심시켜 주었다.

"위암 4기 환자 몇 명이 1년간 항암치료를 받으면서 좋아진 경우가 있습니다. 가능성이 있으니까 열심히 해보죠."

양 박사는 계속 희망을 암시하며 치료와 곧 있을 수술 과정, 그 증세들을 이야기했다.

"수술을 하게 되면 위를 제거한 뒤 석 달간 적응 기간이 필요합니다. 환자 본인은 물론 몸도 위가 없는 상태에 적응하기 위해 그 정도의 기간이 필요한 거죠."

"위를 떼어낸다고요?"

진영의 얼굴이 눈에 띄게 창백해졌다.

"위가 없으면 식사는 어떻게 하나요?"

"네, 위가 없으니 영양 섭취 방법이 자연히 달라지죠. 아주 소량의 음식을 입의 침샘으로 충분히 분해시켜 삼켜야 합니다."

음식 섭취 방법이 달라지는 건 삶의 패턴이 바뀌는 걸 의미했다. 위를 잘라낸다는 건 새로운 몸이 되기 위해 새로 태어나는 일이었다. 위 절제 수술을 하면 위의 역할을 입이 대신해, 적은 양의 음식물을 입 안에서 죽이 되도록 만들어 삼키면 그것이 곧장 소장으로 가서 흡수된다고 했다. 이

때 음식은 양이 많아서도 안 되고 입자가 거칠어서도 안 된다는 것이었다.

"식사는 하루에 대여섯 번씩 나누어서 먹는데, 이런 식생활에 적응하는 데만 석 달이 걸려요. 그리고 그 동안은 항암치료를 받지 못합니다."

아무리 정신을 똑바로 차리고 귀를 기울여도 머리에 잘 들어오지 않았다. 모든 상황이 혼란스러웠다. 도대체 사람의 몸을 기계처럼 제어하고 한순간 생활을 바꿔버리는 일이 가능한 일인가. 계속해서 의사는 수술 후의 증상에 대해 설명을 이어나갔다.

"똑바로 누워 자면 음식이 역류하니 늘 상체를 세우고 있어야 합니다. 너무 힘들다고 단정 짓지 마세요. 수술을 하게 되면 석 달만 고생하시는 거예요. 전이가 안 된다면 당장 수술 날짜를 잡았을 텐데, 지금은 위를 떼어내도 전이가 진행 중이라 소용이 없습니다."

진영의 몸에 있는 암세포를 항암치료로 어느 정도 줄여놓고 수술을 하자는 의견이었다. 하지만 나는 수술의 가능성이 크지 않다는 것을 어느 정도 짐작하고 있었다. 사촌동생을 통해 미리 결과를 확인하고 진영의 상태를 체크했던 것이다.

면담을 마치고 병원을 나올 때 진영은 아주 담담해 보였다. 그녀는 핸드폰의 부재중 전화를 확인하고는, 몸이 안 좋아 병원에 왔다며 친구와 통화를 했다.

우리는 집으로 가는 길에 한강변에 차를 세워놓고 바람을 쐬며, 활기차게 오가는 사람들을 말없이 바라보았다. 깊은 생각에 잠긴 진영에게 쉽사리 말을 걸 수가 없었다. 다시 그녀의 집으로 향하는 차 안은 무겁고 침울

했다.

집에 도착한 우리는 평소처럼 주방에 들어가 간단하게 저녁식사를 하고, 음악을 들으며 차를 마셨다. 김광석의 노래가 이어지는 동안, 누가 먼저랄 것 없이 울음이 터져 나왔다. 억눌렀던 슬픔이 김광석의 애잔한 목소리에 폭발하고 만 것이다. 평소 냉정하다는 소리를 듣던 내가 진영을 만난 후로 울보가 된 것 같았다. 진영이가 그 힘든 고통을 어떻게 견딜지, 겨우 그녀의 마음을 얻었는데 왜 이런 시련이 왔는지, 생각할수록 슬픔이 복받쳤다.

"괜찮아, 괜찮아."

서럽게 울던 진영이 눈물을 닦으며 오히려 나를 위로했다. 진영의 슬픔은 곧 나에 대한 연민으로 바뀌었다.

"항암치료 잘 받으면 된다는데 왜 울어요. 내가 잘 할게. 그러니 걱정 마. 잘 할 수 있어."

"그래, 나을 거야. 우린 해야 할 일이 너무 많은 사람들이잖아."

진영은 의사의 말에 희망을 가지고 여느 때처럼 주말을 보냈다. 함께 밥을 해먹고, 음악을 듣고, 책을 읽고……. 항암치료를 받아들이는 진영의 표정은 평온해 보였다.

"건강 챙겨야 해. 영균 씨도 빨리 건강검진 받아봐요."

끝끝내 무너지지 않고 마음을 추스르는 그녀가 대견했다. 게다가 제 몸 생각만으로도 감당하기 힘들 텐데 내 걱정이라니, 오히려 그녀에게서 내가 힘을 얻는 것 같았다.

아직 가까운 친구 누구도 진영의 몸 상태를 아는 사람은 없었다. 그녀는 위가 좀 안 좋아서 치료를 받게 되었다며, 친구들에게 가벼운 감기 환자처럼 말하고 행동했다. 전주에 계신 부모님께도 위암 소식을 전하지 않았다.

"부모님이 아신다고 해야 당장 해결될 것도 아닌데 놀라게 해드리고 싶지 않아요. 지금은 수술 전이라 신체에 큰 변화가 온 상태가 아니잖아요. 부모님이 꼭 알아야 할 시점이 아니라고 생각해요."

"그래, 당분간은 둘이 헤쳐 나가자."

진영은 가장 절박하다고 할 수 있는 상황에서 매우 초연한 모습이었다. 어쩌면 진영은 내가 알았던 것보다 더 강한 여자였을지도 모른다. 그녀는 더 이상 울지 않았고 암을 이겨내겠다는 강한 의지를 보였다.

나는 항암치료를 위해 소개받은 서울대병원 혈액종양내과 의사를 만났다. 그는 서울대에서도 최고의 항암치료 의사로 정평이 나 있고 젊은 의사들 사이에서는 전설 같은 분이었다. 의사는 CT 사진을 들여다보며 곤란한 표정을 지었다.

"사실 상황이 매우 좋지 않습니다. 쉽지 않을 것 같아요."

"지금 저렇게 멀쩡한데, 죽음을 생각하라는 말씀이신가요? 선생님, 정말 우리 진영이가 죽나요? 방법이 전혀 없는 겁니까?"

"장기는 통증이 없습니다. 아프다고 느낄 땐 이미 상황 종료된 경우가 많아요. 그래서 조기 발견을 위해 정기적인 건강검진을 권하고 있습니다. 지금 생과 사를 논하는 건 이른 것 같고, 당분간은 환자에게 희망을 주는 방향으로 치료를 끌고 나갔으면 합니다. 종종 환자들이 강한 의지로 고통을 이겨내는 경우가 있으니까요."

의사는 다음 주부터 시작될 진영의 항암치료에 대해 여러 가지 설명을 해주었다.

진영은 9월 24일 처음으로 자신의 몸 상태를 알았고, 10월 2일 본격적으로 항암치료를 결심했다. 그런데 그날은 국민배우 최진실 씨가 사망한 날이기도 했다. 그 소식을 들은 진영도 큰 슬픔에 빠졌다. 살면서 한 번도 죽음에 대해 진지하게 생각해 본 적이 없다가, 부쩍 죽음을 많이 생각하게 된 때였다.

진영은 첫 번째 항암치료를 위해 병원에 입원했다. 그러나 비밀리에 진행하려던 우리의 계획과 달리, 진영의 입원 소식은 빠르게 세상에 퍼져 나갔다. 병원에서 환자 보호를 위해 정보 노출을 단속했지만, 진영이 워낙 유명한 터라 그녀를 알아본 사람이 언론에 제보한 모양이었다. 암 진단의 사실 여부와 상황을 묻는 전화가 소속사로 걸려오기 시작했다. 아무것도 모르고 있던 소속사도 당황하기는 마찬가지였다. 그렇게 진영의 암 소식을 전해들은 부모님들도 날벼락을 맞은 듯 몹시 놀라고 당황하셨다.

첫날은 아침부터 병실에 누워 네 시간 동안이나 항암제를 맞았다. 말이 항암제지 세포를 죽이는 독약과 같았다. 멀쩡한 정상 세포까지 무분별하게 공격한다니, 진영이 얼마나 힘들지를 생각하면 나까지 괴로웠다.

주사를 다 맞고 난 후, 약이 한가득 든 약 봉투와 주의사항이 적힌 종이를 챙겨 퇴원을 서둘렀다. 하지만 이미 병실 앞은 진영의 발병 사실을 취재하려는 기자들로 북새통을 이루고 있었다. 나는 겨우 사실 확인만 해준 뒤, 비상구를 통해 진영을 차까지 부축해 집으로 돌아왔다.

의사는 항암주사를 맞고 어떤 증세가 동반되는지 미리 알려주었다. 들은 대로라면 그녀는 속이 메슥거리고 구토가 올라오며, 밤부터는 몸 안의 세포들이 약 때문에 하나둘 질식해 죽어갈 예정이었다.

그리고 드디어 첫 증세가 나타났다. 진영은 급격하게 체력이 떨어지고 수시로 토악질을 해댔다. 곁에서 물수건으로 땀을 닦아주고 이마를 짚어주어야 겨우 편안해했다. 하지만 이것은 시작에 불과할 것이었다. 얼마나 많은 날을 진영은 암과 싸워야 할까. 끝없이 아득한 어둠이 몰려오는 것 같아 나는 머리를 세차게 흔들었다.

소문은 빠르게 퍼져나갔다.
진영의 상태를 전해 들은 사람들이 안부 전화를 해왔다.
잠깐이지만 핸드폰 전원을 꺼버렸다.
그녀도 나도 안정이 필요했다.
갑자기 찾아온 암에 어떻게 대처해야 할지
우리도 고민할 시간이 필요했다.

## 폭풍 속의 고요

"아빠, 엄마가 내 소식 듣고는 얼마나 놀라셨을까."

나와 잠깐 외출한 진영은 서울에 올라와 집에서 기다리고 계실 부모님 걱정을 했다. 나는 그녀의 부모님을 위해 일식집에 들러 포장 스시를 주문했다. 서로 얼굴을 마주하게 되면 얼마나 괴로울지 생각하니 착잡하기만 했다.

집으로 들어서는 진영의 목소리는 평소와 똑같이 덤덤했다.

"아직 식사 안 하셨죠?"

부모님과도 가까이 지내는 진영의 친구가 걱정스런 눈빛으로 우리를 맞았다. 암으로 입원했다고 매스컴에 이미 기사까지 났으니 당연한 일이었다. 그런 상황에서 진영이 태연한 모습을 보이니 나를 붙잡고 몇 번이나 사실이냐고 물었다. 나는 가까스로 고개를 끄덕였고, 그러는 가운데 집안은 눈물바다가 되어버렸다. 두 손으로 머리를 감싸고 소파에 주저앉은 아버님에게 진영이 다가갔다.

"아빠, 나 괜찮아요. 이리 와서 식사하세요."

부모님은 진영이 병에 걸린 것이 마치 당신들의 잘못인양 연신 미안하다며 눈물을 흘리셨다. 포장 스시를 꺼내 식탁에 차렸지만 계속해서 진영의 머리를 쓰다듬으며 복받쳐 오르는 슬픔을 억제하지 못하셨다. 아버님은 잠시 후 진영의 손을 꼭 부여잡고 절대 약해져서는 안 된다며 용기를 불어넣어 주셨다.

평소 내게 죽음은 먼 이야기였다. 매스컴에 오르내리는 유명인사의 죽음을 접할 때야 삶과 죽음의 경계를 어렴풋하게 생각했을 뿐이다. 나는 인생은 한 번 사는 것이고 그 인생을 최선을 다해 살면 된다고 생각해왔다. 그렇기에 죽음보다는 삶에 큰 비중을 두고 살아왔다. 죽음의 의미를 깊게 생각해볼 기회가 없었던 것이다. 이런 내가 사랑하는 이의 죽음 앞에서 어떻게 초연할 수 있을까. 이미 진영은 내 삶의 일부였고 내 마음속 깊이 자리 잡고 있었다. 그런 존재가 어느 날 갑자기 사라질 수도 있다니, 끔찍했다.

나는 살아오면서 별로 두려울 것이 없었다. 어쩌면 남들보다 운 좋은 인생을 살아왔는지도 모른다. 그런데 진영이 암 선고를 받는 순간 나는 세상에서 가장 불행한 남자가 되었다. 돈도, 명예도, 좋은 직업도 사랑하는 이의 고통스러운 병 앞에서는 아무 소용이 없었다. 그녀를 위해 대신 아파줄 수도, 대신 죽어줄 수도 없었다. 그저 묵묵히 지켜보며 힘을 내라고 다독이는 것이 내가 할 수 있는 전부였다. 나 자신이 이렇게 무력하게 느껴지기는 처음이었다.

이런 가운데 나는 인간이 어쩌지 못하는 삶과 죽음 앞에서 겸손을 배워가고 있었다. 내게 이런 고통이 찾아온 데는 분명 그 이유가 있으리라 생각하고 또 생각했다. 남의 가슴을 아프게 한 것은 없는지, 스스로 자각하지 못한 채 몹쓸 짓을 하며 살아온 것은 아닌지 자꾸 뒤돌아보게 되었다. 그러면서 내가 알지 못했던 타인의 고통을 배워나갔다. 세상엔 아픈 사람들이 너무 많았다. 병으로 죽어가는 사람들이 수없이 많이 있었다. 진영도 이제 그들 중 한 사람이 되었다. 사랑하는 사람이 암에 걸렸다는 사실은 나에게 불안과 상실감을 안겨주었다.

진영 또한 애써 자신을 추스르려 하고 있었지만 갑자기 찾아온 병마 앞에서 막막하기는 마찬가지였다. 그녀는 어떻게든 병을 이겨내겠다는 각오를 다졌다. 전보다 더 명랑하게 웃으려 했고 내 앞에서 기운 없는 모습을 보이지 않으려 노력했다. 그녀의 이런 모습을 지켜보는 것이 내게는 고통이었다. 하지만 나 역시 이대로 그녀의 죽음을 기다릴 수는 없었다. 1퍼센트의 희망이라도 있다면 무엇이든 함께 할 각오가 되어 있었다.

진영과 나는 암에 관한 정보를 수집하기 시작했다. 그러면서 진영은 점점 용기를 얻었다.

"영균 씨, 병을 이기고 새로운 인생을 맞이한 사람들도 많아요."

진영은 힘든 고비 앞에서도 희망을 잃지 않았다. 자신이 죽을지도 모르는 암담한 상황이었지만 부정적인 생각을 하기보다는 긍정적인 자세를 보였다. 나는 그런 그녀의 모습에서 오히려 적지 않은 자극을 받고 있었다. 진영을 위로해야 할 내가 그녀로부터 위로받는 상황이었다. 진영은 나라는 사람이 있어 힘이 된다고 했다. 내가 창가에 서서 상념에 빠져 있을 때면 어느새 등 뒤로 다가와 부드럽게 포옹하며 약속했다.

"영균 씨가 나보다 더 아파하니까 내가 마음 놓고 힘들 수도 없어. 걱정 말아요. 꼭 건강해질 테니까."

그럴 때의 진영은 봄 햇살처럼 따뜻했다.

진영의 소식이 알려지자 큰누님이 유기농 야채수를 보낸 것을 시작으로 사랑을 담은 선물들이 속속 배달되었다. 진영을 아끼는 이들은 기획사와 집으로 쾌유를 비는 편지, 천 마리 종이학, 인삼, 녹용, 버섯을 비롯해 각종 암 관련 서적과 건강보조식품 등을 수시로 보내왔다. 브로콜리와 파슬리, 치커리 등을 직접 유기농으로 재배한다며, 얼굴을 알리지 않고 진영의 집 앞에 꾸준히 놓고 가는 분도 계셨다.

"내가 이런 걸 받을 자격이 있을까요."

가까운 사람들의 따스한 관심과 위로, 팬들의 격려, 특히 진영이가 졸업한 중앙여고 후배들의 응원이 진영에게 큰 힘이 되었다. 진영은 그들의 정성 때문에라도 더욱 건강해져야 한다는 강한 의지를 보였다.

"건강해져서 더 좋은 모습으로 인사드릴 거예요. 그때는 좀 더 팬들 가까이 다가가는 배우로, 큰 사랑에 보답하는 사람으로 나를 보여드릴 거예요. 나 그럴래요, 영균 씨."

진영과 나는 암 진료에 관한 이야기, 다양한 암 사례와 정보 등을 수집해 공부하며 긍정적이고 좋은 마음을 가지려 노력했다.

"나 욕심 많은 거 당신도 알죠? 12월까지는 꼭 암이란 녀석을 멀리 털어내 버릴 거야."

"진영아, 암도 당신 예쁜 거 알아서 찾아온 거야. 아무래도 지독한 녀석이라 6개월은 고생해야겠다. 너무 조급하게 마음먹지 말자."

하루라도 빨리 암을 이겨내겠다는 진영의 각오가 고마웠지만 암은 생각처럼 쉽게 치유할 수 있는 병이 아니었다. 나는 진영이 힘든 투병생활 동안 빨리 지칠까봐 걱정이었다. 그래서 차분하고 끈기 있게 병을 이겨나가는 쪽으로 진영을 이끌고 있었다. 그 어느 때보다 힘든 시기였지만 진영도 나도 내색하지 않고 서로에게 힘을 주려고 노력했다. 또 우리로 인해 사람들이 더 이상 걱정하지 않게 되도록 좋은 모습만 보이기로 했다.

많은 사람들의 걱정과 응원에 진영은 자신이 과분한 사랑을 받고 있다고 생각했고, 훗날 꼭 보답을 하겠다고 결심했다. 새로운 목표도 생겼다. 병세가 호전되어 암을 극복해내면 아픈 사람들을 위해 봉사하고 사회에 도움이 되는 활동을 많이 하겠다는 것이었다. 무서운 병이었지만 암은 이렇게 우리에게 많은 것을 가르쳐주고 있었다.

바람 속을 걷다 꽃길을 만나면
꽃다발을 만들어줄게.
걷다가 지치고 다리가 아프면
등에 업어줄게.
당신 곁에서 떨어지지 말라고
그가 말했어.

## 치유의 시간

진영은 병원에서 항암주사를 네 시간 넘게 맞고 집에 가면 침대에 시체처럼 누워 사나흘 동안 일어나지도 못했다. 식욕이 없어 밥을 제대로 먹지 못해 체중이 3킬로그램 정도 빠졌다. 그러다 조금씩 몸이 회복되면 기운을 차리고 일주일이 지나면 거의 정상적인 컨디션으로 돌아왔다. 그때부터는 빠진 몸무게를 보충하기 위해 먹는 일에 많은 신경을 썼다.

많은 암 환자들의 식단이 그렇듯이 진영의 식단도 상당히 신경 써서 짜여졌다. 자연 조미료, 천일염, 매실 엑기스 등을 유기농 매장에서 구입하고 인공화학 조미료를 모두 없앴다. 싱싱한 계절 채소를 사고 레시피를 살펴 위에 좋다는 미나리생채와 양상추가 매번 식탁에 오르도록 하는 건 내 몫이었다.

진영은 매실 엑기스에 다진 마늘과 식초, 소금, 겨자를 첨가한 마늘 소스를 넣고 만든 해파리냉채를 잘 먹었다. 나는 그녀만을 위해 식단을 짰고 그녀가 맛있게 먹어주면 그게 그렇게 고마웠다. 뭐든 열심히 먹는 그녀를 보면 암을 이기고 건강해 질 수 있다는 희망을 가질 수 있었다.

전복과 송이로 저녁 잘 먹을게요.
우리 자기 냉장고에는 먹을 게 있나 모르겠다.
_2008년 10월 12일 진영의 문자

당분간 사업은 손을 떼어야 했다. 그 어느 때보다 가까운 자리에서 진영에게 집중적으로 관심을 쏟아야 할 시기였다. 주로 낮에 그녀의 집으로 가서 밥과 약을 챙겨주며 낮 시간을 보내다가 밤이면 집으로 돌아왔다.

진영의 어머니 또한 고생이 이만저만이 아니었다. 24시간 아픈 딸을 돌보려니 힘에 부치는 것 같았다. 진영도 다 큰 딸의 입장에서 괜한 고생을 시켜드리는 것 같아 많이 죄송하다고 했다.

"내가 보살펴줄게. 어머니 병나실라, 조금 쉬게 해드려."

진영과 나의 간곡한 설득으로 어머니는 고향에 계시다 간간이 올라와 상황을 보시기로 했다. 진영은 어머니를 고생시키지 않게 해드려 한결 마음이 편하다고 했다.

함께하는 시간이 늘어난 우리는 부쩍 대화를 많이 나누었다.

'우리는 이 세상에 살고 있는 것이 아니라 이 세상을 지나가고 있다.'

진영이 읽던 책의 톨스토이 단상에 밑줄이 그어져 있었다. 진영은 대화 도중 음악에 심취해 말을 아낄 때가 있었다. 그때마다 그녀가 읽는 책의 밑줄 그은 부분을 찾아 읽어주었다. 그러면 진영은 자신의 생각을 조금씩 풀어냈다.

"어려서는 내 삶을 살고 싶었어요. 그 다음엔 좋은 배우가 되고 싶었지. 이제 행복해지고 싶은데…… 왜 지금일까. 하하, 나 요즘 감상적인 거 있죠. 당신도 그래요?"

우리는 인생에 대한 이야기부터 암의 성질이나 특정 진행 증세를 두고 서로 공부한 이야기를 나누며 시간을 보내는 날이 많았다. 나는 최대한 긍정적인 내용을 대화 주제로 삼았다.

"황금 같은 회복기에 계속 집에 갇혀 있기 싫지? 자! 뭘 할지 계획을 짜두자."

"등산 가고 싶어요, 지금쯤 단풍이 절정이겠다. 따뜻한 날엔 한강에 가서 유람선을 타요. 사실 자연이 있는 공간이면, 병원만 아니면 어디라도 좋아."

"각오해. 매일매일 끌고 돌아다닐 테니까. 그러니 식사와 약 잘 챙겨 먹어야 해."

나는 그녀에게 생각할 틈을 주지 않으려 애썼다. 그녀가 실의에 빠질 시간을 주고 싶지 않았다. 마음이 급한 만큼 나는 그녀를 편히 해주기 위해 더 치밀해져야 했다.

진영의 생활에 큰 변화가 찾아왔다. 항암치료 사실이 밝혀지고 난 뒤 소속사 회장이 발 벗고 나서서 침과 뜸을 하시는 구당 선생을 소개한 것이다. 구당 선생은 침과 뜸으로 몸의 병을 다스릴 수 있다는 신념을 가지고 환자를 치료하는 분이었다. 평소 믿고 의지하던 분의 소개라 진영은 매일 아침 6시에 빼먹지 않고 침뜸 치료를 받으러 다녔다.

"선생님, 진영이가 침과 뜸을 병행한다고 하는데 괜찮을까요?"

나는 담당 의사를 찾아가 불안감을 털어놓았다. 의사는 잠깐 고민을 하더니 어렵게 입을 열었다.

"본인이 그렇게 원한다면 하게 하시죠. 하지만 큰 기대는 하지 않도록 하십시오."

보통 양의는 본인의 치료와는 별도로 다른 치료를 병행하는 데 부정적인 편이다. 검증이 안 된 치료를 남용함으로써 간 기능 약화나 부작용을 초래해 오히려 항암치료에 지장을 가져오는 경우가 많다는 이유에서다. 그런데 의사는 본인이 원한다면 침뜸 치료를 하라고 했다.

의사의 이야기를 듣고 사무실로 향하며 마음이 무거웠다. 의사의 말을 돌려 생각하니 더 이상 나빠질 일도 없고 더 좋아질 일도 없다는 뜻으로 해석됐다. 환자의 의욕을 꺾고 싶지 않았던 걸까. 의사의 말이 계속 귓가에 맴돌았다. 진영은 희망을 가지고 있었지만 현실은 전혀 그렇지 못한 것 같았다.

거리에는 낙엽이 뒹굴고 있었다. 낙엽을 밟으며 즐거운 한때를 보내는 연인들 옆에서 환경 미화원이 낙엽을 쓸고 있었다. 나의 무거운 마음도 함께 쓸려 갔으면……. 나는 이런 생각을 하며 진영의 집으로 향했다.

"자연적으로 면역력을 길러준대. 당신도 같이 해요."

진영은 매일 침뜸과 함께 아침을 풍욕으로 시작했다. 새벽에 알람이 울리면 잠이 덜 깬 눈으로 옷을 벗고 몸에 담요를 걸쳤다. 테이프에서 흘러나오는 목소리에 따라 종이 한 번 울리면 담요를 벗었다. 피부호흡이라는데, 몸속의 독소를 배출하는 데 좋다는 말을 어디서 들은 모양이었다. 그렇게 어깨와 가슴, 팔, 다리 등을 새벽의 찬 공기로 마사지한 후, 종이 두 번 울리면 다시 담요를 덮는 식이었다.

진영은 한번 하겠다고 마음먹으면 반드시 하고야 마는 성격이었다. 그녀의 실천력과 승부근성엔 나도 가끔씩 놀랄 때가 있었다. 그녀는 침뜸에 상당한 신뢰를 보였다. 주로 팔뚝과 배꼽 아래, 등 부위에 집중적으로 뜸을 떠 흔적이 많이 남았다. 나중에는 집에서 능숙하게 내 허리에 뜸을 떠주기도 했다. 허리가 약한 내가 구부정하게 앉아 있으면 자세를 바로잡아주곤 하던 진영이었다.

침뜸 치료가 끝나면 이태원에서 진영과 만나 아침 겸 점심을 먹고 간단히 쇼핑을 했다. 진영은 같이 일하는 스태프들에게 준다며 액세서리와 슬리퍼, 티셔츠를 잔뜩 구입해놓고 어떻게 나눠줄지를 고민했다. 오후에는 주로 한적한 영화관을 찾아 영화를 보았다. 그녀는 적립 포인트가 쌓이면 아이처럼 뿌듯해했다.

"내가 이렇게 많이 봤네."

영화에서 특별한 캐릭터를 발견했을 때는 '나라면 저럴 때 이렇게 했을 것 같다' 며 이야기를 하곤 했다. 그럴 때의 그녀는 예전처럼 천진하고 재미있었다. 그녀가 깊은 생각에 빠질 틈을 주지 않기 위해 이른 아침엔 한적한 도심 속 공원을 찾았다. 맑은 공기를 들이마시며 손잡고 산책하면서 나중에 할 여행 계획을 짜보기도 했다.

진영은 음식을 철저하게 가려 먹으며 몸 관리를 했다. 의사는 생선회 같은 날음식을 제외하고 커피나 다른 음식은 가릴 필요가 없다며 열심히 먹고 체력을 키우라고 했다. 날것은 기생충이 있어서 면역력이 약한 환자에게 감염의 우려가 크다고 했다. 그러나 진영은 날음식은 물론 그렇게 좋아하던 커피까지 모두 끊었다. 몸에 좋지 않다는 일체의 음식을 거부하기로 한 모양이었다. 그렇게 알아서 자신의 몸을 챙기고 건강에 좋다는 건 무엇이든 해보려는 진영이 대견하고 고마웠다.

극적인 만루 홈런이었다.
진영의 병세가 호전되고 있다고 했다.
노력하면 된다는 긍정적인 결과였다.
좋아질 수 있겠다는 말에 사람들을 불러 모았다.
커다란 행복감에 친구들과 함께 축배의 노래를 불렀다.

## 좋은
## 징조

진영은 유독 병원 냄새에 예민했다.

"여기저기서 맡게 되는 소독 냄새에 몸이 더 아플 것 같아."

가만히 누워서 바라보아야 하는 병실 천장, 창을 통해 보이는 칙칙한 하늘을 진영은 낯설고 불편해했다. 나도 그런 그녀를 보며 마음이 좋을 수는 없었다. 자신의 의지와 상관없이 의사와 간호사가 들락거리며 체온을 재고 주사를 놓고 여러 가지 검사를 하는 과정……. 이 사람 저 사람에게 똑같은 질문을 반복해서 듣는 게 일상이었다. 진영은 환자복을 입고 있는 것도 질색해 되도록 집으로 돌아가 안정을 찾고 싶어했다.

"나 집에 갈래요. 소설 마무리가 궁금해서 마저 읽어야겠어."

무슨 핑계를 대서라도 병원에서 나가려는 그녀였다.

하지만 처음엔 항암주사를 놓는 데 다섯 시간이 걸리더니 상태가 나빠질수록 그 시간이 길어졌다. 합병증을 고려한 처방 때문에 주사의 종류와 양이 늘어났던 것이다. 하루 종일 주사를 맞다가 끝났다 싶어 시계를 보면 밤 11시가 되어가고 있었다.

그녀는 치료가 끝나기가 무섭게 환자복을 벗고 자신의 옷으로 갈아입었다. 자신의 나약한 모습을 인정하고 싶지 않고 다른 사람들에게 아픈 모습을 보이기 싫어서였을 것이다. 초췌하고 흐트러진 모습을 보이기 싫어하는 배우의 자존심을 그녀는 끝까지 버리지 않았다.

"이번 주사는 좀 괜찮은 거 같아. 지난번엔 꽤 아팠거든요."

진영은 수시로 증상을 나에게 말하며 좀 나아진 건지 아닌지 알고 싶어 했다. 내가 설명할 수 없는 부분은 의사에게 전화로 확인했다. 간혹 주사를 맞은 후 찾아오는 변비나 설사, 정도의 차이가 있는 메스꺼움과 어지럼증이 주된 내용이었다.

하루는 의사가 백혈구를 촉진시켜주는 주사를 하루에 한 번씩 맞아야 한다고 했다. 항암치료를 할 때 자연스럽게 따라오는 일이라 했다. 항암주사를 맞으면 백혈구 수치가 급속히 떨어진다. 항암제가 백혈구도 죽이기 때문인데, 이때 면역력 또한 크게 떨어져 감염에 노출된다. 그래서 다음 항암주사를 맞기 닷새 전부터 촉진제를 맞아 수치를 올려놔야 하는 것이었다. 하지만 진영이나 나나 매일 병원에 가서 주사를 맞는 일이 번거롭게 느껴졌다. 어떤 날은 항암치료 당일에 백혈구 수치가 낮아 그냥 집으로 돌아간 적도 있었다. 집에서 백혈구를 적정 수치로 올린 다음 다시 병원으로 가야 했다.

나는 의사에게 물었다.

"제가 배워서 놓으면 어떨까요?"

다행히 긍정적인 반응이 돌아왔다. 그렇게 하는 경우도 있다며 간호사가 나에게 주사 놓은 방법을 설명했다. 검지와 중지 사이에 물을 채운 샘플 주사기를 끼우고 엄지로 서서히 피스톤을 당겼다. 굳이 혈관에 놓지 않아도 돼는 주사라 부담이 덜했다.

처음 주사를 놔준다고 했을 때 진영의 표정이 사뭇 진지해졌다. 영화를 찍을 때 경험했던 일이 현실로 일어나자 착잡해진 모양이었다. 그녀는 아무 말 없이 팔을 내밀고 눈을 다른 곳으로 돌렸다. 처음엔 손에서 주사기가 미끄러졌고 두 번째는 주삿바늘이 바닥으로 떨어져 실패했다. 진영은 전혀 실망한 내색 없이 다음을 기다렸다. 나는 주삿바늘에 들어간 공기를 충분히 손가락으로 톡톡 턴 다음 신중하게 진영의 팔에 주사를 놓았다. 이번에는 성공이었다.

"말 안 들으면 주사 아프게 놓을 거야."

이렇게 말하면 진영은 알았다며 장난스럽게 항복하는 척했다. 그녀는 항암제를 맞고 굉장히 상태가 좋지 않은 순간에도 웃고 장난을 쳤다. 혼자 밤새 앓았다가 다음 날 웃으며 "걱정하지 마"라고 말하는 여자. 진영은 씩씩했다.

현순이가 결혼식에 와줘서 고맙다고 문자를 보냈어요.
나 몰래 친구까지 신경써주고. 오늘 좀 놀랐어요.
고마워요. 골라준 CD 잘 듣고 있어요.

_2008년 10월 17일 진영의 문자

치료를 시작한 지 40여 일 동안 3차에 걸쳐 항암제가 투입되었다. 우리는 과연 항암제가 잘 듣는지, 효과가 어떤지 보기 위해 검사를 하고 CT 촬영 결과를 기다렸다. 진영과 가족 모두가 긴장한 탓에 병원으로 향하는 자동차 안에는 침묵이 흘렀다. 그런데 아주 좋은 소식이 기다리고 있었다. 암세포가 전이되었던 림프관이 정상 사이즈로 줄어 있었다.

"아주 고무적인 일입니다. 항암주사가 이렇게 잘 듣기가 쉽지 않은데. 어쨌든 단기로는 처음이에요. 좋은 현상입니다."

의사의 말 한 마디에 환자가 지옥과 천국을 경험한다더니, 사실이었다. 진영과 가족 모두 좋아서 어쩔 줄 몰라했다. 진영은 항암치료와 함께 침뜸치료를 병행해서 좋은 결과가 나왔다고 생각하는 눈치였다.

11월 13일, 진영과 발코니에서 내 나이만큼 초를 켜놓고 저녁식사를 했다. 내 생일이었다.

"첫 생일을 잘 챙겨주지 못해 미안해요. 내년엔 좀 더 잘 해줄게요."

진영이 작게 웃으며 말했다. 하지만 진영의 치료 결과는 나에게 더없이 훌륭한 생일선물이 되었다. 그녀는 나에게 직접 헝겊과 테이프로 정성껏

진영이 생일 선물이라며 셀카를 찍어 보내준 사진

포장한 선물을 건네주었다. 풀어보니 특이하면서 심플한 패턴의 티셔츠와 속옷이었다.

"당신에게 잘 어울릴 것 같아서 골랐는데, 마음에 들어요?"

"마음에 들다마다. 당신이 하는 말, 행동, 결정, 모두 나를 행복하게 해."

나는 이렇게 말하며 마주잡은 손에 힘을 꼭 주었다. 이런 행복한 시간들을 그녀와 좀 더 함께 보내고 싶다고, 나는 마음속으로 간절히 기도했다.

자기야, 생일 축하해요.
당신이 내 곁에 있어줘서 얼마나 고맙고 감사하고 행복한지 몰라.
앞으로도 우리 서로 사랑하고 아껴주고 의지해요.
당신을 생각하면 늘 마음이 평온해져.

_2008년 11월 13일 진영의 문자

진영의 치료 결과는 연말을 잔치 분위기로 만들었다. 치료에 진전이 있기까지 가장 힘든 시간을 보낸 만큼, 그 기쁨은 진영이 가장 크게 느끼고 있을 것이었다. 그녀의 선전을 축하해주기 위해 크리스마스 파티를 조촐하게 마련했다. 헵시바 카페로 커플들을 초대해 가볍게 저녁식사를 한 것이다. 진영과 나의 친한 친구들이었다. 머라이어 캐리의 목소리가 분위기를 한층 더 즐겁게 만들었다. 치료를 시작하고 진영이 친구들을 만나는 건 처음이었다. 진영은 이제 더 이상 사람들과 어울리는 것을 힘들어하지 않았다. 어렵게 마음을 열어 얻은 사람들이라 더없이 소중하다며, 이 사람들과 행복하게 사는 게 소망이라고 했다.

커플들 중에는 아이를 데려온 친구들도 있었다. 가족끼리 서로 새해 덕담을 주고받는 시간을 가졌다. 아빠가 담배를 끊었으면 좋겠다는 아이의 말에 일제히 웃음이 터졌다. 건강하게 원하는 일을 함께 이루자는 내용이 주를 이뤘다.

친구들은 하나같이 우리가 여러 면에서 너무 잘 어울린다며 좋아했다. 나와 진영은 연을 맺게 해준 지인들에게 감사의 마음을 전하고 서로의 바람을 얘기했다.

"빨리 나아서 내년에 당신과 내가 좋은 결과를 맺었으면 좋겠다. 무엇보다 건강한 모습을 볼 수 있다면 좋겠어. 앞으로도 잘 해보자."

"저는 치료를 더 잘 받으려 노력할게요. 건강한 모습 되찾을 테니 모두 걱정 마세요."

진영과 나는 사람들에게 앞으로도 힘을 내 잘 해나갈 것을 약속했다. 암 발병 사실을 알게 된 이후 처음으로 마음껏 행복할 수 있던 시간이었다.

조금 전까지 같이 있었는데 이 시간이 되니 또 그립네.
늘 11시부터 새벽 1시까지 통화를 해서 그런가 봐요.
당신을 생각하면 마음이 평온해요.
고마워요. 잘 자요. 뽀뽀.

_2008년 12월 26일 새벽 진영의 문자

내 몸에 칼을 댄다고요?
나는 배우예요.
병이 다 나으면 다시 영화 일을 할 거예요.
자연스런 방법으로 나을 방법이 있을 거야.
꼭 이겨낼 테니 당신,
걱정 말아요.

## 수술 거부

좋은 징후가 있고 얼마 후 예기치 않게 그녀와 나 사이에 갈등이 생겼다.

"지난 3개월간 암세포 자리가 줄어들었어요. 1월쯤 수술을 하면 어떨까 싶습니다."

수술 전문의 양한광 박사의 제안이었다.

항암치료로 암세포가 줄어들자 위를 제거하는 수술 이야기가 다시 시작된 것이다. 나는 '무조건 의사의 의견을 따라야 한다'는 입장이었고, 진영은 자기 몸에 칼을 댈 수 없다며 강한 거부반응을 보였다. 어떻게든 수술을 피해 침과 뜸으로 병이 낫도록 해보겠다는 것이었다.

"난 배우예요. 병이 나으면 앞으로 계속 활동할 텐데 제약을 받기는 싫다고요."

영원히 남을 흉터와 위를 떼어내면 예전처럼 살 수 없다는 두려움이 수술을 거부하게 만드는 것 같았다. 내 입장은 조금 달랐다. 차도가 보일 때 확실하게 치료를 하지 않으면 기회를 놓칠 수도 있었다. 어떻게든 수술을 받게 해야 한다는 생각에 내 속은 까맣게 타들어갔다.

"진영아, 수술하면 완치될 가능성이 높아진다는데 왜 말을 안 듣니. 위를 제거하는 건 낫기 위한 과정이니까 어쩔 수 없잖아. 무엇이든 해내기 위해선 그에 합당한 대가가 따르는 거야."

서로 의견이 맞지 않아 내가 목소리를 높이는 날이 많아졌다. 하지만 진영은 수술은 안 된다는 말만 되풀이했다. 고집스럽게 재발 가능한 장기를 그냥 두겠다는 그녀를 어떻게 할까.

항암치료 기간을 1년으로 잡았을 때 4기 암 환자 100명 가운데 한 명이 완치된다고 한다. 진영은 그 한 명이 자신이라고 장담했다. 완치 가능성이 높은 방법을 외면하며 일을 어렵게 만드는 그녀가 미워서 화를 냈다. 진영은 눈물을 뚝뚝 흘리며 내 팔을 잡았다.

"화내지 말아요. 나중에 말해요, 나중에."

그녀를 조금이라도 내 삶에 오래 머물러 있게 하는 일이 나에겐 무엇보다 중요했다. 그리고 지금 차도가 보이고 있었다. 그녀가 회복될지도 모른다는 희망을 가질 수 있게 되었던 것이다.

나는 꿇어 엎드려 신께 기도라도 하고 싶었다.

'이대로만, 계속 이대로만 가게 해주십시오.'

나 마음이 많이 아파요.
당신 왜 울었을까? 나 때문일까?
나 때문에 눈물 흘리지 않았으면 좋겠어요.
금방 나을 거니까. 앞으로는 행복한 시간만 있길 바라요.

_2008년 12월 27일 진영의 문자

진영의 몸 상태가 많이 호전되어 2008년의 마지막을 조용히 해외에 나가 보내기로 했다. 병원에 들러 의사에게 의견을 물으니 몇 가지 주의사항만 잘 지키면 여행이 기분 전환도 되고 환자에게도 도움이 될 거라고 했다. 이 얘기를 전해들은 진영은 아이처럼 좋아했다.

따뜻한 여름 바닷가를 좋아하는 진영을 위해 가족과 친구 부부를 합해 여덟 명이 남태평양에 있는 팔라우 섬으로 여행을 가기로 했다. 다섯 시간의 비행 동안 진영은 적도와 가까운 곳으로 간다는 사실에 무척이나 들떠 있었다. 공항에 도착하니 짭조롬한 바다 냄새가 밀려왔다.

늦게 찾아온 사랑인 만큼 진영은 내게 특별한 사람일 수밖에 없었다. 그녀는 내가 모르던 세계였으며 또 다른 나였다. 나와 진영은 많이 달랐다. 책 읽는 취향부터 즐겨 듣는 음악까지, 비슷한 점이 없었다. 나는 경제 서적 외에는 읽지 않는 건조한 남자였고, 진영은 인문 서적과 시를 즐겨 읽는 감성적인 여자였다. 진영은 보르헤스, 장 콕도, 자크 프레베르의 시를 읽었고 쿠바의 열정적인 음악을 사랑했다. 그녀의 가방에는 언제나 책이 들어 있었다. 그리고 어느 곳에서나 책을 꺼내 들었다. 암 진단을 받고 난 뒤 나는 그녀에게 책 보는 시간을 줄일 것을 권했다. 하지만 늦은 밤까지 책을 읽는 것은 물론 휴식을 위한 여행지에서까지 책을 읽는 그녀의 습관은 달라지지 않았다.

이튿날 산호가 많은 바다로 보트를 타고 나갔다. 우리는 산호가 산화된 진흙을 건져 온몸에 문지르며 팩을 했다. 비키니에 반바지를 덧입은 진영의 등과 다리에 산호 팩을 골고루 해주었다. 진영은 특히 어깨를 아이처럼 토닥거려주는 스킨십을 좋아했다. 그녀가 얼굴 전체에 산호 진흙을 묻히고 장난스럽게 눈을 반짝이며 나를 쳐다보았다. 그러고는 내 머리부터 발끝까지 산호 팩을 뒤집어씌우고 소년처럼 웃었다.

진영은 저녁을 먹고 바닷가를 산책하며 앞으로의 각오를 다졌다.

"아까 커피 냄새를 맡으니까 다시 의욕이 되살아났어. 완쾌 판정을 받으면 자기가 드립으로 커피를 한 잔 마련해줘요. 꼬옥!"

"당연하지. 뭐가 어렵겠어. 볶은 콩을 직접 갈아서 최고로 내줄게."

"그러고는 그동안 못 마신 샴페인을 조금 맛봐줘야지."

"아주 좋은 선택이야."

말을 주거니 받거니 해변을 오가며 우리는 수많은 계획을 짰다.

"다 나으면 우선 뭘 하고 살지? 의상과 관련해서 브랜드 런칭을 하나 하고 싶은데."

"그래, 유행에 민감하지 않은 질 좋은 브랜드를 많이 알고 있으니까 국내에 소개하면 반응이 좋을 거야."

내 인생에 가장 중요한 사람은 그녀였다. 시기적으로 사업에 공을 들였다면 좋은 결과가 있었겠지만, 나는 생의 반려자를 선택했다. 암을 이겨내겠다고 용기를 다지는 그녀를 응원하며 나는 수없이 기도드렸다.

'나아지지 않아도 좋으니 제발 더 이상 나빠지지 않기를……. 바로 이만큼에서 멈춰주기를…….'

셋째 날, 우리가 탄 배는 무인도에 잠깐 정착했다. 파도가 없는 얕은 바다에서 진영과 나는 여유롭게 스노클링이라 부르는 바다수영을 즐겼다. 구명조끼와 수경을 착용하고 입으로만 숨을 쉬며 익숙하게 바다 속을 거닐었다. 이미 수영과 스쿠버다이빙을 할 줄 알아 어렵지 않게 바다 속을 헤엄쳐 다녔다. 거대한 산호 군락과 많은 물고기 떼, 2차 세계대전 당시 침몰했다는 전투함 잔해가 보였다. 아쿠아 슈즈를 신고 조금 험한 지대를 오르다가 진영이 힘들어할 것 같아서 다시 배로 이동했다. 아름다운 태평양 바다에서 진영은 마음 놓고 웃었다. 평화로운 시간이었다.

당신과 팔라우에서 많이 행복했어요. 당신과 함께 있어서.
새해 좀 더 밝고 열정적이고 명랑하게 살아볼게요.
나의 당신, 기대해도 좋아요. I think that I really love you!!
자기 안쓰럽지 않게 빨리 나을게요. 잘 자요.
공항에서 집으로 돌아오는데 하늘의 구름과 달이 드라마틱했어요.

_2008년 12월 31일 진영의 문자

진영의 문자를 보니 마음이 따뜻해졌다. 어떻게 이 여자를 사랑하지 않을 수 있을까.

내 인생에
가장 중요한 사람은 그녀였다.
사업에 공을 들였다면
좋은 결과가 있었겠지만,
나는 생의 반려자를 선택했다.
암을 이겨내겠다고
용기를 다지는 그녀를 응원하며
나는 수없이 기도드렸다.
'나아지지 않아도 좋으니
제발 더 이상
나빠지지 않기를…….
바로 이만큼에서
멈춰주기를…….'

**편지6**

드디어 2009년 새해 첫날이 밝았네.

좋은 일과 나쁜 일이 유난히 많았던 지난해를 보내버리고

새해에는 우리들에게 늘 하느님의 축복이 함께 하기를 빌자꾸나.

특히 자기 병이 빨리 완쾌되어

예전의 활발하고 건강한 모습으로 돌아오기를 빌게.

새해 첫날을 자기와 함께 보낼 수 있음을 무한한 영광으로 생각하며,

앞으로도 영원히 당신만을 진정한 내 여인으로 아끼며 사랑할 것을

하느님 앞에 기도해.

_2009년 1월 1일 영균의 문자

영균에게

나는 성인이 되고 맨정신으로 새해를 맞은 기억이 거의 없어요.

당신을 만나 더 나은 삶으로 가고 있다는 생각이 들어요.

기도합니다.

이 사람이 나의 운명이라면

빨리 내게 사인을 주시고 흔들리지 않고 바라보게 해주시고

후회 없이 사랑하게 해주시고 만족할 줄 알게 해주시고

나의 마음을 놓치지 않게 해주시고

우리의 인연이 절대 흔히 일어날 수 없는 것임을 잊지 않게 해주시고

서로 더 헤아릴 수 있는 마음을 갖게 해주세요.

아멘.

2009년 1월 1일, 진영.

늘 같이 고민하고 이야기 들어줘서 많이 고마워요.
그리고 나,
당신 여자 맞아요. 부끄럽다.
_2009년 1월 21일 진영의 문자

## 전이,
## 다시 시작

진영은 영화 〈국화꽃 향기〉에서 자신의 연기가 잘못되었다는 얘기를 한 적이 있다. 자신을 두고 주변에서 〈국화꽃 향기〉 이야기를 많이 해서 잠깐 생각을 해본 모양이었다.

"직접 항암치료를 받아보니 옛날에 내 연기가 잘못되었다는 걸 느껴요."

"왜, 상황이 어떻게 다른데."

"암에 걸렸기 때문에 머리카락이 빠지고 구토가 난다고 생각했어요. 그런데 직접 겪어보니 항암주사 부작용 때문이야."

나는 주사액이 멈추지 않고 잘 들어가도록 꼬인 줄을 바로잡아주었다.

"암 환자와 의사를 만나 보고 공부했더라면 더 완벽한 연기를 할 수 있었을 텐데."

대본에 충실하게 몰입은 했지만 암에 관한 상식이 없고 그에 대해 고민하는 과정이 빠져, 돌이켜보니 흡족하지 않다는 말이었다. 진영은 다시 그런 역을 할 기회가 오면 경험을 바탕으로 더 좋은 연기를 할 수 있을 것 같다고 했다. 배우라고 다 그런 생각을 하게 될까. 암 4기 환자로서 투병을 하면서도 자신의 연기를 점검하는 그녀는 진정한 프로였다.

자기가 너무 보고 싶은 밤, 사진 한 장 보내줘요.
진짜 봄이 온 것 같아요.
아직은 바람이 차서 테라스에 잠깐 나와 앉아 있다가 들어왔어요.
그 사이 테이블 색깔이 많이 변했어요.
우리가 만나 8개월을 신나게 지내고 5개월째 아프고 있네.
잘 참고 견뎌주는 나의 남자친구.
앗! 당신 전화다. 전화로 만날게요.

_2009년 2월 9일 진영의 편지

2월의 어느 날, 소파에 앉아 있는 진영의 표정이 좋지 않았다. 무슨 고민이 생겼냐고 물어보았다.

“내가 너무 자만했나 봐. 3개월만 고생하면 완쾌할 거라 믿었어요. 그래서 침뜸 치료도 열심히 다니고 여기저기서 좋다고 건네주는 약도 마다하지 않았는데…….”

3개월이면 된다는 믿음으로 그녀는 여기까지 올 수 있었다고 했다. 내 앞에서는 전혀 내색하지 않았지만 친구 앞에서는 치료받는 일이 지친다며 눈물을 보였다고 한다. 진영은 서서히 지쳐가고 있는 듯 보였다. 치료가 5개월에 접어들었는데 제자리걸음만 하고 있는 것 같아 답답했을 것이다. 나는 그녀의 목표를 차분하게 정정해줄 필요를 느꼈다.

"진영, 의사 말이 당신 암이 발견된 게 1년 6개월이 지나서라고 했지. 그런데 어떻게 치료 기간을 그렇게 짧게 잡아. 욕심이 과한 거지. 낫는 기간을 1년 6개월로 잡아도 될까 말까야. 발병 기간보다 치료 기간이 그렇게 짧을 수 있겠어?"

"그래요, 목표를 다시 6개월로 잡을래요."

"아니야, 1년 이상 내다봐야 해. 우리 여유를 갖고 좀 더 멀리 보자."

빨리 좌절하게 될까 안타까워서 치료 기간을 넉넉히 잡으라고 다독였다. 그녀에게는 새로운 각오와 희망이 필요했다.

"장기전으로 보고 가야지. 내가 보기에 투병 기간 1년 6개월에 완쾌까지는 3년 정도 걸릴 거야. 자, 심호흡하고 여유를 갖자."

한참을 설득한 끝에 진영도 그렇게 마음을 다잡고 다시 치료에 전념했다. 그러나 이렇게 다부지게 마음을 먹던 중 우리는 새로운 벽을 만났다.

내가 아파보니까 모든 게 다 소중하게 보여요.
하나같이 아름다워요.
하늘, 구름, 바람, 나무, 그리고 당신…….
아, 커피 한 잔 생각난다.
_2009년 4월 10일 진영의 문자

서울대 양한광 외과의사는 한 달만 항암치료를 더 해보고 세포가 좀 더 줄면 수술을 하자고 했었다. 하지만 진영은 수술을 하지 않겠다고 끝까지 버텼다. 양 박사는 수술에 대한 두려움을 갖고 있는 진영이를 위해 위암 수술을 받고도 정상적인 생활을 하는, 진영과 비슷한 또래의 암환자 세 명을 초대했다. 진영과 나는 이들과 함께 식사를 했는데, 그들은 항암 투병에 대한 경험담과 완치의 기쁨을 이야기해 주었다. 진영은 이들의 이야기에 깊은 관심을 보이며 이것저것 여러 가지를 물었다.

우리는 모임이 끝난 후 집으로 돌아와 완치에 대한 희망과 수술에 대한 새로운 목표를 세웠다. 나는 양 박사에게 진심으로 감사의 말을 전했다.

그렇게 결심을 하고 기다린 지 한 달, 안타깝게도 상황은 우리의 기대와는 달리 엉뚱한 곳으로 흘러가고 있었다.

2월 초, 아침 일찍 침뜸 치료를 하러 간 진영이 갑자기 토하기 시작했다는 연락이 왔다. 위 부위에 침을 놓자 경련을 일으켰다는 것이다. 한달음에 뛰어가 보니 육안으로도 위와 배 주위가 볼록하게 솟아 있었다. 너무 놀라 더 얘기를 들을 것도 없이 병원으로 데려갔다. 검사 결과는 항암제에 내성이 생겨 암 세포가 다시 활동을 시작했다는 것이었다.

"안됐습니다만 내성이 생겨 항암제를 바꿔야 할 것 같습니다. 그리고 침으로 인한 외부 감염 우려가 있으니 더 이상 침뜸은 병행하지 마십시오."

내성이 생겨 암이 다시 활동하는데 침뜸을 병행하다가 위에 탈이 생긴 것 같았다. 우리는 이 일을 계기로 항암주사를 바꾸고 병행하던 다른 치료를 접기로 했다. 전이가 진행되어 수술은 불가능해졌다. 침뜸이 전이를 막지 못했다는 사실에 진영은 크게 충격을 받은 것 같았다.

"침뜸이 암 세포를 죽일 순 없어도 면역력 증진으로 확산되는 건 막을 수 있다고 했는데…… 분명 좋아질 거라 했는데……."

진영은 한동안 실의에 빠져 나약한 모습을 보였다.

"진영아, 너답지 않다. 이렇게 집에만 있으면 더 몸이 아플 거야. 그러지 말고 바람도 쏘일 겸 바다 보고 올까?"

나는 진영에게 용기를 다시 북돋우고 재도전할 용기를 주기 위해 해남으로, 전주로, 콘서트 장으로 부지런히 차를 몰고 다녔다. 여행을 좋아하는 진영에겐 실의에 빠지지 않고 예전처럼 치료에 의욕을 갖게 해주는 것으로 여행만큼 좋은 것이 없었다.

단풍이 들어도 야단스럽지 않아,
바람이 불어도 끄떡하지 않아,
사람이 밟아도 싫은 내색하지 않아.
나는 그런 산을 닮고 싶어요.

## 치유를 위한 여행

진영은 청계산과 북한산에 오르는 걸 좋아했다. 그녀를 잘 모를 때는 시간 여유가 있으면 높은 힐을 신고 패션쇼 장을 찾아다닐 거라 생각했는데, 알고 보니 오히려 가장 편한 차림으로 자유롭게 걷는 걸 좋아했다. 그녀는 등산로를 밟아올라가며 조용히 명상하는 걸 즐길 줄 아는 여자였다. 자연요법으로 병을 이기려 애쓰는 모습을 봐도 그녀가 얼마나 자연 친화적인 사람인지를 알 수 있었다.

진영은 자연의 작은 것 하나에도 감동을 받았다. 날씨가 좋으면 좋은 대로, 구름이 희한한 모양으로 떠 있으면 또 그런 대로 어린애처럼 기뻐하고 행복해했다.

"왜 이렇게 구름이 예쁜 거야. 낙엽은 왜 이렇게 근사하게 떨어져 있는 거지?"

주변의 소소한 것들에 감사하는 그녀에게서 나는 위안을 얻곤 했다. 진영을 만나기 전 나의 일상은 건조하기만 했다. 나는 먼 미래의 행복을 위해 전쟁터 같은 현재의 삶을 견디는 사람이었다. 하지만 진영은 나와 달랐다. 그녀는 현재의 행복을 추구할 줄 알았다. 안정된 미래를 위해 지금의 시간을 희생하기보다 매일 받아드는 하루하루가 행복하길 바랐다. 이렇게 나와 다른 그녀를 만나면서, 난 두 사람을 반반씩 닮은 아이를 낳아 건강한 가정을 꾸미는 생활을 꿈꾸었다. 내가 이런 말을 하면 진영은 빙그레 웃었다.

"영균 씨는 은근히 로맨티스트인 것 같아요. 분명 좋은 남편이 될 거야."

진영의 말대로 나는 그녀를 만나고부터 대책 없는 로맨티스트가 되어버렸다. 사랑하는 사람으로 인해 내가 변화되고 있다는 것은 좋은 일이었다.

북한산 형제봉 초입의 평상에 누워 바라보는 하늘은 눈이 멀 것처럼 아름다웠다. 어떤 날은 하늘만 올려다보고 있다가 하산한 적도 있었다.

그 날은 오랜만에 산 정상까지 올라간 기쁨에 둘이 손을 마주 잡고 힘껏 소리쳤다.

"다 나을 거야! 꼭 이길 거야!"

산모퉁이를 돌아 우리의 목소리가 메아리로 되돌아왔다. 간절한 바람이 담긴 말이 아득히 메아리치자 가슴이 벅차올랐다. 진영은 한결 기분이 나아지는 모양이었다. 양 볼이 빨갛게 상기되어 가쁜 숨을 내쉬었다.

평평한 바위에 돗자리를 펴고 누운 그녀는 하늘을 올려다보며 맑은 공기를 들이마셨다. 그리고는 배낭에 준비해간 오이를 꺼내 아삭아삭 소리가 나도록 맛있게 먹었다. 나는 보온병을 꺼내 생강차를 따라주었다. 쌀쌀한 바람에 차가워졌던 손이 따뜻해지자 진영은 입술에 힘을 주어 귀여운 표정을 지었다. 암 발병 사실을 안 이후 나는 진영의 표정 하나하나를 놓치지 않고 가슴에 담아 두었다.

진영의 몸 상태가 괜찮으면 우리는 가끔 등산을 했다. 정상을 목표로 하지 않고 올라갈 수 있는 데까지 올라가 즐겁고 편안한 하루를 보내고 오면 그만이었다. 그날의 느낌대로 산을 즐기는 것, 그것이 진영과 나의 등산법이었다.

진영은 1차 전이가 생긴 이후에도 자신의 병세가 좋아질 거란 확신을 가지고 있었다. 진영이 항암주사를 바꾸면서 나도 가지고 있던 스포츠카를 팔고 SUV로 차종을 바꾸었다. 진영에게 국내의 좋은 장소를 많이 보여주려면 여행에 적합한 차가 필요했기 때문이다. 그녀가 아픈 지금 좌석이 두 개뿐인 차는 사치였다. 넉넉한 짐을 싣고, 뒷자리에 좋은 사람들을 태우고 함께 어디든 다녀야 한다는 생각이 내 머릿속에 가득했다. 자동차 여행은 지금까지 일에 얽매여 제대로 즐기기 못하고 살아온 진영에게 주는 선물의 시간이었다.

말은 하지 않았어도 진영은 내가 차를 바꾼 이유를 알고 있는 것 같았다. 평소 군청색 애마라고 부르며 내 스포츠카를 좋아했는데, 차를 바꾼 나에게 한 마디도 그 이유를 묻지 않았다. 아니, 물을 수 없었을 것이다.

말로 표현할 수 없는 애틋함과 함께 가슴이 아팠을 테니까.

우리는 진영이 태어난 전주로 자주 여행을 다녀왔다.

"전동성당은 호남에 최초로 세워진 서양 건물이에요."

처음 전동성당을 소개하던 날, 진영은 햇살을 받으면 더욱 아름답다는 스테인드글라스를 보여주겠다며 성당 안으로 들어가자고 했다. 우리는 스테인드글라스가 색색으로 빛나는 성당 안에서 두 손을 모으고 기도했다.

"무슨 기도 했어?"

"당신을 내게 보내주셔서 감사하다고 했어요. 병이 다 나으면 잘 해주겠다고."

진영의 미소가 아름다운 빛 속에 점점이 흩어졌다. 다음으로 경기전에 들렀다가 소풍을 나온 유치원생들을 만났다. 아이들 모두 노란 원생복을 입고 병아리처럼 귀엽게 조잘거리며 선생님 뒤를 따랐다. 나무 의자에 앉아 점심 도시락을 먹는 아이들을 지켜보며 우린 서로 어릴 때의 이야기를 들려주기도 했다.

"나는 보물찾기를 아주 잘했어요. 봄 가을 소풍에 항상 선물을 받은

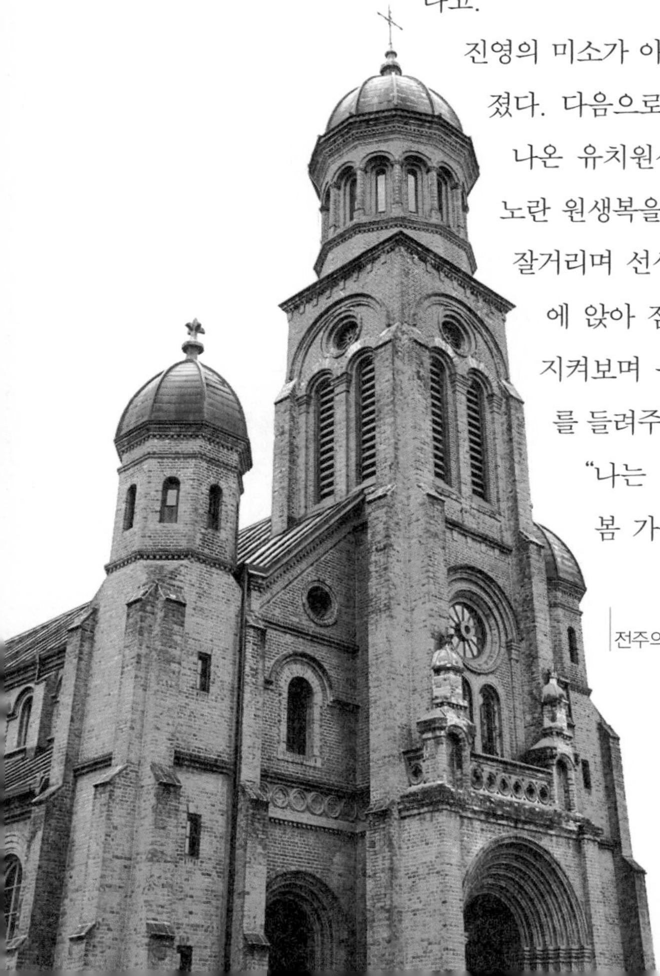

전주의 전동성당 전경

기억이 나."

내가 다리가 길어 달리기를 잘했던 얘기를 해주었더니, 곧바로 어려서부터 옷을 좋아한 이야기를 하며 눈을 반짝였다.

"옷 가게 앞에서 엄마와 늘 협상을 했어요. 하나만 골라 나와야 한다고 말이에요. 아빠가 언니와 내 몫으로 두 벌 값만 주셨으니까. 그런데 나는 늘 울면서 양손에 옷 두 벌을 쥐고 나왔어요. 그때부터 그렇게 옷을 좋아해서였을까. 대학에서 의상을 전공한 것도 어쩌면 당연한 일인 것 같아요."

"또 한 벌은 무슨 돈으로 산 거야?"

"엄마가 말씀은 안 하셨는데, 비상금이 아니었을까?"

나는 이렇게 진영의 예전 이야기를 듣는 시간이 좋았다. 내가 알지 못했던 시절의 진영 역시 내 가슴엔 예쁘고 사랑스러운 모습으로 새겨졌다.

우리는 주로 여행을 다닐 때 내 친구 부부와 같이 동행하곤 했다. 복영수라는 친구였는데, 진영은 그 친구 이름을 거꾸로 하면 수영복이 된다며 굉장히 재미있어 했고 그의 아내를 언니라 부르며 잘 따랐다.

한번은 그 부부와 전주로 가수 김건모의 콘서트를 다녀왔다. 진영은 뮤직비디오 작업을 같이 한 적이 있어 김건모 씨와 안면이 있다고 했다. 콘서트에는 진영의 언니와 지인들이 함께 갔는데, 그 중에는 김건모 씨의 열혈 팬이 끼어 있었다. 미용실 원장인 이 젊은 남자는 가게 이름까지 '건모미용실'로 지었다고 해 즐거운 웃음을 선사했다. 콘서트장에서 만난 김건모 씨는 걱정스러워하는 눈빛으로 진영에게 안부를 물으며 함께 간 일행

"무슨 기도 했어?"
"당신을 내게 보내주셔서 감사하다고 했어요.
병이 다 나으면 잘 해주겠다고."

모두를 반갑게 맞아주었다.

전주 한옥마을에 갔을 때는 그녀가 좋아하는 깔끔한 한정식을 먹고, 근처 전통찻집에서 양반다리를 하고 앉아 창밖을 보며 녹차를 마셨다. 고향에 내려가 이렇게 공연을 보고, 맛있는 음식을 먹고, 차를 마시는 일상이 진영에겐 모두 소중한 시간이었을 것이다.

진영은 활동을 다시 시작한 뒤로 자주 고향을 찾은 눈치였다. 전주영화제 때는 행사 내내 감독들과 베테랑 칼국수와 왱이 콩나물국밥집 등 맛집을 찾아다녔다고 했다.

"가맥 마셔봤어요? 가게 맥주 줄임말인데, 전주 인심이 얼마나 좋은지 잘 보여주는 메뉴예요."

가게 앞 테이블에서 맥주를 시키면 서너 가지 무료 안주가 함께 나온다고 했다.

그녀는 모교인 중앙여고에 들렀을 때의 얘기를 들려주기도 했다.

"한번은 장학금을 전달하러 왔는데 후배들이 반갑다고 와 몰려들었어요. 다음 스케줄 때문에 이동해야 하는데 몇몇은 수줍게, 또 몇몇은 열정적으로 손을 내밀더라고요. 차마 거절하지 못하고 하나하나 잡아주다가, 매니저가 수습해 간신히 약속 시간에 갈 수 있었어요."

그녀는 힘들 때 자신이 나고 자란 전주에 내려가 위로를 받았다고 했다.

진영과 나는 KTX를 타고 해남 땅끝마을에 다녀오기도 했다. 해남은 나의 본적이기도 해 진영을 데리고 할아버지와 할머니 산소를 먼저 찾아갔다. 내가 절을 하고 진영에게도 인사를 드리라고 시켰더니 두말없이 두 손을 모으고 다소곳하게 절을 올렸다.

'할아버지 할머니, 손자며느리 왔어요. 예쁘죠?'

나는 진영과 결혼을 하면 꼭 다시 찾아와 큰절을 올리리라 생각했다.

그러고는 내가 살던 옛집에 들렀다. 집 안팎을 둘러보며 나의 어린 시절 이야기를 들려주고, 어릴 때 제기차기 하던 모습을 재현해주기도 했다.

다음엔 차를 몰아 땅끝마을로 갔다. 진영은 둥글게 펼쳐진 푸른 바다를 바라보며 생기 있게 말했다.

"남쪽 끝의 바다는 더 넓어 보이는구나. 저기 바다 끝에는 뭐가 있을까요? 우리 다음에 여기 꼭 다시 와요. 가슴이 탁 트이는 기분이야."

우리는 여행을 위해 마련한 튼튼한 SUV를 타고 그때그때 마음이 가는 대로 돌아다녔다. 이문세 콘서트를 보러 대전으로 가기도 했고, 진영의 어머니를 모시고 성남의 패티김 콘서트에 다녀오기도 했다. 하루하루가 더없이 소중하고, 그래서 더 안타까운 시간들이었다.

우리는 시간만 나면 지도를 펼쳐놓고 다음 행선지를 계획했다. 그리고 서로에게 물었다.

"이번 치료가 끝나면 어디로 여행을 갈까?"

나는 이런 행복한 시간들이 그녀의 몸속에 있는 독들을 말끔히 없애주기를 간절히 바랐다.

아침에 눈을 뜨니 진영이 벌써 일어나 발코니 의자에 비스듬히 누운 채 책을 읽고 있었다. 나의 잠을 방해하지 않기 위해 음악은 헤드셋을 끼고 듣는 중이었다. 나는 조용히 그녀의 옆모습을 지켜봤다. 팬들이 보내온 꽃다발과 암을 극복한 사람들의 이야기가 담긴 책들이 한쪽에 쌓여 있었다. 그녀는 책을 읽는 도중 소속사에서 전달한 꽃다발 속에서 카드를 발견하고는 그것을 꺼내보기도 했다. 카드를 읽는 중간중간 소리내어 웃기도 하고 눈물을 글썽거리기도 했다. 진영이 꽃을 꽃병에 꽂으려고 몸을 일으키다가 나와 눈이 마주쳤다.

"어, 벌써 깼어요? 더 자지. 요즘 나 때문에 수면 부족이잖아요. 눈 밑에 다크서클 좀 봐."

그녀는 내 얼굴을 다정하게 쓸어주며 볼에다 모닝 뽀뽀를 해주었다. 나는 식전에 먹는 약을 미지근한 물과 함께 진영에게 건넸다.

"왜 나한테 이 못쓸 녀석이 왔을까요."

"굳이 너한테만 온 게 아니야. 주위 사람들을 보니 많더라. 내 친구의 부모님, 친구 와이프 등등."

새삼 주변을 돌아보니 암에 걸린 사람들이 너무 많았다. 안타깝게 더 안 좋아지는 경우도 있지만 나아서 거뜬히 생활하는 사람도 있으니 잘 견디자고 용기를 북돋웠다. 진영은 속내를 겉으로 드러내지 않고 안으로 삭히는 타입이었다. 왜 하필 나냐고 원망할 법도 한데 전혀 그런 모습을 보이지 않았다. 오히려 옆에 있는 내가 하늘을 원망할 때가 많았다. 그녀는 언제나 차분하게 현실을 받아들였다.

"내가 너무 불규칙한 생활을 해왔잖아요. 당연한 결과야. 만약 완쾌하면 다시는 함부로 내 몸을 다루지 않을 거예요."

이렇게 암이 4기까지 진행되는데 얼마나 걸리느냐는 질문을 의사에게 한 적이 있었다.

"발병을 시작으로 대략 1년 6개월 걸립니다. 암이 보이는 시점에서 암 4기까지 대략이요. 물론 굉장히 긴 잠복기가 있다는 걸 간과해선 안 되지만요."

몸에 암세포가 있어도 그것이 암 조직으로 발견되는 사람이 있고 그렇지 않은 사람도 있으며, 어떤 시점에 이르러서야 심각한 증상이 일어나는 경우도 많다고 했다. 진영도 징후가 시작되어 암세포가 전이되고 자각 증상이 있기까지 1년 6개월 정도가 걸렸을 것이다. 시간을 짚어 올라가보니 처음 암이 생겼을 때는 〈로비스트〉를 찍던 기간이었다. 가장 괴로웠다던 이 시기에 어쩌면 그녀는 병을 얻었는지 모른다. 그때 알았더라면……. 하지만 그 어떤 가정도 지금은 모두 소용없는 것이었다.

"저렇게 자기 일을 열심히 할 수 있구나.
나도 어느 정도 치료가 되면 다시 일을 시작해야지."
진영은 자신의 롤 모델인
영화사 '아침' 정승혜 대표를 보며
삶의 열정에 불을 지폈다.
그러나 그분의 죽음으로 인해
결국 자신도 죽을 수 있다는 두려움을 갖게 되었다.
진영은 다른 돌파구를 찾아
잠시 나를 떠나 있기로 결정했다.

## 5월의 악몽

침뜸 술과 관련된 프로그램이 모 방송국의 전파를 탔다. 한창 진영이 치료를 다닐 때였고, 그 모습이 방송에 나가자 여기저기서 함께 침뜸 치료를 받고 싶다는 연락이 왔다. 그 가운데 한 분이 영화사 '아침'의 정승혜 대표였다.

진영의 롤 모델이었던 정승혜 대표는 대장암으로 2년 넘게 투병 중이었다. 그분은 암을 이기겠다는 의지가 아주 강해, 침뜸도 열심히 하였고 그 몸으로 단축 마라톤까지 나갈 만큼 열정을 보이기도 했다. 이준익 감독과 친해서 진영은 함께 그분 집에 초대를 받아 다녀오기도 했다. 그날 차를 마시며 영화와 투병 이야기를 나누었다고 하는데, 그 얘기를 전하는 진영의 눈에는 생기가 돌고 빛이 났다. 같은 처지에서 더 강한 모습으로 일까지 유능하게 해내는 선배를 보며 부끄러워지더란 말을 하는 걸 보니 좋은 자극을 받은 모양이었다.

"출장 간호사가 집으로 와서 주사를 챙겨줘요. 나는 치료만 받고 있는데 그분은 일과 투병생활을 병행하시더라고. 내가 너무 나약한가 봐. 나도 그분처럼 꼭 해낼 거야. 자기, 계속 응원해줘요."

그러고 나서 5월 17일, 친구 부부와 전주에 들렀다가 서울로 올라오는 차 안에서 뜻하지 않게 그분의 사망 소식을 들었다. 충격을 받은 진영은 전화를 끊고 펑펑 울었다. 선배를 의지해 버티는 중이었는데, 그분이 발병 3년 만에 세상을 떠난 것이다. 정 대표는 보통 링거를 48시간 몸에 꽂고 일과 투병을 병행한 강인한 인물이었다. 그랬던 사람이 세상을 떠났다니, 그분과 함께 병을 이기겠다던 기대가 무너지는 순간이었다. 정 대표의 죽음은 예기치 못한 방향으로 진영을 몰고 갔다. 한동안 그녀는 실의 속에 몹시 힘든 시간을 보냈다.

나 때문에 병원에서 고생 많았어요.
허리 아픈 건 좀 어때요?
그래도 당신이 있으니까 든든해요.
병원에 혼자 다니는 환자들 보면 왠지 마음이 아파.
사실 요즘 많이 힘들어요.
정말 좋아질 수 있을지 확신이 없어요.
마음이 계속 진정이 안 되는데, 어떻게 해야 하지?

_2009년 5월 20일 진영의 문자

항암제가 사람을 힘들게 하는 이유는 멀쩡한 세포까지 함께 죽이기 때문이다. 세포들은 분열을 하는데 암 세포는 특히 자기번식, 즉 분열의 속도가 빠르다. 그래서 항암제는 좋고 나쁜 세포의 구분 없이 몸속에 들어가는 순간 세포분열을 막기 위해 서둘러 세포들을 살생한다. 이때 암 세포와 유사한 방법으로 번식하는 세포들이 고난을 당하게 된다. 입 안의 상처가 빨리 아물도록 하는 세포가 대표적이다. 진영은 입 안이 한번 헐면 오랜 시간 제대로 밥을 먹지 못해 고생을 했다. 진영의 투병생활은 어쩌면 그때부터 본격적으로 시작된 것인지도 몰랐다.

항암치료를 받는 동안은 두 달에 한 번씩 CT를 찍는다. 그런데 진영이 자꾸 허리가 아프다는 말을 했다. 마침 5월 말에 검사를 하게 되었는데 결과는 암울했다. 콩팥에 이상이 있다는 것이었다.

"안타깝지만, 다시 전이가 된 것 같습니다. 콩팥이 부었고 현재 요추까지 의심됩니다. 아무래도 약이 잘 안 듣는 것 같습니다."

엎친 데 덮친다고, 진영이 계속 근육통을 호소했다.

"여기가 아프네. 나 좀 봐줘요. 왜 그런 거죠?"

진영은 자꾸 오른쪽 가슴 밑 부분의 피부가 아프다고 했다. 옷을 들춰서 만져보니 붉은 물집이 올라오고 있었다. 그녀의 면역력이 약해진 틈을 타 대상포진이 시작된 것이다. 피부가 찢어질 듯 아프다고 하더니 결국 물집에서 진물이 흘러 등허리부터 가슴 밑까지 번지기 시작했다. 흉터가 생길까 봐 조심스럽게 소독약 묻힌 거즈로 몸통을 둘러싸는데, 가뜩이나 여윈 몸이 안쓰러워 붕대를 감아주는 손이 떨렸다.

그 다음에는 머리카락이었다. 처음에 사용했던 항암제는 머리카락에 별다른 영향을 주지 않았다. 그러나 1월에 두 번째 약을 사용하고부터는 머리카락이 조금씩 빠지기 시작하더니 치료가 진행될 수록 눈에 띄게 줄어들었다. 진영은 머리숱이 남들의 두 배여서 그렇게 티가 나지 않는데도, 자고 일어나면 머리맡에 검은 머리카락이 우수수 흩어져 있었다. 그런데 놀랍게도 진영은 자기 몸의 변화에 대해 굉장히 담담한 모습을 보였다. 머리를 빗다 말고 빗을 들어 보이며 나에게 장난을 치는 것이었다.

"영균 씨, 이거 봐요. 나 머리카락 빠진다."

그녀에게 뭐라고 해야 할지 몰라 나는 얼른 화제를 다른 데로 돌렸다. 진영은 그날 미용실에 가서 긴 생머리를 어깨까지 오는 단발로 바꾸었다. 그녀 혼자 있을 때는 어떤지 몰랐지만 내 앞에서는 전혀 약한 소리를 하거나 우울한 표정을 짓지 않았다.

"머리가 더 빠지면 내가 골룸으로 분장하고 당신을 웃겨줄게요."

진영과 나는 길어지는 투병 기간을 가급적 유쾌하게 보내며 봄볕을 즐겼다. 우리는 슬플 틈이 없었다. 소파를 발코니에 내다놓고 다리를 편하게 뻗은 자세로 볕을 즐기며, 음악을 듣고 밝은 미래를 이야기했다. 영화는 액션 물이나 로맨틱 코미디만을 골라 진영에게 주기적으로 보여줬다. 그녀에게 엔돌핀이 돌게 하려고 나는 무진 애를 썼다. 그녀는 아프지만, 나에겐 우리가 함께 있다는 사실이 무엇보다 중요했다. 진영에게도 나에게도 1분 1초가 소중한 시간이었다.

진영은 약을 바꾸면서 부쩍 몸이 쇠약해졌다. 단식이나 산속의 자연식 등, 많은 사람들이 그녀에게 무분별한 정보를 들고 찾아왔다. 강남의 한 성형외과 원장은 진영에게 미국에 있는 항암 병원을 추천했다. 미국의 클리닉에서 암을 2주간 치료하고 처방약을 먹으며 한두 달만 지내면 100퍼센트 완치된다고 했다는 것이다. 그런데 진영이 그 말을 듣고는 바로 가겠다는 의사를 표했다. 그렇게 싫어하는 수술을 하지 않아도 된다는 말에 결정을 내린 게 분명했다. 이 말을 들은 소속사 회장이 치료비를 지불하겠다고 했다.

나는 진영의 결정에 문제가 있다고 생각했다. 원장의 말이 맞다면, 돈만 있으면 죽을 사람이 어디 있을까. 도무지 믿음이 가지 않았다.

"도대체 말이 되니? 그렇게 해서 나은 사람이 있대?"

"있대요."

"그럼 어디 나 좀 만나게 해줘. 검증을 하고 움직여도 움직여야지. 너무 즉흥적이야."

"권해준 사람이 의사고, 소속사 회장님도 암 말기까지 갔다가 완치된 분이에요."

평소 진영에게 극진하게 대하는 회장님까지 나섰으니 내가 말린다고 해야 소용이 없었다. 처음엔 말도 되지 않는다고 강변했지만, 나도 결국에는 지푸라기라도 잡는 심정으로 실낱같은 희망에 기대를 거는 그녀의 마음에 상처를 주고 싶지 않아 동의할 수밖에 없었다. 또 내가 붙잡아서 기회를 놓쳤다고 원망이라도 하면 감내할 자신이 없었다.

"그래, 정 그러면 다녀와. 하지만 너무 기대하지 않았으면 좋겠다."

그날 밤 나는 고민에 싸여 잠을 이루지 못했다. 이튿날 서울대 담당의와 상담을 했다. 내막을 들은 의사의 대답은 짧고 명료했다.

"못 말립니다."

환자가 그런 결정을 내리면 아무도 말릴 수 없다고 했다. 의사가 하지 말라고 하면 환자가 "그럼 당신 말 들으면 내가 살 수 있소?" 이렇게 나온다는 것이다.

"제가 말릴 수 없는 걸 영균 씨가 어떻게 말려요. 그냥 최소로 협조하세요. 편안하게 해주세요."

진영은 미국에 가면 완치되어 돌아온다는 희망에 들떠 음식들을 말끔하게 비웠다. 병원의 항암제와 약도 중지했다. 미국에서 받을 치료를 감안해 몸을 최대한 정상으로 만들어야 했다. 미국 가는 날짜를 잡아놓고 진영의 눈은 빛이 났다. 지긋지긋한 투병생활과 암에서 벗어날 날이 얼마 안 남았다는 생각에 그녀는 몹시 들떠 있었다. 미국에 함께 들어가는 사람들과 수시로 연락도 하며 하루하루를 즐겁게 보냈다. 아직 대상포진이 다 낫지 않아 병원에서 마무리 치료를 받고 있는 중이었다. 흉터는 남아 있지만 통증은 사라진 상태였다. 그녀는 빠졌던 살이 다시 붙어 예전의 아름다운 모습을 찾아가고 있었다. 진영은 정말 행복해 보였다.

지금 공항 가는 중!
자기야, 가서 열심히
치료할 테니까 기도해줘요.
나 없다고 끼니 함부로
때우지 말고.
미국에서 만나면
다른 사람이 돼 있을 거야.
그 시간이 빨리 오면 좋겠다.
그때까지 내 사랑 안녕.

_2009년 6월 26일 진영의 문자

세상 모든 연인들의 언약은
아름답다.

## 프러포즈

2009년 6월 14일, 다시 한 번 진영의 생일이 다가왔다. 그러나 이번이 마지막 생일이 될지도 모른다는 생각에 최고의 생일을 맞게 해주고 싶었다. 깜짝 파티를 위해 미리 진영의 친한 친구들을 카페로 초대했다. 그리고 평소 영화를 찍으며 가까이 지낸 의상과 헤어 코디, 스태프, 매니저들 그리고 내 친구들을 부부 동반으로 초대했다. 나는 진영의 생일에 프러포즈를 할 생각이었다. 헵시바 누나에게 진영이가 좋아할 분위기로 알아서 카페를 잘 꾸며 달라고 부탁했다. 그리고 진영에게는 거짓말을 했다.

"내일 당신 친구 서너 명하고 밥이나 먹자."

다음 날 진영과 미용실에 가면서 준비한 반지를 들키지 않고 어디에 숨길지 고민했다. 화려한 포장을 벗겨내고 반지 케이스만 청바지에 넣은 상태로 다녔다. 부자연스럽게 보일까 봐 무척 신경이 쓰였다.

미용실 식구들도 파티에 초대했지만 진영에게 내색하지 말아 달라고 부탁했던 터라 모두 생일 축하 멘트만 건넸다. 진영은 그 식구들을 초대한 줄 모르고 미안해하는 기색이었다.

"준비됐어요?"

"아니요. 조금만 더 시간을 끌어주세요. 사람들이 지금 오고 있어요."

나는 카페에 이벤트 준비가 다 되었는지 밖으로 나와 진영의 친구와 간간이 통화를 했다. 내 속도 모르고 진영은 친구들이 기다린다며 빨리 가자고 재촉했다.

일부러 느릿느릿 차를 몰아 카페에 도착했다. 화려한 꽃들로 장식된 정원과 장미로 만든 커다란 하트가 눈에 들어왔다. 파란 하늘을 배경으로 색색의 풍선이 나풀거려 제대로 파티 분위기가 났다. 이날 진영은 짧은 가발에 뒤트임이 있어 날씬한 등이 드러나는 짧은 원피스를 입고 나왔다.

진영이 등장하자 일시에 폭죽을 터뜨리고 생일 축하 노래를 불렀다. 사람들은 저마다 머리에 고깔모자를 쓰고 있었다. 노래가 끝나자 돌아가며 진영에게 응원의 메시지를 전하고 열렬한 환호성을 질렀다.

많은 축하객의 깜짝 이벤트에 진영이 감격으로 얼어붙은 듯했다. 나를 곱게 흘겨보는 그녀의 눈에는 어느새 눈물이 가득 고여 있었다. 우리는 커다란 생일 케이크에 불을 붙이고 생일 축하 노래를 다시 한 번 불렀다. 케이크를 자르기 위해 나이프를 맞잡은 그녀의 손이 가늘게 떨렸다. 그녀는 참석한 사람들에게 일일이 고맙다는 인사를 건네며 마음껏 즐거워했다.

파티에 초대받은 사람들이 식사 후 정원을 돌며 서로 통성명을 하고 샴페인을 마셨다.

"자, 이쪽으로 잠깐 모이세요. 진영이가 모레 치료를 위해 미국으로 떠납니다. 가면 이런 자리를 또 만들기까지는 시간이 걸리겠죠? 먼 길 떠나니까 모여서 이런저런 이야기 좀 합시다."

진영과 나를 중심으로 사람들이 빙 둘러섰다. 그들은 샴페인 잔을 들며 진영에게 행운을 빌어주었다.

"건강해져 돌아와."

"치료가 성공적으로 잘 되길 바란다."

저녁 무렵, 어둠이 내릴 때쯤 정원 곳곳에 촛불을 켰다. 나는 진영의 손을 잡고 장미 하트 안으로 데리고 들어갔다. 가슴이 몹시 떨렸다. 얼마나 기다려온 순간이던가. 진영이 몰래 준비한 언약식, 나는 그녀를 위해 준비한 편지를 읽기 시작했다.

사랑하는 진영에게

먼저 오늘 생일을 맞은 너에게
여기 모인 모든 사람들을 대신해 큰 축하와 축복을 보낸다.
함께하는 이 시간이 우리에게 얼마나 감사하고 소중한 순간인지
오래도록 기억하길 바란다.

진영.
우리가 만난 지 벌써 1년 반이 지났다. 그리 길지 않은 시간이지만
참된 사랑과 진정한 행복을 느끼게 해준 고마운 시간들이었다.
돌이켜보니 당신과 숨은 데이트를 하면서 참 많이 행복했다.
마치 세상을 다 얻은 느낌이랄까.
당신이 내 여자라는 사실이 너무 자랑스러웠던 날들.
모두 아름답게만 느껴지는 시간들.
그래, 지금 이 순간이 사랑이겠지.
진영아, 기억하니? 둘만의 첫 여행.
일본 신주쿠 거리를 팔짱끼고 걸어도 아무도 우리를 알아보지 못했지.
작년 당신의 생일, 홍콩에서 내가 섭섭하게 해 속상하다며
아이처럼 울던 모습도 생각난다.
정말 많은 추억을 만들면서 아름다운 미래를 꿈꿔왔다.
그런데 하늘이 우리의 사랑을 시샘한 걸까. 예기치 못한 일이 벌어지고 말았다.

위암. 운명의 장난도 아니고 소설도 아닌데
어떻게 이런 일이 우리에게 일어나지?
이제 겨우 좋은 사람 만나 행복한 미래를 만들어가려는 우리에게 말이야.
신이 계시기는 한 걸까.
계시다면 도대체 너에게 왜 이런 고통을 주시는 걸까.
남에게 피해 주기 싫어하고 주어진 삶에 최선을 다하는 너인데,
이럴 수 없다고 생각했다.
소식을 접한 모든 사람들, 특히 사랑하는 부모님과 친구들이 정말 많이
슬퍼하고 안타까워했지.

그래도 가장 슬프고 고통스러운 건 바로 당신.
힘든 시간을 보내고 있는 당신을 지켜보며 나도 많이 힘들었지만,
그래도 우린 이 시련을 극복하겠다는 의지가 있으니 얼마나 다행인지 모르겠다.
'내가 이렇게 힘든데 넌 얼마나 마음 아프고 괴로울까.'
이런 생각에 뜬눈으로 밤을 새우길 여러 번.
그러나 당신은 오히려 이런 나를 위로하더라.
슬퍼하지 말라고, 열심히 치료해서 금방 나을 거라고,
그래서 예전의 건강한 모습으로 돌아올 거라고.
지난 9개월간 항암치료를 받는 당신을 바라보면서 참 많은 것을 느꼈다.
머리카락이 조금씩 빠져도, 독한 약이 몸의 생기를 빼앗아가도,
슬퍼하되 좌절하지 않고 꿋꿋한 의연함을 지켜가는 모습.

그런 당신을 볼 때마다 정말 대견하고,
역시 장진영은 자존감 있는 배우란 생각이 든다.

사랑하는 진영,
나는 지금 우리에게 주어진 이 고통의 시간들이
더 좋은 미래를 위해 거쳐야 할 시험이라 생각한다.
하느님이 당신을 내게 보내주시면서 너에게 몹쓸 병을 주신 이유는 무얼까.
너를 끝까지 곁에서 돌봐주고 완치시켜 평생 행복하게 해주라는 의미가 아닐까?
우리에게 주어진 시간이 얼마인지는 모르지만
모든 걸 다해 사랑하고 아껴주고 힘이 되어줄게.
고운 너의 두 손을 끝까지 놓지 않고 곁에 있을게. 진영아, 꼭 나을 거야.
기필코 예전의 활기 있는 모습으로 돌아올 거야.
그때까지 하루하루 기도하며 완쾌를 빌게.

다시 한 번 진심으로 당신의 생일을 축하하며,
내년 그리고 내후년에도 이런 축복의 자리를 만들 것을 약속하며 이만 줄인다.
사랑한다, 진영.

2009년 6월 14일, 당신의 영원한 사랑 김영균.

천천히 편지를 읽어나갈 때, 사람들이 하나둘 훌쩍거리며 울기 시작했다. 진영도 눈가에 맺힌 눈물을 닦아냈다. 나는 가까스로 감정을 다스리며 편지를 끝까지 다 읽었다.

"친구들, 들어라. 진영의 생일에 너희를 부른 이유는 오늘이 나에게 역사적인 날이기 때문이야. 생애 처음으로 내 여자에게 프러포즈를 하기로 했다."

이 말을 하고 고개를 돌려 진영을 바라보았다.

"진영아, 너와 영원히 행복하게 지냈으면 좋겠다."

나는 준비해 간 반지를 꺼내들고 그녀 앞에 무릎을 꿇었다. 진영은 눈물을 닦느라 정신이 없었다.

"울지 마! 받아라! 받아라!"

친구들이 박수를 치며 진영에게 반지를 받으라고 소리쳤다. 진영과 힘든 길을 함께 가겠다고 하니 친구들도 마음을 다해 우리를 축복했다. 반지는 드디어 진영의 손에 끼워졌고, 또 한 번 환호성이 터져 나왔다. 사랑을 하면 유치해진다는 말이 맞는 모양이다. 오늘이 아니면 언제 그녀에게 이런 이벤트를 준비하겠나, 하는 생각에 나는 마음먹은 대로 일을 진행 시켰다. 하지만 지금 되돌아봐도 그날의 언약식은 그 어떤 날보다 아름답고 경건했다. 친구들의 눈물과 박수, 진영과 나의 감격으로 6월 작은 정원은 따뜻했다. 우리는 그녀의 환한 웃음을 오래도록 기억하자고 약속했다. 이날 진영은 더없이 씩씩하고, 다정하고, 사랑스러웠다.

"영균 씨, 고마워요."

나에게 행복한 미소를 지어주던 그녀의 얼굴이 떠오르면 지금도 심장을 죄는 듯 가슴이 아파온다.

진영이 혼자 남겨진 나를 걱정하지 않고 편안하게 먼 곳으로 갈 수 있도록 서서히 작별 인사를 해야 할 텐데, 아직도 나는 그럴 준비가 되어 있지 않다.

당신과 두 번째 맞는 내 생일,

당신이 나를 놀라게 했네요.

감히(?) 나에게 프러포즈를 하다니.

당신 참 많이 사랑하고,

나도 당신과 행복한 미래를 함께하고 싶어요.

그러려면 우선 병부터

나아야겠죠?

_2009년 6월 14일 진영의 문자

4장

# 작별

마음을 준 여자에게 남자는 영원한 증표를 원한다.
아이, 그녀를 꼭 빼닮은 아이가 있었으면 했다.
너를 닮은 아이가 영민한 눈동자로 나를 바라보고
그 작은 손으로 내 목을 끌어안고 웃는다면
적어도 혼자 남은 내가 덜 외롭고 쓸쓸할 것 같아.

영균 씨,
미국에서 국경을 넘어 멕시코에 도착했어요.
방사선을 쐴 부위를 사진으로 찍어 보냅니다.
왜 그런지 마음이 진정되지 않아요.
다행히 멀리 있어도 당신의 응원이 들리는 것 같아요.
또 연락할게요.

_2009년 7월 28일 진영의 편지

## 전이,
## 미국으로

6월 26일 미국으로 떠나는 진영을 공항까지 데려다주었다. 우리는 공항으로 가는 동안 별다른 대화를 나누지 않았다. 가슴이 먹먹하고, 지금이라도 가지 못하게 막아야 하는 게 아닐까 하는 생각에 기분이 낮게 가라앉아 있었다. 진영이도 복잡한 내 마음을 아는지 이동하는 내내 창밖을 응시할 뿐이었다. 공항에서 출국 수속을 마친 후 우리는 출국장 앞에서 두 손을 마주 잡고 한참을 서 있었다.

"도착하면 전화하고…… 건강 잘 챙기고…… 끝날 때 내가 갈 테니까."

"영균 씨! 많이 걱정하는 거 아는데, 난 내가 잘 해낼 것을 믿어요. 쉽게 주저앉지는 않을 거야. 그러니까 걱정하지 말고 보고 싶다고 울지 마요. 밥 잘 챙겨먹어요. 다 나아서 돌아올 테니 그때 신나게 놀자."

그녀를 떠나보내고 돌아오는 차 안에서 수없이 기도했다. 제발 무사히,

아무 일 없이 돌아와 달라고.

이틀 후 진영은 자신의 겨드랑이 부위 임파선, 위장, 허리 뒤 요추 부위에 검은색 펜으로 표시한 사진을 보내왔다. 그 부위에 방사선을 쏘인다며. 짧은 메일에는 불안을 잊고 희망을 가지려 노력하는 마음이 엿보였다.

멕시코에 도착하자마자 진영은 방사선 치료에 들어갔다. 치료 시간은 5분밖에 걸리지 않았는데, 그 부작용이 만만치 않았는지 다음 날 늦은 시간 그녀로부터 전화가 걸려왔다.

"몸이 너무 힘들어서 엄마를 오시라고 할까 봐요."

"그 정도로 힘들어? 지금 어딘데?"

"병원 3층 신규 건물에 방사선 클리닉이 있고, 나는 옆 호텔에 머물고 있어요. 멕시코 밥이 목에 걸려서 안 넘어가."

"엄마가 외국어도 못 하시는데 들어가야 고생만 하시지 않겠어? 뭘 알아야 장도 보고 그러지. 차라리 내가 갈게, 기다려."

간략하게 치료 과정에 대한 통화를 마치고 다음 날 서울대학병원을 찾아갔다.

진료실에 들어가 앉자마자 의사는 다짜고짜 물었다.

"도대체 거기서 뭘 한답니까?"

"들은 바로는 암 부위에 방사선 치료를 한다고 그러네요."

의사는 기가 막힌다는 표정이었다.

"의학 상식으로 방사선은 위 부위에 사용하지 않습니다."

방사선은 암에다 직접 빛을 쏴서 파괴하는 치료로, 암의 정확한 위치를 잡는 일이 필수 조건이라고 의사는 말했다. 그런데 위는 소화와 관련된 움직이는 기관이라 방사선 치료를 해봐야 효과가 없고 멀쩡한 장기만 다치게 된다는 것이었다. 그런 이유로 한국에서는 사용하지 않는다고 했다.

"미국으로 간다더니 멕시코였어요? 미안한 얘기지만 거긴 의료 후진국이에요. 당장 데려오세요."

의사는 불같이 화를 냈다. 진영은 멕시코로 간다는 말을 의사에게 하지 않았다. 주위에서 못 가게 막을 게 뻔하니까 그냥 미국으로 가서 암치료를 받는다고 한 것이다. 진영은 그만큼 알선해준 모 성형외과 원장과 소속사 회장님을 신뢰하고 있었다. 하지만 내 생각에도 이건 아니었다. 나는 당장 진영에게 가서 치료를 멈추도록 해야 했다.

7월 3일, 나는 멕시코로 가기 위해 미국행 비행기를 탔다. 예정대로라면 2주 후에 가야 했으나 일정을 앞당겼다. 진영은 멕시코로 떠나던 날 잠시 우리 회사 사무실에 들렀었다. 치료를 마치는 2주차에 내가 따라 들어가기로 했으므로 함께 양해를 구하기 위해서였다. 나의 사업 파트너는 흔쾌히 부탁을 들어주었다. 그리고 상황이 상황이니만큼 내 출국 날짜를 변경할 수밖에 없게 된 것이다.

나는 진영의 부탁대로 푸른색과 베이지색 계통의 드레스 두 벌과 구두를 챙겼다. 음식은 LA에 있는 누나가 조달해 주기로 해 따로 준비하지 않았다. 미국에 도착하자마자 다이아몬드바에 사는 누나 집에 들러 차를 빌려서는 진영에게 달려갔다. 1분 1초가 생명처럼 느껴지는 시간이었다.

진영은 금요일까지 병원에서 치료를 받고, 휴무인 주말에는 샌디에이고 주에 있는 얼바인이란 도시에 나와 있다가 일요일 저녁 다시 돌아간다고 했다. 그날 호텔로 찾아가 방문을 열고 들어서니 진영이 반가운 모습으로 나를 반겼다.

"왔어요? 오랜만에 보니까 참 반갑다."

진영은 살이 빠져 몹시 수척했다. 그 동안 밥을 제대로 못 먹어서 기운이 없다고 했다. 호텔 방에 힘없이 누워 있는 진영을 차에 태우고 다시 누나의 집으로 향했다.

누나는 우리가 도착할 시간에 맞춰 맛깔스런 음식들을 정성껏 차려놓고 있었다. 나는 진영을 식탁에 앉히고 손에 수저를 쥐어주었다. 진영은 처음엔 한 술도 되지 않는 밥을 겨우 겨우 입에 넣더니, 차츰 입맛이 돌아오는 모양인지 따뜻한 된장국과 김, 열무김치, 가지나물, 멸치볶음을 꼭꼭 씹어 먹었다.

다음 날 진영에게 한국 의사의 말을 상세하게 전하며, 당장 치료를 그만두고 한국으로 돌아가자고 했다. 하지만 그녀는 서울로 돌아가면 나을 수 있냐며 고집을 부렸다. 그리고 직접 멕시코 의사를 만나 치료 방법을 물어보고 같이 치료받는 환자도 만나보자며 나를 설득했다. 나는 진영의 부탁대로 멕시코에 들어가 의사를 만나보기로 했다.

늦은 저녁, 진영을 얼바인으로 데려가기 위해 누나의 집을 나섰다.

"언니, 너무 신세만 지고 가서 죄송해요."

주말 하루를 함께 보내면서 진영과 누나는 그새 정이 든 모양이었다. 어머니와 같은 보살핌에 진영은 몹시 편안해 보였다. 누나가 배웅을 나와 다음에 오면 더 맛있는 걸 해주겠다며 진영의 손을 꼭 잡아주었다.

진영이 멕시코에 돌아가 치료를 받는 이틀간, 나는 누나 집에 머물렀다. 진영의 수척한 모습이 자꾸 눈에 밟혀 잠이 오지 않았다. 치료 1주차에는 소속사 회장과 멕시코 병원을 추천한 성형병원장, 스태프 서너 명이 진영과 함께 지냈다. 나는 그분들이 일정에서 빠지는 2주째부터 진영의 곁을 지키기로 했다.

치료 2주차 수요일, 온통 진영 생각으로만 이틀을 보낸 나는 멕시코로 향했다.

샌디에이고를 지나 국경을 넘자마자 작은 소도시 티후아나가 나타났다. 멕시코는 처음이라 모든 게 낯설었다. 우선 더운 날씨에 숨이 막혀왔다. 미국과는 다르게 공기도 나빴다. 우리나라의 70년대를 연상케 하는 거리엔 오래된 자동차들이 오가고 있었다.

'이런 곳에서 진영이가 치료를 받고 있다니.'

이정표조차 제대로 되어 있지 않아 물어물어 찾아간 호텔. 방문을 두드리니 진영이 힘겹게 문을 열었다.

"미안해! 자기 온다고 청소라도 하려고 했지만 몸이 너무 힘들어 할 수 없었어."

일류 호텔이라는 말이 무색할 정도로 작은 방에는 먹다 남은 빵과 과일들이 어지럽게 놓여있었다.

"왜 그래? 왜 이렇게 됐어?"

힘겹게 침대에 눕는 진영에게 정신이 나간 듯 물었다. 사흘 만에 다시 본 진영은 더욱 앙상해진 몸에 딱할 만큼 야윈 얼굴이 되어 있었다. 차마 눈뜨고 볼 수 없을 정도였다. 복부는 눈에 띄게 불러 있었고, 두 시간마다 한 번씩 심한 설사를 했다. 몸에 있는 수분이란 수분은 전부 변기에 쏟아 내고 있는 것 같았다. 먹는 건 없는데 계속 설사를 해대니 살이 빠지는 게 눈으로 보였다.

"안 되겠다. 당장 돌아가자! 짐 싸."

"아니야, 이제 이틀만 더 하면 끝나. 그럼 나을 수 있는데 여기서 멈출 수는 없어. 자기야! 그러지 마! 마지막 희망일 수도 있잖아. 견딜 수 있어. 아니, 끝까지 치료받고 나서 다 나을 거야!"

진영은 절규하고 있었다. 그녀는 내 손을 붙잡고 힘이 되어 달라며 눈물을 쏟아냈다. 나는 그녀의 희망을 꺾을 용기가 없었다. 그토록 그녀가 원하는데 어떻게 그걸 막을 수 있을까. 낫기 위해 저렇게 발버둥치는데 누가 그녀의 말이 옳다 그르다 판단할 수 있을까. 내 자신이 그녀의 운명을 좌지우지할 수 없는 나약한 존재라는 사실이 슬펐다.

미국에서는 의료법상 방사선을 함부로 치료에 이용할 수 없게 되어 있는 반면, 법이 상대적으로 약한 멕시코에서는 방사선 치료가 자유롭게 행해지고 있었다. 의사는 멕시코 인으로 미국에서 자격증을 따고 의술도 편다고 했다.

다음 날 그 의사를 직접 찾아가 만났다. 한국에서 듣기로 멕시코 방사선은 2차 세계대전에 주로 사용되던 오염물질로 불법이라고 했는데, 막상 그곳에서는 방사선 치료를 받아야 병이 호전된다고 믿는 분위기였다.

"왜 저렇게 설사를 많이 합니까. 그리고 왜 복부가 불러오는 거죠? 두드리면 통통 소리가 날 정도인데요."

진영은 배가 너무 불러서 크고 깊은 배꼽이 납작해질 지경이었다.

멕시코 의사는 방사선 치료의 부작용으로 설사가 시작됐고 복부는 가스가 차서 그렇다며, 둘 다 예상했던 일이니까 너무 염려 말라고 했다. 그러면서 병 치료에 대해 장황하게 설명을 늘어놓았다. 나는 그 방면의 전문가가 아니라 설명이 맞는지 정확히 판단할 수가 없었으므로 고개를 끄덕이기만 했다. 진영은 수요일에서 금요일까지 내리 설사만 했다.

멕시코에서 진영을 처음 보았을 때는 몸무게가 한국에 있을 때보다 5킬로그램 빠져 있었고, 금요일 멕시코를 나갈 때는 10킬로그램이 빠진 상태였다. 광대뼈와 손등의 뼈가 드러나고 어깨엔 뼈밖에 남지 않았다. 앉아 있기도 힘들어서 침대에 누워 있다가 화장실 가는 게 일이었다.

나는 어떡하든 진영에게 음식을 먹이려고 했다. 그러나 잘 먹으려고 하질 않아서 그녀에게 짜증을 많이 냈다.

"당장 토하는 한이 있어도 먹어야지. 종이라도 씹어서 삼켜야 해. 체력이 떨어지면 그 힘든 치료를 어떻게 받겠어."

매몰찬 말이었지만 억지로라도 음식을 먹일 필요가 있었다. 이보다 상황이 더 심각해질 수 있다는 것을 진영에게 각인시키고 스스로 힘을 내게 해야 했다.

진영도 나중에는 수긍하고 억지로 인스턴트 스프와 스파게티, 스테이크를 잘게 잘라 입에 넣고 오랫동안 씹었다. 한국이었다면 죽을 만들어 먹였을 텐데, 멕시코엔 그런 게 없어서 돌보는 내내 속상했다.

진영의 심상치 않은 증세를 지켜보며 내가 계속 강하게 항의하자 의사는 방사선 치료를 잠깐 멈추고 내장의 열을 식히겠다고 했다. 물약을 얼음으로 차갑게 식혀 몸에 투입하는 방법이었는데 진영이 너무 힘들어했다.

"이걸 해야 설사를 막지. 지금 상태로는 주말에 데리고 나갈 수가 없어."

그런데 나의 치료 중단 요구에도 불구하고 의사는 멈추었던 방사선 치료를 다시 시작했다.

"이틀만 하면 치료가 끝나는데 왜 여기까지 와서 그만둬요. 나 참고 받을래."

진영도 마지막 치료를 받겠다고 했다. 그렇게 고통스러운데 어떻게 치료를 받느냐고 설득했지만 진영은 계속 밀고 나갔다. 그녀는 그만큼 간절히 건강을 되찾고 싶어했다. 멕시코 의사는 지금 상태로라면 치료 효과가 200퍼센트라고 큰소리를 쳤다.

목요일 밤부터는 가까스로 설사가 잦아들었고, 금요일 마지막 방사선 치료를 받은 다음엔 진영의 표정이 조금 여유로워졌다. 하지만 통증은 계속되는 듯했다. 힘든 치료를 이겨냈다는 기쁨과 병마로 인한 고통으로 진영은 만감이 교차하는 듯했다. 그날 저녁 8시가 넘도록 힘들어하는 진영을 지켜보며 잠이 들 수 있게 도왔다. 마음 같아서는 당장 진영을 데리고 멕시코를 떠나 누나 집으로 가고 싶었지만 회복이 우선이었다.

그날 밤 자정이 되어서야 누나 집에 도착했다. 며칠 되지도 않아 뼈만 앙상해져 나타난 진영을 보고 누나는 몹시 안타까워했다.

"무슨 치료가 이렇게 사람을 잡니."

누나는 진영을 침대에 눕히고 아침, 점심, 저녁 정성을 다해 돌봐주었다. 나는 매일같이 그녀의 몸무게와 체온을 쟀다. 진영은 계속해서 잠만 잤다. 그런 그녀를 시간 맞춰 깨워서 약을 챙겨 먹이고 식사를 하게 했다. 항암치료를 받으면서 그녀는 가장 힘든 시간을 보내고 있었다.

사흘이 지나자 볼록한 배는 그대로지만 설사가 멈추고 300그램, 400그램씩 몸에 살이 붙기 시작했다. 육안으로는 알 수가 없어 아침저녁으로 그녀를 체중계에 올라서게 하며 마음속으로 되뇌었다.

'진영아, 밑바닥까지 내려간 것 같다. 이제부터는 올라오는 거야.'

그녀가 웨딩 원피스에 붉은 장미를 들고
나에게 오는 이 짧은 거리,
눈이 부셔 눈물이 쏟아질 것 같다.
잠깐 시선을 창밖으로 돌리며 깊게 심호흡을 한다.
마지막이 아니길, 이게 너와의 시작이길.
너를 만나기 이전의 삶으로 되돌아가지 않게 해달라고
나는 신에게 간절히 기도했다.

## 결혼식

누나의 극진한 간호로 멕시코에서 빠졌던 체중 10킬로그램 가운데 절반이 돌아왔다. 그제야 바스라질 듯 말랐던 몸이 균형을 찾는 것 같았다. 그녀 스스로도 회복되는 몸이 대견하다며 정성껏 밥과 약을 챙겨 먹고 낮에는 동네를 거닐었다. 미용실에 가서 머리도 다듬고, 큰 소리로 웃으며 산책을 즐기면서 충분한 햇빛과 바람을 쏘였다.

하지만 나는 매일 혼란스러웠다. 진영의 몸이 나아지는 것 같긴 한데, 정말 암이 나아져서 몸이 회복되는 건지 방사능 치료를 그만둬서 좋아지는 건지 알 수가 없었다. 차라리 나는 멕시코 의사가 천하의 명의고 정말 그 사람 말대로 200퍼센트 낫는다는 걸 믿고 싶었다.

"나 낫고 있는 것 같아요. 틀림없어. 내 기분이 그래."

진영은 암에서 해방되어 새로운 삶을 살 수 있다는 희망으로 하루하루

피어나고 있었다.

"우리, 라스베이거스에 갈까?"

갑자기 라스베이거스라니, 하는 표정으로 그녀가 내 얼굴을 물끄러미 바라보았다.

라스베이거스. 언젠가 진영에게 아름다운 라스베이거스의 야경을 보여주겠다는 약속을 한 적이 있었다. 도시 구석구석 쾌적하고 따뜻한 햇살이 느껴지는 휴양지, 길에서 만나는 관광객들의 얼굴에서조차 여유가 묻어나는 그곳에서 그녀를 편안하게 쉬게 해주고 싶었다. 첫 번째 해외여행의 목적지로 계획을 세웠던 곳이기도 했다.

"거긴 왜?"

"당신을 꼭 그곳에 데려가고 싶어. 마침 여기서 그리 멀지도 않아."

누나 집에서 차로 세 시간밖에 안 걸리니 미국에서 그 정도 거리는 가까운 편에 속했다.

"가서 맛있는 것도 먹고, 푹 쉬기도 하고, 무엇보다……."

내 목소리가 떨리고 있었다.

"무엇보다 너와 결혼하고 싶어."

그녀는 눈을 동그랗게 뜨고 나를 쳐다봤다.

"오래 전부터 너와 부부의 연을 맺는 게 나의 소원이었어. 이제 나와 결혼해줘."

그랬다. 나는 오랜 시간 진영과의 결혼을 꿈꿔왔다. 나에게 운명이라는 느낌을 갖게 해준 사람, 이제는 암이라는 병마와 싸우면서 삶과 죽음의 기로에 서 있는 내 사람에게 이번 기회가 아니면 면사포를 씌워줄 수 없을 것 같았다.

"하지만……."

진영이는 망설였다. 결혼식을 올리기엔 자신의 몸 상태가 완전하지 않다고 생각한 것이다.

"진영아, 다 나으면 한국에서 다시 해도 돼. 그러니까 여기서 먼저 결혼하자."

말을 끝내고 나는 조용히 진영의 대답을 기다렸다. 그 짧은 순간에도 그녀의 말끔한 이마와 커다란 눈, 오똑한 코와 입술을 내 가슴에 새겨 넣으면서.

"그래요. 당신이 원하니까 그렇게 해요."

결국 그녀는 라스베이거스로 가자며 내 손을 잡아주었다.

그녀의 빠른 회복을 보며 두 가지 생각에 사로잡혔다. 하나는 더 이상 고통스럽지 않게 저 상태로 끝까지 견뎌줬으면 하는 바람, 그리고 또 하나는 어떤 기적이 일어나서 진영의 병이 완전히 나을 수도 있지 않을까 하는 희망이었다.

나는 미국에 사는 선배에게 전화를 걸어 결혼식 계획을 전했다. 선배는 선뜻 자기 부부가 증인으로 참석을 하겠노라고 말했다. 그리고 우리가 머물 호텔을 알아서 예약해주는 등 배려를 아끼지 않았다. 선배의 격려에 이어 마침 LA에 사는 오랜 친구와도 연락이 닿아 참석을 약속받았다.

라스베이거스로 이동하면서 누나가 바리바리 싸준 음식을 먹으며 우리는 기분 좋게 수다를 떨었다. 차를 타고 가는 중에 진영은 아울렛에 잠깐 들러 결혼식 첫날밤에 입을 잠옷과 속옷 등을 샀다. 그녀는 다음 날 있을 결혼식에 흥분을 감추지 못하고 즐거워하고 있었다.

라스베이거스에 도착했을 때는 오색의 네온사인 물결이 온 도시를 휘감고 있었다. 시원하게 뻗은 길과 화려하게 치장한 호텔들, 세계 각지에서 온 관광객들로 거리는 활기를 띠었다.

"와, 라스베이거스는 이렇게 다르구나. 마치 도시 전체가 살아 움직이는 것 같아요."

진영은 신비한 세계에 온 아이처럼 들뜬 모습을 감추지 않았다.

예약된 호텔에 짐을 풀고 우리는 결혼 예복을 준비하러 나갔다. 진영은 한국에서 준비해 온 흰색 원피스와 구두가 있어서 그에 어울리는 흰색 재킷만 따로 구입했다. 내 연미복과 나비넥타이는 진영이 직접 골라줬다.

다음 날, 예식 장소로 가기 위해 호텔 로비에서 진영을 기다리며 나는 목에 맨 나비넥타이를 조금 느슨하게 풀었다. 너무 긴장해 땀이 날 지경이었다. 그런 나를 선배 형과 친구가 짓궂게 놀려댔다.

"늙었어도 새신랑은 풋풋하구나."

선배는 악동처럼 웃더니 내 흰색 나비넥타이를 꽉 졸라맸다. 그들은 내게 장난을 치면서도 아픈 사랑을 끝까지 책임지는 모습이 대견한지 몇 번이나 어깨를 두드려주었다. 말하지 않아도 그들의 마음이 내게 전해졌다.

예식 장소에 도착해 진영과 나는 주례를 볼 목사와 간단히 인사를 나누었다. 그리고 각자 정해진 자리에 서서 결혼식이 시작되길 기다렸다. 신랑 입장 웨딩마치가 울려퍼지는 소리를 듣고 나는 주례단상 앞으로 걸어 나갔다. 마음이 몹시도 떨렸지만 어깨를 펴고 당당한 모습으로 그녀를 기다렸다.

잠시 후, 드디어 신부 입장 웨딩마치가 울리고 그녀가 레드 카펫을 밟으며 내게 다가왔다. 무릎까지 내려오는 흰색 슬리브리스 원피스에 짧은 머리, 양손에 곱게 들린 붉은 장미 부케. 도저히 진영에게서 눈을 뗄 수가 없었다. 마치 시간을 거슬러 올라가 처음 만난 그 순간처럼 또 한 번 심장이 거세게 뛰었다. 말로 표현하지 못할 감격으로 눈물까지 나오려 했다.

진영이 투병생활을 하는 동안 그녀는 나를 '울보 부인'이라 불렀다. 처음엔 여자보다도 살뜰하게 이것저것 살펴주는 나에게 '부인'이란 애칭을 썼는데, 투병 기간 중 눈물을 많이 흘리는 것을 보고 '부인' 앞에다 '울보'라는 말을 덧붙인 것이다. 결혼식인 오늘은 참아야지, 마음먹었지만 세상에서 가장 아름다운 신부를 맞으며 나도 모르게 눈물이 나왔다.

진영은 장난꾸러기 같은 미소를 지으며 천천히 내 앞으로 걸어와 팔짱을 꼈다. 이 여자가 이대로 한 순간도 내 곁에서 떨어지는 일이 없기를, 이 순간이 영원의 시작이기를…….

그녀의 가느다란 손가락에 반지를 끼워주며 나는 마음을 다해 말했다.

"당신과의 결혼을 영광으로 생각하며 영원히 당신만을 사랑할 것을 약속합니다."

"저도 당신과의 결혼을 영광으로 생각합니다."

결혼식

진영이 가늘게 떨리는 목소리로 답했다.

우리는 준비한 결혼반지를 차례로 끼워주고, 고개를 들어 맑은 눈빛으로 서로를 바라보았다.

'하느님! 이 여자를 내 아내로 삼아 행복하게 살 것을 맹세합니다. 부디 우리에게 좀 더 많은 시간을 허락해주세요.'

진영의 뺨으로 눈물이 흘러내렸다. 나는 살며시 진영의 손을 잡고 키스를 했다. 짧은 순간, 진영과 벅찬 기쁨으로 나누었던 첫 키스의 추억이, 눈 오는 밤 용기를 내어 고백한 사랑의 맹세가 떠올랐다. 그때부터 지금까지 한 치의 어긋남도 없이 사랑한 그녀가 내 앞에 있었다.

목사님 앞에서 혼인서약을 하고 선배 내외의 증인 서명으로 간단하게 식이 끝났다. 아픈 아내와 올리는 결혼식인 만큼 식장은 처음부터 끝까지 숙연함이 감돌았다. 하지만 식이 끝나고 사진을 찍는 시간이 되자 진영은 특유의 활기를 되찾았다. 사진사가 카메라를 들이대기가 무섭게 스스로 알아서 멋지게 포즈를 잡으며 주위 사람들을 즐겁게 했다.

"프로가 다르긴 다릅니다."

선배는 아픈 몸으로도 사람들을 즐겁게 해주려는 신부에게 칭찬을 아끼지 않았다. 모두가 하루 전에 처음 만난 사이지만 진영의 밝은 표정과 적극적인 태도에 분위기는 금세 밝아졌다.

"거기 신랑! 신부 좀 그만 쳐다보고 카메라 봐요. 그리고 손 위치 좀 더 아래로."

사진 촬영 내내 나는 이런 짓궂은 지적을 당해 곤혹스러우면서도, 한편으로는 가만가만 구름 위를 걷듯 행복을 느꼈다. 진영도 그 순간만큼은 아프지도 고통스럽지도 않은 것 같았다. 그날 오후, 그녀를 숙소로 데려가며 하늘을 올려다보았다.

"진영아, 저기 하늘의 구름 좀 봐. 당신이 좋아하는 꽃 모양이야."

"와, 정말. 구름도 우리 결혼을 축하해주나 봐요."

작은 발견에도 금방 천진한 아이처럼 좋아서 발을 종종거리는 이 사람. 진영이 떠나고 난 뒤 나는 과연 그 시간들을 잘 이겨낼 수 있을까. 가슴 한가득 아픔이 밀려왔지만 나는 내색하지 않았다. 이날만큼은 모든 것을 잊고 진영과 즐거운 시간을 보내고 싶었다.

2009년 7월 26일, 나와 진영은 이렇게 라스베이거스에서 결혼식을 올렸다. 선배 내외와 친구만 참석한, 더 이상 소박할 수 없는 결혼식이었지만 나에게는 죽는 순간까지 기억될 아름다운 결혼식이었다. 그토록 사랑하던 진영이 나의 신부가 되었다는 걸, 나는 생각하고 또 생각하며 신에게 감사했다.

사랑하는 영균 씨, 정말 고마워요.
이렇게 몸도 성치 않은 나를 신부로 맞아줘서.
당신의 사랑에 내가 어떻게 보답할까.
살아가는 동안 당신 행복하게 해줄게요.

마음을 준 여자에게 남자는 영원한 증표를 원한다.
아이, 그녀를 꼭 빼닮은 아이가 있었으면 했다.
너를 닮은 아이가 영민한 눈동자로 나를 바라보고
그 작은 손으로 내 목을 끌어안고 웃는다면
적어도 혼자 남은 내가 덜 외롭고 쓸쓸할 것 같아.

## 너를 닮은 아이

두 번에 걸친 전이와 멕시코 치료까지, 진영은 너무도 힘든 1년을 보내고 있었다. 링거 한 병을 비우는데 두 시간에서 다섯 시간이 걸렸다. 나중에 약을 바꾸면서는 주삿바늘을 48시간 동안 꽂고 있어야 했다. 단순하게 항암 주사만 맞고 끝나던 것이 점차 복잡해졌다. 처음에는 촉진제만 두 시간 들어가고, 그 다음 부작용을 방지하는 약이 또 들어갔다. 혈관에 꽂힌 주삿바늘 하나에 두세 개의 링거 병이 연결되어 순차적으로 들어갔다. 그런 진영이 안쓰러워 눈물을 훔치면 진영도 우울한 목소리로 한마디 했다.

"영균 씨, 그만 떠나요."

너무 힘들어하는 내게 그녀가 해줄 수 있는 말은 '미안하다'와 '떠나라'는 것뿐이었다. 하지만 아픈 사람을 두고 매몰차게 돌아설 사랑이었으면 시작도 하지 않았을 것이다.

"그게 무슨 말이야? 그런 소리 다신 하지 마."

9월엔 진영이의 암 소식이 보도됐다. 놀란 부모님이 나를 불러 상황을 듣고 싶어 하셨다. 진영의 상태에 대해 들은 어머니와 아버지는 내 손을 잡고 함께 우셨다.

"진영이도 너도 불쌍하구나."

암 4기란 말에 아버지는 당부를 잊지 않으셨다.

"어쨌든 영균이 네가 지금 할 수 있는 일은 간호뿐이다. 가는 날까지 남자답게 끝까지 최선을 다해줘라. 비겁하게 굴지 말고."

그녀가 암을 선고받은 이후 나는 신이 존재한다고 생각했다. 지금 신이 나를 시험하고 계시는구나…….

진영은 나와 연애하던 시기에 일주일에 한 번 홀트아동복지회를 방문해 아이들과 놀아주는 시간을 가졌다. 일회성이 아니라 주기적으로 다녔다는 사실을 나는 나중에서야 알았다. 그곳에 다녀오는 날은 그녀의 표정이 유난히 밝았다. 갓난아기지만 아이들도 서로 사랑받으려고 시샘을 한다며 해맑게 웃던 모습도 생각난다.

진영이 투병생활을 하는 동안 나는 간혹 아이 이야기를 꺼냈다. 문득 진영을 닮은 아이 하나만 있으면 좋겠다는 생각이 들었고, 프러포즈 이후 부쩍 더 여자아이가 있었으면 하는 바람이 생겼다. 평생 독신으로 살지 모르겠다고 생각해왔던 터라 애당초 아이에 대한 계획이 있었을 리 없었다. 하지만 진영이 없는 삶을 생각하니 나와 그녀를 반반씩 닮은 아이가 있었으면 하는 욕심이 생겼다.

어느 날, 저녁식사를 마치고 그녀에게 물었다.

"당신 닮은 여자아이가 하나 있으면 좋겠다."

"그래요? 왜 하필 여자아이야. 내 생각에 하나만 낳는다면 자기 닮은 남자아이가 더 좋겠는데."

"당신을 닮으면 모든 사람에게 예쁨 받을 거야."

"당신을 닮아 다정다감하면 친구가 많을 거야."

마른 행주로 접시를 닦고 후식으로 과일을 깎으면서 그녀의 눈은 생기로 반짝였다.

그 눈빛은 병실에 누워 링거를 팔에 꽂고 있을 때도 여전했다. 사슴처럼 큰 눈망울엔 언제나 희망이 담겨 있었다. 진영은 쉽게 절망하지 않는 강인한 여자였다.

"아이가 태어나면 세상은 행복한 곳이고 도전할 가치가 있다고 말해주고 싶어요. 가족이 함께 여행을 다니면 아무래도 빨리 그것을 깨닫겠죠? 자유롭고 씩씩한 아이로 키워야지."

진영은 엄격한 부모님 밑에서 자라 집과 학교만 오가는 청소년기를 보냈다고 했다. 그래서 자신과 같은 여자아이가 태어나면 스스로 원하는 일을 찾을 때까지 격려하겠다고 했다.

진영과 아이 이야기를 하는 순간에도 나는 시간이 얼마 남지 않았음을 알았다. 그녀에게는 병을 이길 수 있다는 강한 의지가 있었지만 의사의 소견은 점점 절망에 가까워지고 있었다.

그녀의 병이 더 깊어졌을 때도 우리는 아이 이야기를 나눴다. 나는 진지하게 인공수정과 대리모에 관해 물었다. 당시 진영의 몸 상태로 임신은 불가능한 이야기였다. 하지만 인공수정도 대리모도 안 되는 일이라는 걸 나는 잘 알고 있었다. 단지 끝까지 희망을 버리고 싶지 않았고, 그녀에게 일말의 꿈이라도 갖게 하고 싶었다.

"만약 아이가 커서 당신을 닮아 배우가 되겠다고 하면 어쩌겠어? 당신 아버지처럼 반대할 거야?"

"배우라는 직업이 힘들지만 한 번도 후회한 적 없어요. 평범하게 살았더라면 경험하지 못 할 순간들을 배우라는 직업을 통해 만났으니까요. 아이가 원한다면 도와주고 싶어요."

어느덧 새벽 5시, 곧 진영이 진통제를 먹을 시간이었다.

진영은 눈물이 많았다. 드라마나 영화를 보면서 남들이 쉽게 공감하지 않을 장면에서도 손수건을 꺼내들었다. 큰 눈에서 눈물이 뚝뚝 떨어지는 걸 보고 있으면 기분이 묘했다.

"도대체 어느 시점부터 슬펐던 거니?"

"그걸 어떻게 꼭 집어 말할 수 있어요."

진영은 손수건으로 작은 얼굴을 꾹꾹 찍으며 밉지 않게 눈을 흘기곤 했다. 이렇게 타인의 이야기에는 슬픔을 참지 못하는 그녀가 정작 자신의 외로움이나 고통 앞에서는 쉽게 울지 않았다. 친구들이 병원을 방문해 아픈 그녀를 붙들고 울기 시작하면 오히려 괜찮다는 듯 웃으며 그들을 위로했다. 타인의 딱한 사정을 보고는 금세 마음이 약해지지만 자기 자신에게는 그만큼 엄격하고 냉정한 면이 있었다.

내가 처음으로 그녀 앞에서 슬픔을 억제하지 못해 울던 날, 진영은 내 등을 넓게 쓸어주며 말했다.

"영균 씨, 울지 마. 내 마음이 아프잖아. 이제 나을 건데 왜 울어요."

나는 알고 있었다. 그녀는 끝끝내 희망을 놓지 않으리란 것을. 그래서 참고 또 참으며 눈물을 보이지 않으리란 것을.

진영은 나날이 죽어가고 있었다.
하지만 그녀는 자신의 죽음을 인식하지 못하는 듯 보였다.
마지막 순간까지 살 수 있다는 희망을 버리지 않는
진영을 바라보는 일이 내게는 고통이었다.
그녀에게 살 수 있다는 말을 해줄 수가 없어 가슴 아팠다.
진실은 고통스러웠다.
끝까지 이 세상의 빛을 놓지 않으려 하는
그녀의 강인함과 마주할 때마다
나는 숙연한 마음이 들곤 했다.

## 죽음 한가운데

결혼식을 위해 라스베이거스에 도착한 날, 나는 콘퍼런스 차 그곳에 온 멕시코 의사를 만났다. 나는 그에게 진영의 배가 여전히 부풀어 있고 식욕이 없어 체중이 더 이상 회복되지 않는다고 말했다. 의사는 태연히 대꾸했다.

"입맛을 살리기 위해 따로 식욕 촉진제를 드리겠습니다. 배는 복수가 찬 게 아니라 가스가 찬 거라서 조만간 가라앉을 겁니다. 걱정하지 마세요."

진영은 결혼식 날 분위기를 주도하며 명랑한 표정을 지었지만 몸이 힘들어 오래 서 있지 못했다. 나는 그녀를 일찍 호텔에 데려와 재웠다.

"나 허리하고 등이 너무 아파. 왜 그럴까."

내가 해줄 수 있는 말은 별로 없었다.

"기력이 없다고 너무 누워만 지내서 그런가 봐."

그녀는 하루 중 다섯 시간 정도만 움직이고 나머지는 계속 침대에 누워

지냈다. 하지만 어쩔 수 없는 일이었다.

우리는 라스베이거스에서 다시 누나 집으로 돌아왔다. 결혼식 사진을 보여주자 누나가 큰 소리로 흐느껴 울기 시작했다.

"영균아, 이럴 수밖에 없었니? 부모님들은 어쩌라고. 아, 불쌍한 것들……."

"누나, 울지 마. 내가 원해서 한 거야. 나나 진영이나 모두 행복해. 그거면 됐잖아."

부모님에게 크나큰 불효를 하고 있다는 생각이 들었지만 우리에겐 시간이 충분치 않았다.

'언젠간 이해해 주시겠지.'

나는 마음속으로 부모님께 죄송하다는 말을 되뇌었다.

진영의 배는 그때까지도 꺼지지 않고 있었다. 멕시코 의사에게 전화를 했더니 그는 다시 초음파 검사를 해보자고 했다. 벌써 7월 29일이었다. 멕시코에서 가서 또다시 문제가 발견되면 거기서 계속 치료를 받아야 한다는 얘기인데, 그러고 싶지 않았다. 멕시코 의사를 더 이상 믿을 수가 없었다. 진영이 계속 허리 통증을 호소해 불안감이 커지고 있었다.

나는 진영에게 서둘러 서울로 돌아가자고 설득했다. 방사선 치료가 끝난 상태라 진영은 순순히 내 말에 따랐다. 미국을 떠나던 날, 공항으로 이동하기 한 시간 전부터 진영은 눈물을 글썽이며 누나와의 작별을 슬퍼했다. 헤어지는 게 가슴 아프긴 누나도 마찬가지였다. 말을 하지는 않았지만, 또 언제 볼지 모른다는 걸 우리 모두는 생각하고 있었을 것이다.

언니께

미국에 온 지 한 달이 흘렀네요. 그저 희망만 갖고 가벼운 마음으로 왔는데,
생각지 못한 힘든 치료 과정이 정말 암담하고 무서웠습니다.
일을 하면서 낭떠러지 같은 깊은 어둠을 제법 경험해 강하게 단련되었을 법도
한데, 멕시코에서의 2주간은 정말 악몽 그 자체였습니다.
언니가 없었다면…… 상상하고 싶지도 않네요.
저는 언니의 편안한 성품이 참 부럽습니다.
영균 씨와도 함께 있으면 복잡할 게 없이 그냥 물 흐르듯 흐릅니다.
두 분이 가족이라 비슷한가 봐요.
어릴 적부터 저는 단 하룻밤도 남의 집에서 자본 적이 없어요.
내 자리가 아니면 불편해서 굉장히 예민하고 까탈스럽게 굴죠.
그런데 긴 날들 동안 언니 집에서 언니가 해주시는 밥을 먹으며
마음 편히 무위도식했어요.
아프면서 참 많은 걸 배웁니다.
이번에도 언니의 진심, 따듯한 눈빛, 포용력, 사랑, 많은 것들을
배우고 감동합니다. 너무 많이 감사했어요.
언니 덕분에 좀 더 사랑이 많고 따듯한 사람이 될 수 있을 것 같아요.
언니! 진심으로 좋은 시간들 감사합니다.

2009년 7월 30일, 진영이 미국에 남기고 온 편지

7월 31일, 인천공항에 도착해 바로 병원으로 진영을 데려갔다. CT 촬영은 물론 모든 검사를 처음부터 다시 했다. 결과는 악몽이었다.

"이미 뼈에까지 전이가 됐습니다."

허리의 통증은 척추뼈에 암세포가 전이돼서 생긴 고통이었다. 그리고 진영의 불러오른 배는 허리에 정확하게 방사선을 쏘지 않아 생긴 결과라고 했다. 방사선이 대장에까지 닿아 장기가 늘어난 상태이며, 부어오른 장이 스스로 운동을 하지 못해 가스가 들어찬다는 것이었다. 암세포가 활동을 하고 다른 곳으로 전이될 수 있다는 것을 멕시코 의사는 전혀 고려하지 않았던 모양이다. 뼈에 암세포가 전이되면 그 부분의 뼈가 녹아내린다고 하는데, 그 때문에 허리가 아팠던 걸 모르고 운동 없이 누워만 있어서 그렇다고 말한 나 자신에게 화가 났다. 뼈가 녹아내린 물은 혈액 속 칼슘의 양을 증가시킨다. 그렇게 되면 몸속의 장기들이 이상을 느끼고 운동을 잘 하지 않는다. 잘못하면 혼수상태로 빠질 수도 있다. 진영의 몸무게는 급격히 빠졌고 피 속 칼슘의 농도는 나날이 높아졌다. 최악의 상황이었다.

8월 1일 진영을 집에 데려다 준 후 따로 의사를 만났다.

"방법이 없는 것 같습니다. 암세포가 번지는 걸 막으려면 항암제를 써야 하는데, 투약했을 때 진영 씨 몸이 받아낼지 의문이에요. 지금의 상태로는 무리지 싶습니다. 잘못했다가는 항암제 때문에 쇼크로 죽을 수도 있어요. 2, 3일 환자를 지켜보고 호전되면 신중하게 결정합시다."

의사는 진통제밖에 진영의 고통을 재워줄 방법이 없다고 했다.

"멕시코에서는 병이 다 나았다고 했는데 아닌가요?"

"방사선 치료를 했다는 위는 조금도 변한 게 없습니다. 오히려 체력 손실만 가져왔어요."

"그럼 앞으로 어떻게 되는 거죠?"

"안타깝지만 길어야 두 달입니다."

눈앞이 캄캄했다. 완치를 기대하고 있는 진영에게 남은 시간이 고작 두 달이라니.

"그나마 한국에 있었으면 항암제로 전이 속도를 늦출 수 있고, 자체적으로 밸런스를 유지시켜 최소 여섯 달까지 바라볼 수도 있었을 겁니다."

진영은 최악의 몸으로 돌아왔다. 그때는 어쩔 수 없는 일이었지만 미국행을 막지 못한 나 자신이 미웠다. 이제 어떻게 해야 하나. 상황이 너무 급박하게 돌아가고 있었다. 나는 천길 낭떠러지로 떨어지기 직전에 있는 것처럼 아득하고 위태로운 마음을 추스르기가 힘들었다.

내 사랑, 울지 마요. 내가 많이 미안해요.
열심히 치료해서 꼭 나을게요.
내가 나중에 꼭 행복하게 해줄게요.

_2009년 8월 1일 진영의 문자

진영은 몸이 회복되면 바로 항암치료를 받는다고 알고 있었다. 그리고 멕시코 의사의 말을 여전히 신뢰하고 있었다. 그녀는 치료를 마치고 6주 후에 CT를 찍어보면 위가 다 나아 있을 거란 믿음을 버리지 않으려 했다.

나는 진영의 검사기록을 가지고 다른 병원을 찾아갔다. 지금 병원에서 손을 놓았다고 해서 속수무책으로 있을 수만은 없었다. 이건 아니다, 이럴 순 없다……. 하지만 다른 병원에서도 희망적인 말은 단 한 마디도 듣지 못했다.

절망에 빠진 나에게 큰누님이 한 가지 정보를 알려주었다. 일본에 줄기세포로 암을 치료하는 곳이 있다는 것이었다. 예전 같으면 한 귀로 듣고 한 귀로 흘렸겠지만 나에겐 선택의 여지가 없었다. 다음 날 아침 일찍 김포공항으로 가 일본행 비행기에 올랐다. 다행히 일본에 유학중인 사촌동생이 있어 통역이 가능했다. 일본 의사는 자신의 줄기세포 치료로 암 환자를 완치시킨 사례가 50퍼센트에 이른다고 했다. 그러면서 한국에 직접 나와 치료를 해줄 테니 걱정 말고 치료비나 준비하라고 했다. 나는 반신반의하면서도 마지막 희망이 보이는 것 같아 고개를 크게 끄덕였다.

한국으로 돌아온 나는 우선 서울대병원으로 가서 담당의를 찾아뵈었다. 의사는 한마디로 잘라 말했다.

"완치율 50퍼센트가 아니라 20퍼센트만 돼도 내가 맡고 있는 암 환자를 모두 보내겠습니다."

일본 의사의 줄기세포 치료는 이미 효과가 없다는 게 입증되었고, 희망을 갖고 찾아간 환자들 대부분이 돈만 버리고 왔다는 것이었다.

집으로 돌아오는 차 안에서 나는 처음으로 죽음을 진지하게 생각했다. 지금까지 아무도 나에게 이토록 죽음에 대한 불안과 공포를 떠올리게 한 사람이 없었다.

'진영에게 뭐라고 말을 해야 하나.'

머릿속에 모래바람이 불었다. 나는 진영의 친구에게 전화를 걸어 엉엉 소리 내어 울었다. 누구에게든 위로를 받고 싶었다. 내 몸의 일부가 잘려나가는 것 같아 견디기 힘들었다. 진영을 보내야 한다는 사실을 나는 도저히 받아들일 수 없었다.

나의 울보, 힘들게 해서 미안해요.
나 건강해지면 복수해요.
자기가 아플까 봐 걱정 돼.
잘 자요.
_2009년 8월 6일 진영의 문자

진영은 집에서 3~4일간 진통제를 먹고, 병원에 가서 2박3일씩 입원하며 주사를 맞았다. 우선 혈액 속 칼슘을 희석시키기 위해 수액과 영양제를 계속 주입해야 했다. 한 번에 상당한 양이 들어가는데, 배출이 제대로 안 돼 복수가 차기 시작했다. 암으로 장기가 기능을 상실해 콩팥으로 빠져야 할 것들이 복부에 그대로 고이고 있었다. 그래서 큰 주사기로 복수를 빼고 나니 이번엔 다리가 붓기 시작했다. 다리로도 물이 차는 모양이었다.

진영은 자기 몸의 변화를 민감하게 감지하지 못하고 있었다. 진통제가 아픔을 잊게 해주어 그것만으로도 고마워하는 눈치였다. 병원에서 혈액 내 칼슘을 희석시키고 나면 집으로 가서 진통제를 먹으며 지냈다. 병원에서는 계속 입원해 있길 권했지만, 진영은 주사를 맞는 기간에도 자다 말고 일어나 환자복을 벗어던질 정도로 병실에 있는 걸 고통스러워했다. 나는 그런 그녀를 지켜보다가 병실 복도 끝으로 가 등을 구부리고 서서 울었다.

미국에서 좋은 결과가 있기를 기대했던 진영의 부모님은 더욱 악화된 모습으로 돌아온 딸을 보고 오열했다. 아픈 와중에도 진영은 부모님을 다독거리며 위로했다.

"엄마, 저 괜찮아요. 울지 마세요. 나을 수 있대요."

진영은 계속 뼈가 녹는 고통에 눕지도 못하고 소파에 어깨를 웅숭그리고 앉아 지냈다. 진통제 없이는 숙면을 취하지 못했다. 평소 그녀는 잘 때 팔베개를 해주면 "잘게요" 하고는 1분도 안 돼 잠들곤 했다. 그런 그녀가 잠을 못 자 피부가 부석해지고 눈이 빨갛게 충혈되었다. 하지만 진영은 희망을 버리지 않았다.

"나 왜 이러지? 이제 좋아질 만도 하잖아. 혹시 나 신종플루 걸렸어요?"

어떻게 대답을 해야 하나. 애써 웃으며 고개만 저을 뿐 나는 아무 말도 할 수 없었다.

진영의 몸은 계속 말라가고 팔은 주삿바늘 자국이 남아 온통 퍼렇게 멍이 들었다. 나날이 얼굴은 핼쑥해져 눈과 코만 보이고 배는 계속 불러왔다. 물이 찬 다리를 손끝으로 누르면 살이 한참 있다가 올라왔다.

그녀는 다리가 붓기 시작하면서 혼자 걸음을 떼기가 힘들어졌다. 허리도 굽은 채로 있었고 8월 10일부터는 밥도 제대로 먹지 못했다. 먹는 게 없으니 대변도 전혀 보지 못했다.

진영이 다시 CT를 찍어보자고 했다. 멕시코 의사가 완쾌할 수 있다고 긍정적으로 말했던 것을 염두에 둔 말이었다.

"진영아, 지금 시기적으로 별 의미가 없어 보인다."

어렵게 꺼낸 대답에 진영은 그저 고개만 끄덕였다. 병원에 입원해 있는 동안 밤에는 주로 잠을 자지 않고 이야기를 나눴다. 진영이가 밤잠을 자지 않아 나는 낮과 밤 모두 수면부족에 시달렸다.

다음 날, 진영에게 멕시코 병원을 소개했던 강남 모 성형외과 원장이 병실로 찾아왔다. 진영의 상태가 좋지 않다는 소식을 전해 듣고 왔는데, 나와는 처음 만나는 자리였다. 진영과 인사를 나눈 후 그가 나를 밖으로 데리고 나왔다.

"일본에서 발명된 암의 특효약이 있습니다. 이 약을 먹으면 암 덩어리가 떨어져 나간다고 해요. 이 약을 구해 올 테니 먹이도록 하세요."

그러면서 네 장의 사진을 보여 주는데, 유방에 있던 암 조직이 떨어져나가 낫고 있는 모습이 순서대로 찍혀 있었다.

"이 약으로 암 환자의 80퍼센트가 낫는다고 합니다."

나는 화가 치밀어 이성이 마비될 지경이었다. 그대로 주먹을 날려버릴 것 같아서 두 손을 부들부들 떨며 맞잡았다. 그자가 병원 원장이라는 사실이 믿기지 않았다.

"이 약이 말씀대로 훌륭한 약이면 빨리 언론에 알려 많은 암 환자를 구하고 노벨상도 받고 돈도 많이 벌어야죠. 왜 비밀리에 움직입니까. 이런 약이 존재할 거라고 믿습니까? 길거리에서 차력사가 파는 약이랑 뭐가 다릅니까?"

나는 진영이가 누구 때문에 이렇게 되었는지 아느냐, 당신의 그릇된 정보와 뜬구름 같은 희망으로 더 살 수 있는 진영을 저세상에 보내게 됐다며 소리를 질렀다. 원장은 아무 말도 못하고 무안해하는 모습으로 돌아섰다. 병실로 돌아와서도 분이 식질 않았다.

"영균 씨. 화내지마. 그분도 나를 위해 그런 말을 하는 거야. 어떤 것이 나를 낫게 해줄지 모르는 것이잖아. 결국 선택은 내가 했던 것이고. 난 후회하지 않아. 미워하지도 않고. 영균 씨도 그랬으면 좋겠어."

"그렇지만……."

나는 말끝을 흐릴 수밖에 없었다. 어쩌면 저마다의 방법으로 진영이를 위한 것이었을 것이다. 다만, 너무나 안타깝게도 결과가 안 좋은 것일 뿐.

"앞으로 한 달도 안 남은 것 같습니다."

8월 11일, 의사의 목소리가 마치 저승사자의 목소리처럼 느껴졌다. 어떻게든 희망을 부여잡고 있는 진영은 나에게 자신의 상태에 대해 한 번도 묻지 않았다. 그녀에게 언제 어떤 말을 하느냐를 두고 고민하는 건 비단 나뿐만이 아니었다. 진영의 아버님이 조용히 나를 부르더니 나에게 말을 하라고 하셨다. 아직도 희망의 끈을 놓지 않은 그녀에게 무슨 말을 어떻게 한단 말인가. 하지만 진영이 아무런 준비 없이 갑작스럽게 죽음을 맞게 할 수도 없는 일이었다.

나는 집으로 돌아오는 차 안에서 그녀에게 조심스럽게 말했다.

"진영아, 지금 우리가 병에 대해 예상할 수 있는 일은 다 나아서 훌훌 털고 일어나거나, 병을 못 이기고 생을 마감하는 일 두 가지야. 모든 가능성을 열어두고 당신 생각을 정리해야 하지 않을까. 물론 내 말이 불쾌할 수도 있지만 만약을 위해서야. 그러니 차분하게 생각해서 나에게 말해줘."

"영균 씨, 아직은 절망적이라고 생각하지 않아요. 세상이 얼마나 아름다운지, 사랑받고 사랑을 주는 일이 얼마나 행복한지, 다른 사람에게도 알려주고 싶어. 내 꿈은 행복하게 사는 거예요. 내 과거가 행복하지 못했으니까. 오로지 그것만을 기도하고 꿈꿔왔어요. 이제 겨우 당신 만나 희망을 갖고 미래를 꿈꾸게 된 거 알잖아요. 그런데 그 희망을 포기하라고? 싫어요! 절대로 놓지 않을 거야. 누구도 내게서 행복을 빼어갈 수 없어요."

진영은 더 이상의 대화를 거부했다. 불타는 저녁노을을 지켜보며 미등을 켰다. 차들이 밀리고 있었다. 가장 꺼내기 어려웠던 말을 한 만큼 침묵은 길게 이어졌다.

## 혼인신고

이 세상에 완전한 것이 없다는 걸 나는 잘 안다.
사랑도 그렇다.
그녀를 만나던 때 나는 천진한 소년이 아니었다.
그녀도 어린 소녀가 아니었다.
우리는 중년으로 나이 들어가는 한 남자와 한 여자였다.
그녀를 만나면서 나는 돌이킬 수 없는 선택을 했다.
그것은 그녀도 마찬가지였다.
나에게는 처음 찾아온 진지한 사랑이었고
그녀에게는 마지막이 될 사랑이었다.
죽음을 앞둔 사랑은 겨울 햇살 같기도 했고
곧 흔적도 없이 사라질 눈 같기도 했다.
그토록 여리고
그토록 밝고

그토록 삶에 대한 의지가 강했던 그녀.
진영은 슬픔 속에서도 행복을 발견하는 여자였고
시시각각 드리우는 죽음의 그림자 속에서도 당당한 여자였다.
아니, 여자이기 이전에 그녀는 존중할 수밖에 없는 한 사람이었다.

한 달 밖에 남지 않았다는 의사의 말을 들었을 때, 나는 더 이상 진영에게 해줄 게 없는 것 같았다. 그래서 혼인신고를 생각했다. 내 호적에 올려놓고 그녀를 보내도 보내야 할 것 같았다.

나는 진영의 부모님을 만나뵙고 결혼식 사진을 보여드렸다.

"아버님, 어머님, 저희 미국에서 결혼식 올렸습니다."

진영의 어머니는 한참 동안 사진을 들여다보시더니 내 손을 꼭 잡고 말씀하셨다.

"영균 씨, 고맙고…… 미안해요."

그리고 말을 아끼셨다. 그 심정을 누구보다 잘 아는 나는 어머니의 손을 마주 잡아드렸다. 이제 얘기를 꺼낼 차례였다. 정식으로 부부가 되기 위해 해야 할 일……. 미국에서 결혼식은 올렸지만 혼인신고를 하지 않으면 한국에서는 남남에 불과했다.

"아버님, 어머님, 의사 말로는 진영이가 오래 못 갈 것 같다고 합니다. 저는 진영이와 혼인신고를 하고 싶습니다. 진영이 죽은 뒤에도 전주로 데려가지 말고 서울 근교에 두세요. 제가 자주 찾아가 들여다볼게요. 나중에 부모님 돌아가시면 누가 진영이를 돌보겠어요."

진영의 아버지는 담담하게 대답했다.

“자네 마음 잘 알겠네. 하지만 그 얘기는 자네나 자네 가족들에게 누가 될 수도 있으니 좀 더 신중하게 판단해보세.”

그때는 알겠다고 대답은 했지만 혼인신고에 대한 생각이 머릿속을 떠나지 않았다.

진영을 혼자 보내고 싶지 않은 내 심정을 진영의 친구에게 털어놓았다. 의사로부터 희망이 없다는 얘기를 듣고 엉엉 울던 나를 위로해주었던 친구였다. 그 친구는 이번에도 내 얘기를 귀 기울여 들어주고는 내 마음이 가는 대로 하라고 조언했다.

그날 밤, 나는 이야기를 꺼냈다.

“진영아, 우리 혼인신고 먼저 하면 어떨까.”

진영이 잠시 놀란 표정을 짓더니 말했다.

“내가 몸이 이런데 어떻게 혼인신고를 해요? 그러다 내가 잘못되면 당신에게 얼마나 큰 짐이 될 텐데. 난 못 해. 다 나으면 부모님 모시고 결혼식도 하고 당당하게 혼인신고도 하자, 응?”

몸은 아프지만 이성적인 진영은 만일의 경우까지 따져가며 찬찬히 설명했다. 하지만 나는 또다시 가슴이 미어졌다. 차마 할 수 없는 말은 입안에서도 끝을 맺지 못한 채 흐려졌다.

‘진영아! 정말 나도 그러고 싶어. 세상 모든 사람들이 부러워하는 그런…….’

8월 16일, 진영의 컨디션이 좋아 보였다.

"이번에 병원에서 나가면 우리 같이 살 집 알아봐요."

너무 갑작스러운 말이었다. 지금까지 그녀는 내게 어떤 약속도 한 적이 없었다. 확신이 서기 전까지는 쉽게 말하거나 약속하지 않는 사람이었다. 진영의 제안에 나는 목이 메어 제대로 말이 나오지 않았다.

"그래, 너만 나으면 마당 있는 집을 알아보자."

나는 진영에게 매점에 다녀오겠다고 하고는 복도 끝으로 가 주저앉아 서럽게 울었다. 그녀의 병이 깊어갈수록 나 혼자 눈물을 쏟는 일도 많아졌다. 가슴속에 슬픔 덩어리가 꽉 들어차 나 또한 심한 병을 앓고 있는 것 같이 아팠다.

하느님! 진영이를 살려주세요.
진영이만 살려주면 나랑 안 살아도 좋습니다.
다른 사람과 사는 걸 봐도 좋고
저와 인연 끊어져도 좋습니다.
이 세상 어디서라도 살고 있다는 사실만으로도
저는 행복합니다.
제발 살려만 주세요.

8월 23일, 모르핀이 계속 들어간 탓에 진영은 하루 종일 약에 취해 말을 하기도 힘들었다. 그녀와 대화를 나누지 못하는 게 아쉬웠지만 맑은 정신으로 돌아오면 몹시 고통스러워해서 지켜보기가 더 힘들었다. 진영 대신 아파줄 수 있다면 좋으련만.

허리 통증 때문에 똑바로 눕지 못했던 진영은 자연히 침대 옆으로 걸터

앉아 식판 테이블을 앞으로 당겨 얼굴을 기댄 자세로 앉는 걸 좋아했다. 그러면 나도 의자에 앉아 진영과 똑같이 얼굴을 식판 테이블에 올려놓고 그녀와 마주보며 대화를 했다.

진영이 정신이 좀 들었을 때, 나는 간절한 기도를 하듯 말했다.

"진영아, 내 말 그냥 듣기만 해. 지금 상태가 아주 안 좋아. 기회가 더는 없을 것 같다. 나는 혼인신고를 꼭 해야겠어. 남들은 영혼결혼식도 한다는데, 널 내 호적에 올리고 끝까지 돌봐주고 싶다. 이게 내 소원이야. 네가 싫다고 해도 나는 할 거야."

진영이 조용히 눈물을 흘리며 고개를 끄덕였다. 입이 바짝 말라 입술이 안으로 말려들어갔다. 깨끗한 거즈로 말라붙은 입술을 닦아주고 보습 연고를 발라주었다.

"고마워, 내 마지막 소원 들어줘서 고맙다."

하지만 혼인신고는 둘만의 문제가 아니었다. 양가 부모님들께도 알려야 하는 일이라 나는 며칠간 그 문제를 두고 고민을 거듭했다.

자기야, 오늘은 좀 힘드네.
나 때문에 많이 힘들지? 미안해.
나중에 당신 나이 들어 힘들어지면 내가 받은 만큼 해줄게요.
내 사랑, 언제까지나 행복하고 건강해야 해요.

_2009년 8월 22일 진영의 문자

8월 25일 화요일, 서울대병원 12층 진영의 병실에 예쁜 장미꽃 한 송이가 유리컵에 담겨 있었다. 진영이의 쾌유를 빌며 간호사가 가져다준 꽃이었다. 진영은 결혼식 때 내 가슴에 꽂았던 장미와 비슷하다며 좋아했다.

진영의 몸에는 많은 양의 진통제가 들어가고 있었다. 점점 고통이 심해져 진통제의 강도는 갈수록 더 세졌다. 몸으로 쉴 새 없이 들어가는 수액과 영양제 때문에 진영은 화장실을 자주 가야 했다. 그런데 보통 일이 아니었다. 진영의 다리가 보기 흉할 정도로 부어올라 정상적으로 걷는 게 불가능했다. 그래서 화장실에 갈 때마다 내가 부축을 해서 변기에 앉혀주었다.

어느 날은 변기에 앉히다가 옷이 발에 걸려 내 몸이 앞으로 심하게 쏠렸다. 나는 넘어지면서 본능적으로 진영을 부축한 두 손에 힘을 주었다. 다행히 나만 앞으로 넘어져 화장실 벽에 머리와 어깨를 찧었을 뿐 진영은 다치지 않았다. 쿵 소리와 함께 화장실 바닥에 쓰러진 나를 보고 진영이 깜짝 놀라 소리를 질렀다.

“자기야 괜찮아? 미안해, 나 때문에…….”

“아니야, 내 실수야. 괜찮아.”

머리카락 사이로 피가 흐르는 게 느껴졌지만 내색하지 않고 바로 일어났다. 진영이 몰래 피를 닦아낸 후, 벽에 부딪힌 어깨가 몹시 저려 잠깐 소파에 앉아 손으로 주물러야 했다. 그래도 진영이 다치지 않은 걸 또 한 번 다행스러워하며 아픔을 잊었다.

그날도 침대 옆 간이 소파에서 잠을 자는데 낮게 신음소리가 들렸다. 눈을 떠보니 진영이가 끙끙대며 힘들어하고 있었다.

"진영아, 왜 그래. 어디 불편하니?"

나를 쳐다보는 진영의 얼굴에 난처함이 가득했다.

"말을 해봐. 어디가 아파? 진통제 놔 달라고 할까?"

"아니야. 자기야 미안한데…… 내가 그만 실수를 해서……."

"무슨 실수?"

진영이의 몸을 살펴보니 바지가 흥건하게 젖어 있었다. 화장실에 가고 싶은 걸 나를 깨우기 싫어 참다가 그만 소변을 본 모양이었다.

"괜찮아, 나를 깨우지. 내가 여기 있는 이유가 뭔데. 일어나, 내가 옷 갈아입혀 줄게."

나는 진영이의 상체를 일으켜 바지를 벗기기 시작했다. 간호사를 부를까도 생각했지만 진영이 불편해할까 봐 그만두었다. 속옷을 벗기고 물수건으로 몸을 닦은 후 옷을 입히는데 진영이 나를 물끄러미 바라보았다. 그 눈에는 여자로서 마지막 자존심까지 잃어야 하는 괴로움으로 이슬이 맺혀 있었다.

"진영아, 괜찮아. 아프면 다 그러는 거야. 나도 아프면 이보다 더할 수도 있잖아. 그때는 당신이 나를 닦아줘야지. 그럴 거지?"

"미안해, 그리고 고마워. 내 곁에 있어줘서. 나중에 내가 당신 많이 예뻐해줄게."

나는 흐르는 눈물을 들키지 않으려 서둘러 젖은 옷을 들고 밖으로 나왔다.

잠을 푹 잤더니 아침에 컨디션이 아주 좋아요.
어제도 고생 많았죠?
당신 너무 고마워요.

_2009년 8월 26일 진영의 문자

8월 28일 금요일, 어머니와 간밤에 교대를 하고 오후에 병원을 찾았다. 나를 본 진영의 친구가 어두운 얼굴로 오늘 진영의 상태가 몹시 안 좋다는 소식을 전했다. 병실에 들어가니 호흡이 가빠져 산소마스크를 한 진영이 보였다. 손가락에는 산소 포화도를 측정하는 집게가 물려 있었다. 한참 시간이 흘러도 진영은 정신을 차리지 못한 채 눈을 감고 누워만 있었다.

"이 상태로는 일주일을 견디기도 힘든 상황입니다. 이번 주말을 잘 넘길 수 있을지도 모르겠어요."

의사의 말에 가슴이 철렁 내려앉아 의자에 그대로 주저앉았다. 복받치는 감정에 현기증이 일고 몸이 부들부들 떨려 진정이 되지 않았다. 머릿속은 하얗게 탈색되는 듯했다.

"죄송합니다. 저희로선 최선을 다하고 있습니다만, 악화되는 속도가 너무 빠르군요."

이제 진영에게 병원에서 해줄 수 있는 치료가 바닥났다고 했다. '더 이상 해줄 게 하나도 없다니…….' 혼란스러웠다. 문득 진영과 혼인신고를 약속한 일이 떠올랐다.

"저 좀 나갔다 오겠습니다."

다음 날은 관공서가 쉬기 때문에 시간이 없었다. 서둘러 택시를 잡아타고 가까운 구청에서 내려 달라고 했다. 택시기사는 나를 성북구청에 내려 주었다. 덜덜 떨리는 몸으로 계단을 올라갔다. 부모님께 미처 말씀드리지 못해 죄스러웠지만 진영과 약속한 일이니 반드시 지켜주어야 했다.

담당자에게 혼인신고를 하러 왔다고 했더니 서류를 달라고 했다. 미리 준비해 가지고 다니던 서류들을 내밀었다. 미국에서 받은 결혼증명서와 주민등록증을 훑던 직원은 사진을 보고는 진영과 나를 알아보는 듯했다. 그런데 그는 확인만 하고 돌려줄 줄 알았던 결혼증명서를 첨부 서류로 제출해야 한다고 했다.

"그건 기념으로 돌려받고 싶은데요."

"죄송하지만 그럴 수는 없습니다. 정 필요하시다면 복사를 해서 갖고 계시는 게 어떨지……."

나는 즉시 밖으로 나와 가까운 문방구에서 컬러 복사를 해가지고 들어갔다. 사본을 내가 갖고 원본을 제출하니 금방 혼인신고 신청이 완료되었다. 병원에 돌아온 것은 오후 6시. 병실에 와 있던 진영의 친구와 교대를 하며 집으로 돌려보내고 나니 그제야 피곤이 몰려왔다. 이번 주말을 넘길 수 있을지 모르겠다는 의사의 말에 반쯤 정신이 나갔었는데, 겨우 진정 되는 듯 했다.

저녁 시간이 지나자 진영이 정신을 차렸다.

"오늘 혼인신고 했다."

놀란 진영은 격한 감정을 주체하지 못하고 울음을 터뜨렸다.

"내가 몸이 이렇게 돼서 미안해요. 내가 해줄 게 없는데, 당신만 생각하면 어떻게 해야 할지 모르겠어."

"진영아, 괜찮아. 왜 그런 말을 해. 내가 원해서 한 일이야. 우린 이제 정식 부부라구. 장진영, 이제 유부녀 됐다! 오늘 즐거운 날이야. 우리 파티 할까?"

한참 눈물을 쏟던 진영이 그제야 입가에 웃음을 머금었다. 참 오랜만에 보는 예쁜 미소였다.

영균 씨, 당신한테 너무 고마워요.
당신이 없었으면 어떻게
이 공포를 견딜 수 있었을까.
상상이 안 가.
내 마음 알죠?

병실에서 깜박 잠이 들었다. 진영이 하얀 웨딩드레스를 입고 부케를 들고 어딘가로 뛰어가고 있었다. 그녀에게 다가가 말을 걸고 싶었지만 그녀는 나를 쳐다보며 그저 웃기만 했다. 그리고 갑자기 내 이름을 불렀다.

눈을 뜨니 새벽 5시. 깜작 놀라 진영에게로 시선을 돌렸다. 진영은 침대에 걸터앉아 나를 애처로운 표정으로 내려다보고 있었다. 그런데 자세히 보니 환자복 상의가 벗겨져 있고 옷에 피가 잔뜩 묻어 있었다.

"왜 그래? 무슨 일이야?"

"영균 씨, 나 좀 여기서 데리고 나가줘요. 나 바다가 보고 싶어. 당신은 내가 원하는 거 다 해주잖아. 제발 부탁이야."

진영은 울고 있었다. 환자복을 거칠게 벗느라 바늘이 뽑혀, 피가 역류한 채 밖으로 흐르고 있었다. 나는 놀라서 비상벨을 누르고 간호사를 불렀다. 울고 있는 진영을 간신히 진정시키고 옷을 갈아입힌 후, 잠들 때까지 그녀의 머리를 쓰다듬어주었다.

'미안해, 진영아! 이젠 내가 해줄 수 있는 일이 하나도 없어.'

토요일 오후, 간밤의 소동으로 잠이 부족했던지 진영은 하루 종일 잠에서 깨어나지 않았다. 부모님은 더 이상의 치료가 불가능하다면 좀 더 편안한 곳으로 옮기자며, 호스피스 시설이 잘 돼 있다는 강남성모병원으로 가기를 원하셨다. 의사 선생님도 그렇게 하라며 허락해주었다. 나는 두 병원을 오가며 퇴원과 입원 수속을 마치고 월요일에 병원을 옮길 만반의 준비를 했다. 병실 생활을 싫어하는 진영에게 좀 더 나은 환경을 주기 위한 선택이었다. 그날 저녁 진영에게 말했다.

"월요일에 병원을 옮기기로 했어. 전망이 훌륭해서 당신 마음에 들 거야. 좋지?"

진영이 눈에 생기가 돌았다.

"퇴원한다고? 그럼 집에 가는 거야?"

진통제에 취해 있어서인지 병원을 옮긴다는 말을 퇴원한다는 말로 잘못 알아들은 듯했다.

"아니, 병원을 옮기는데……. 그래, 퇴원할 거야. 집으로 가자."

나는 거짓말을 하고 있었다. 오랜만에 생기가 도는 진영을 실망시키고 싶지 않았다.

"영균 씨, 고마워. 이제 집에 갈 수 있구나. 자, 기, 야, 사…… 랑…… 해……."

이것이 지상에서 나눈 그녀와 나와의 마지막 대화였다.

그날부터 깊은 잠에 빠진 진영은 간간이 눈을 뜨고는 내 얼굴을 바라보거나 부모님께 미소를 띠기도 했지만 입을 열지는 않았다.

월요일, 담당의와 여러 간호사가 강남성모병원으로 옮기는 진영을 배웅했다. 평소 냉정함을 잃지 않았던 담당의의 눈에도, 늘 해맑은 인사를 건넸던 간호사들의 눈에도 어찌 막아 볼 수 없는 눈물이 흘렀다. 그들 모두 그것이 진영과의 마지막 인사가 될 것이라는 걸 알고 있었다. 잠을 자고 있는 진영의 모습은 편안해 보였다. 병원을 옮긴 후 나는 교대를 위해 집으로 향했고 어머니와 친구가 대신 그녀 곁을 지키고 있었다.

9월 1일, 너무 피곤했는지 늦잠을 잤다. 간밤 병원에서 전화가 없어 안심을 하며 밥을 챙겨먹는데 전화벨이 울렸다. 진영의 친구였다.

"영균 씨, 진영이가 이상해. 빨리 와요."

무슨 일이냐고 물어보는 시간조차 아까워 바로 전화를 끊고 뛰쳐나갔다.

'진영아, 안 돼! 지금은 아니잖아. 내가 없는데. 지금 가고 있으니 조금만 기다려.'

눈물이 앞을 가려 운전을 하기가 힘들었다. 핸들을 잡은 손이 떨려서 차가 제대로 가고 있는지도 분간하기 어려웠다.

병원에 도착해 겨우 차를 주차 시키고 병실로 들어갔다. 주치의와 간호사가 와 있었다.

"혼수상태에 들어가셨습니다."

진영이는 산소마스크를 입에 댄 체 가쁜 숨을 몰아쉬고 있었다. 곁을 지키던 진영의 어머니와 친구가 끝없이 눈물을 흘렸다.

"어떻게 된 거죠?"

"몇 시간 안 남은 것 같습니다. 계속 약을 주입하고 있지만 몸이 반응을 안 해요."

아무 움직임도 없이 누워 있는 진영의 모습에 가슴이 미어져왔다.

"진영아, 조금만 더 버티자. 정신차려봐. 내가 왔잖아. 나를 봐야지."

진영은 겨우겨우 호흡을 하고 있었다.

"진영 씨가 들을 수는 있을 겁니다. 귀에 대고 하고 싶은 말을 하세요."

사람의 신체 기능 중 가장 늦게까지 작용하는 기관이 청각이라고 한다. 주치의는 진영이 대꾸는 못 해도 들을 수는 있으니 마지막 말을 하라며 자리를 비켜주었다. 부모님과 친구의 울음 섞인 인사 후 내 차례가 왔다.

"진영아, 나야. 네 남편이야. 내 말 들리니? 힘든 거 다 안다. 하지만 조금만 더 버티자. 그동안 얼마나 많이 고생을 했는데, 억울해서라도 이대로 가진 마라. 내 사랑, 눈을 떠봐. 떠보란 말이야."

주체할 수 없이 흐르는 눈물 때문에 말을 더 이어갈 수 없었다. 내 목소리를 들었는지 진영이는 한 번 길게 숨을 몰아쉬었다. 그러나 더 이상 호흡을 잇지 못했다. 그게 진영의 마지막 인사였다.

하염없이 흐르는 내 눈물은 진영이의 얼굴을 타고 베갯잇을 적시고 있었다. 진영의 얼굴은 너무 말라서 뼈밖에 남아 있지 않았다. 그러나 내게는 더 없이 아름다웠다. 나는 감기지 않은 눈과 닫히지 않은 입을 두 손으로 감겨주고 입을 맞췄다.

'진영아, 다음 세상에서 다시 만나자. 그때는 오래오래 같이 살자.'

2009년 9월 1일 오후 4시 정각. 나의 사랑하는 아내 진영은 그렇게 혼자 먼 길을 떠났다.

영안실이 준비된 현대아산병원으로 이동하는 앰뷸런스에 나는 진영과 함께 있었다. 흔들리지 않게 그녀의 몸을 감싸주며 나는 애써 담담한 표정을 지었다. 이제 이 앰뷸런스에서 내리면 진영은 영원히 내 품에서 떠난다.

나는 진영의 야윈 볼과 그녀의 눈, 코, 입, 귀, 손, 발까지 몸 구석구석을 쓰다듬으며 작별 인사를 했다.

'진영아, 1년 동안 병마와 싸우느라 고생 많았다. 많이 힘들었지? 이제는 고통 없는 곳에서 편히 쉬길 바란다. 당신을 만나 사랑했던 모든 날들을 평생 잊지 못할 거야. 그동안 많이 행복했어. 사랑한다!'

나는 조용히 눈을 감고, 아직도 따듯한 온기가 남아 있는 진영을 마지막으로 힘껏 끌어안았다.

영균 씨,

사람이 사람을 잃을 때 어떤 경우가 가장 슬플까?

내가 책에서 읽었는데

부모가 자식을 잃는 것보다, 자식이 부모를 잃는 것보다,

사랑하는 배우자를 잃은 슬픔이 가장 크대.

간혹 나는 혼자 요리를 하면서
멀리 떠나버린 진영을 떠올린다.
그녀와 함께 장을 보고 요리를 하던 날들…….
그런 추억이 떠오를 때면 잠시나마 행복에 잠긴다.

## 그녀의 요리

나는 그녀의 집을 방문할 때면 식사에 대한 보답으로 꽃다발을 준비했다. 그녀는 내가 건네는 수선화나 하얀 장미를 코에 가져가 오랫동안 향을 음미했다.

진영의 주방에는 여러 개의 칼이 구비되어 있었다. 그녀는 그때그때 필요한 칼을 골라 과일을 깎고, 와인에 어울리는 안주를 만들었다. 닭 요리를 좋아해서 가장 날이 날카로운 칼을 집을 때도 있었는데, 그녀는 어떤 동요도 없이 육질에 칼집을 내어 통마늘과 삼을 넣고는 삼계탕을 만들었다. 그리고는 후식으로 죽을 내놓았다. 집중해서 조심스럽게 호박이나 파를 어슷썰기 하는 모습을 보고 있으면 문득 저 여자와 가정을 꾸려야겠다는 결심이 서곤 했다.

그녀는 특히 국물이 있는 요리를 좋아했다. 전주에서 나고 자라며 어머니의 손맛을 물려받아 음식을 쉽고 맛있게 만들었다. 진영은 찬거리가 없으면 외식을 할망정 식사를 대충 때우는 법이 없었다. 그녀는 조물조물 나물을 무치고 국을 끓이고 정성껏 식탁을 준비했다.

"뭐 먹고 싶어요?"

"당신은 뭐 먹고 싶은데."

긴 생머리를 질끈 묶은 진영이 앞치마를 두르며, 당장 조리가 가능한 재료를 일러주고는 의견을 묻곤 했다. 그녀는 이렇게 항상 선택에 앞서 내 생각을 물었다. 처음에는 둘이 해먹을 요리에 대해 의논을 하다가, 시간과 공간을 공유하는 시간이 늘면서 차츰 외출 의상, 여행 가방에 들어갈 용품, 골라놓은 드레스에 어울리는 액세서리와 구두를 함께 고민했다.

그녀가 맑은 국물로 지리를 만드는 날은 화이트 와인을 창고에서 꺼내와 나에게 코르크를 따 달라고 부탁했다. 볶은 소금으로 간을 해 국물은 짜지도 비리지도 않았다. 국물 맛이 너무 좋아 내가 두 그릇을 먹으면 진영은 기분이 좋아져서 특유의 유쾌한 웃음소리를 냈다.

"국물 요리 없어도 된다더니, 해놓으면 당신이 다 먹어요?"

"맛있으니까. 이건 당신의 마음이니 기꺼이 먹을 수 있어."

우리는 둘이서 하는 식사에 익숙해지고 있었다. 이제 더 이상 혼자 저녁 식탁에 앉아 맛없는 식사를 할 일도 없었다.

"여기 돈가스 1인분에 맥주 둘 주세요."

만난 지 한 달이 안 돼 외식을 나갔을 때의 일이다. 가만히 인테리어를 둘러보던 그녀가 내 주문을 듣고는 눈을 동그랗게 뜨고 나의 소맷부리를 잡아 흔들었다.

"이 집은 인심이 후해서 둘이 나눠먹어도 모자라지 않나 봐. 하나를 시켜 둘이 먹는 사람들도 있어."

평소 진영은 음식은 사람 수에 맞게 시켜야 한다는 주의였고, 나는 음식 남기는 걸 못마땅하게 생각해 사람 수에 상관없이 딱 먹을 만큼만 시키자는 주의였다. 그녀는 자기 몫에 대한 개념이 분명해 아무리 양이 많아도 1인분을 시켜 두 사람이 나눠먹는 일을 당황스러워했다.

서로 다른 취향을 발견할 때마다 우리는 진지하게 대화를 나눴다. 그리고 상대에게 이해를 구하고, 설득과 칭찬을 통해 서로 닮아갔다. 그녀는 앞에 놓인 음식을 젓가락으로 깨작거리지 않고 재료의 특성을 즐기며 맛있게 먹었다. 그동안 내가 만난 어떤 여자들보다도 잘 먹어 어떻게 몸매를 관리를 하는지 궁금할 정도였다. 요리도 즐겨 하고 자신이 만든 요리를 맛있게 먹을 줄 아는 여자. 그런 여자의 연인이 된 것이 즐거웠다. 하루하루 그녀를 통해 달라져가는 나 자신을 발견할 때마다 낯설면서도 충만한 느낌이 들었다.

그녀는 점차 요리를 할 때 나의 입맛을 고려해 조리법을 고민하고 수정했다. 야채를 볶을 때는 일반 기름 대신 올리브유를 쓰고, 물을 적게 넣어 센 불에 살짝 볶아 냈다. 내가 즐기는 면 요리를 자주 식탁에 올려 이번에는 어떤 요리를 먹게 될까, 메뉴를 궁금하게 했다. 꽃을 사다 꽂거나 촛불을 켜 로맨틱한 저녁 식탁을 준비하기도 했다.

"나는 막내로 자라 엄마 곁에서 많은 음식을 맛볼 수 있었던 걸 최고의 행운으로 생각해요."

그녀는 요리를 하기 전 다시 한 번 인터넷으로 꼼꼼하게 레시피를 살폈다. 재료를 완벽하게 구비하고 요리를 시작하는 타입이어서 멸치와 고기로 만든 육수 정도는 냉장고에 늘 있었다. 그녀가 만드는 버섯 샤브샤브, 매운탕, 카레, 잡채, 떡볶이는 일품이었다.

그녀와 함께 먹던 갖가지 요리들, 그 향, 그 맛, 그때의 느낌들……. 이제 모든 것이 돌이킬 수 없는 것들이 되어버렸다. 그녀 없이 혼자 먹는 저녁식사는 공허하다. 스파게티 면이 차갑게 부풀어 오를 때까지 물끄러미 식탁 앞에 앉아 있는 나를 발견할 때도 있다.

진영아, 너만은 따뜻하고 평화로운 곳에 있어라.

# 읽지 못한 추도문

결혼을 한다면 가을이 좋겠어요.
그리고 축가로 듣고 싶은 곡이 있어요.
들려줄 거죠?
김동규의 '10월의 어느 멋진 날에'.

사랑하는 나의 사람 진영,

지금 밝은 미소로 나를 바라보는 네 사진을 보니,
정말 무슨 말을 어떻게 해야 할지 모르겠다.
언젠가 이런 날이 올 거라 생각은 했지만,
그래도 실낱같은 희망을 가지고 간절히 바라고 빌었는데
결국 이 시간이 오고 말았구나.

진영아, 너를 만나고 내가 얼마나 기쁘고 고마웠는지 모른다.
너라는 아름다운 사람이 내 곁에서 손을 잡아주고 위로해주어
이 세상 살아가는 데 힘이 되고 행복했다.
이렇게 너를 보내는 글을 쓰는 이 시간,

너무 잔인해서 마음이 아프고 괴롭다.
그렇지만 내 품에서 너의 마지막 숨결을 느꼈을 때 그랬듯,
이제는 너를 고통 없는 세상, 아픔 없는 머나먼 저 세상으로
보내야 할 때가 온 것 같다.

기억하니? 우리가 나눴던 많은 시간들,
아름다운 추억들,
세상 어느 누구보다도 행복하게 살자며 굳게 맹세하던 순간들을.
불과 얼마 전까지도 "퇴원하면 같이 살 집을 알아보자"며 웃음짓던
네 얼굴이 내 가슴에 아련한데, 넌 도대체 어디에 있단 말이니?
남들처럼 예쁜 아이 낳고 알콩달콩 살자고 하더니…….
감기지 않는 네 눈을 손으로 감겨주며 많은 눈물을 흘렸다.
"난 단지 행복하게 살고 싶었을 뿐인데."
하느님을 원망하고 눈물짓던 네 모습.
그래, 세상에 미련이 많았겠지.
안다. 내가 다 알아.
얼마나 살고 싶어 했는지.

진영아, 미안하다.
그동안 너를 위해서라면 정말 뭐든지 할 수 있었는데,
이제는 더 이상 너에게 해줄 수 있는 일이 없구나.

이렇게 떠나야 하는 너를 붙잡을 수 없는 내 자신이
너무 초라하고 비참하게 느껴진다.
너와의 이별이 이렇게 갑자기 올 줄 알았으면
더 가슴 깊이 안아주고
더 사랑하고
더 아껴줘야 했는데
그러지 못한 나를 용서하기 바란다.
너를 생각할 때마다 시린 눈물이 흘러 멈출 수가 없구나.

고백할 게 있어, 진영아.
사실 암이 발견된 후, 너를 잃을지도 모른다는 두려움과 괴로움에
한없이 약해졌다.
그래도 남자랍시고 너에게 약한 모습 보이지 않으려
혼자 강한 척하며 돌아다녔지.
그런데 너는 오히려 의연한 모습으로 정말 씩씩하게 버텨내더구나.
그래, 넌 참 당당하고 멋진 여자야.
쉽게 근접할 수없는 카리스마를 가진 배우.
대한민국을 대표하는 아름다운 배우.
알지? 네가 내 연인인 게 얼마나 자랑스럽고 행복했는지.
너의 아름다운 모습을 보고 있을 때
난 정말 세상 부러울 것 하나 없는 가장 행복한 사람이었다.

진영아, 우리의 행복했던 시간들이 고마웠다고 말을 해줘야 하는데,
다음 생을 또 살게 되더라도
기필코 다시 만나 사랑하겠다고 말을 해야 하는데,
아무리 불러도 대답이 없으니…….

떠나는 너를 편히 보내줘야 하는데…….
너를 보내면 많이 생각날 텐데, 많이 그립고 아파올 텐데…….
내게 다시 돌아오면 안 되니?
네가 없으니, 널 보지 못하니 미칠 것만 같다.

정말 사랑했다는 말이
너무 힘들어하지 말라는 너의 말이
내 가슴속에 박혀 숨을 쉬면 한숨이 되어 나오고,
눈을 감으면 눈물이 되어 그치질 않는다.

이제는 널 보내야 할 시간이 온 것 같다.
앞으로 너를 조금씩 잊으면서 살아가겠지.
조금씩 무뎌지며 살아가겠지.
하지만 널 가슴에 품고 열심히 살아볼게.
그러니 아무것도 미안해하지 말고
아무것도 걱정하지 말고 편안히 가길 바란다.

진영아,

네가 있는 그곳엔 고통도 없고 아픔도 없고 슬픔도 없었으면 좋겠다.

하느님, 우리 진영이를 부탁합니다.

제발 불쌍히 여기시고 좋은 곳으로 인도해주세요.

진영아, 언젠가 다시 만날 거야.

그때 만나서 오래오래 사랑하자.

그리 오래 기다리지 않아도 될 거야.

우리 그때까지 조금만 참고 기다리자.

다시 만나는 날까지 널 가슴에 품고 살아갈게.

잘 가, 내 소중한 사람.

정말 많이 행복했다.

2009년 9월 4일, 영원한 너의 사랑 김영균.